ハヤカワ文庫 SF

〈SF2335〉

帝国という名の記憶

〔上〕

アーカディ・マーティーン

内田昌之訳

早川書房

8697

A MEMORY CALLED EMPIRE

by

Arkady Martine

Translated by
Masayuki Uchida

First published 2021 in Japan by
HAYAKAWA PUBLISHING, INC.
This book is published in Japan by
arrangement with
BAROR INTERNATIONAL, INC.
Armonk, New York, U.S.A.
through TUTTLE-MORI AGENCY, INC., TOKYO.

本書をみずからの文化を滅ぼす文化に心奪われたことのあるすべての人に捧げる。
(それとグリゴール・パーラヴニとペトロス・ゲタダーツに、世紀を超えて)

我々の記憶はこの宇宙よりも完璧な世界なのだ。記憶はすでに存在しないものに命をあたえるのだ。

——ギ・ド・モーパッサン「ある自殺者の手記」

わたしがコンスタンティノープルの煙よりもカリプソとの暮らしを選ぶことはなかったでしょう。あらゆる場所にあるたくさんの喜びの源のことで頭がいっぱいなのです。教会の大きさと美しさ、柱廊の長さや散歩道の広さ、コンスタンティノープルに対する印象を豊かにしてくれる家やそのほかのあれこれ。友人との集まりやおしゃべり、そしてなによりもすばらしいのが——わたしの金の注ぎ口、すなわちあなたの口とその花々——

——ニケフォロス・オウラノス、アンティオキアの知事、書簡三十八

帝国という名の記憶

〔上〕

登場人物

マヒート・ドズマーレ……………………ルスエル・ステーション大使
イスカンダー・アガーヴン………………前ルスエル大使

スリー・シーグラス（リード）…………マヒートの文化案内役。アセクレタ
トウェルブ・アゼイリア（ペタル）……スリー・シーグラスの友人。アセクレタ
シックス・ダイレクション………………テイクスカラアン皇帝
ナインティーン・アッズ…………………エズアズアカットのひとり
サーティ・ラークスパー…………………エズアズアカットのひとり。皇位継承者候補
エイト・ループ……………………………司法大臣。皇位継承者候補
エイト・アンチドート……………………皇帝のクローン。十歳。皇位継承者候補
テン・パール………………………………科学大臣
ワン・ライトニング………………………ヤオトレック

アクネル・アムナードバット……………ルスエルの〈遺産〉評議員
ダージ・タラッツ…………………………ルスエルの〈鉱夫〉代表評議員
デカケル・オンチュ………………………ルスエルの〈操縦士〉代表評議員

序章

テイクスカラアンでは、これらは絶え間なく続く――星図《スターチャート》、荷下ろし。

ここにあるのはテイクスカラアンの全宇宙、それが軍艦アセンションズ・レッド・ハーヴェストの戦略テーブル上に投影されたホログラフの中に広がっている。艦はテイクスカラアンの首都である都市惑星から五つのジャンプゲートと二週間の亜光速飛行を経た位置にあり、いま転進して帰還の途につこうとしている。ホログラフは地図製作者の目から見た静けさに満たされている――ここで輝いている光点はすべて惑星系であり、それらはすべて我々のものだ。艦長が世界の境界線を越えて広がる帝国のホログラフ投影像を見つめているというこの情景、テイクスカラアンを描いたその巨大な車輪でどこかひとつの境界を、どれかひとつのスポークを選べば、同じことが繰り返されている。同じような百人の艦長、同じような百個のホログラフ。それらの艦長たちの一人一人が、ありったけの毒の贈り物をかかえ、部隊を率いて新たな惑星系へ降りていく——貿易協定と詩、税金と保護の約束、黒々とした砲口のエネルギー兵器、光条を広げる開放的な太陽神殿の中心部を囲むように建てられた新総督の壮麗なる大宮殿。それらの艦長たちの一人一人が同じことをおこない、また新たな惑星系を星図のホログラフ上に輝く光点として追加することになる。

ここにあるのは星々のあいだの暗闇へ向かって伸びる文明の大いなる足跡、深淵をのぞき込んでなにも見返してこないことを望むすべての艦長にとっての慰めだ。この星図の中では、宇宙は帝国とそれ以外に、世界と世界ではないものに分かれている。

アセンションズ・レッド・ハーヴェストとその艦長は、宇宙の中心へ戻る旅を始めるまえにもう一箇所だけ立ち寄らなければならない。パーズラワントラック・セクターにあるルスエル・ステーションは、回転する壊れやすい宝石のようで、中央のスポークのまわりをめぐる直径二十マイルの環状体が、便利な恒星と最寄りの有用な惑星とのあいだの平衡点に浮かんでいる。この小さな宙域を構成する一連の採鉱ステーションの中ではもっとも大きく、テイクスカラアンの手の届く範囲にあるがまだその影響は受けていない。

ステーションのスポークから吐き出された一隻のシャトルが、待ち受ける軍艦の金色と灰色に輝く巨体まで数時間かけてたどり着き、その積荷——人間の女性が一人に、荷物と指示書がいくつか――をあずけてから、ふたたびなにごともなく引き返していく。シャトルが帰還したころには、アセンションズ・レッド・ハーヴェストは、まだ亜光速物理学に支配されたまま、テイクスカラアンの中心部を目指して重々しく前進を始めている。これから一日半のあいだはルスエルから見えているだろう。ゆっくりと縮んでちっぽけな光点になり、やがて消える。

〈鉱夫〉代表のルスエル評議員、ダージ・タラッツが、遠ざかる軍艦を見守っている。その巨大な休眠中の脅威は、重りのように垂れ下がってルスエル評議会の会議室にある展望窓の視野を半分ほど埋め尽くしている。見慣れた星ぼしがかき消されている様子は、タラッツにとってはテイクスカラアンがステーショナーの宇宙を渇望していることをしめす最新の証拠でしかない。じきに、ああいう艦が去っていかずに、エネルギー兵器のまばゆい炎をタラッツを含めた三万人の命をおさめた壊れやすい金属製の殻に向けて、全員を砕けた果物の種のように凍てつく宇宙へばらまく日がやってくるかもしれない。帝国にはどうしても歯止めのきかないところがあるのだとタラッツは考えている。

ルスエル評議会が会議で集まる戦略テーブルの上には輝く星図のホログラフはない。無数の肘で磨きあげられたむき出しの金属面があるだけだ。タラッツは遠ざかる軍艦がいまだにこれほどの脅威に感じられるとはなんとわかりやすいことかとあらためて思う――そして展望窓の外を見るのをやめて席に戻る。

帝国に歯止めがきかないのは避けようがないことかもしれないが、ダージ・タラッツの胸中には、それが唯一の選択肢ではないし、ここしばらくそんなことは起きていないではないかという、静かな、断固とした、狡猾な楽観主義がある。

「さて、これで片付きました」〈遺産〉評議員のアクネル・アムナードバットが言う。「彼女は出発しました。帝国からの要請どおり、わたしたちの新たな大使が帝国へ派遣されるわけですが、彼女があれをわたしたちから遠ざけておいてくれることを心から願います」

ダージ・タラッツにはわかっている。二十年まえ、まだ中年でリスクの大きいプロジェクトに夢中だったころ、前任の大使をルスエルからテイクスカラアンへ送り込んだのは彼なのだ。新たな大使の派遣についてはなにも片付いていなどいない。たとえ彼女がすでにシャトルで旅立っていて、呼び戻すことができないとしても。タラッツは二十年間ずっとそうしてきたようにテーブルに両肘をつき、細い顎の先をもっと細い手のひらにのせる。

「いっしょに送り出してやれたのが十五年も時遅れ《アウト・オブ・デート》のイマゴでなければもっと良かったのだが。彼女のためにも、我々のためにも」

アムナードバット評議員は、イマゴマシンという精密に調整された神経インプラントによって、イマゴラインを次々と引き継いできた前任の六名の〈遺産〉評議員の記憶を頭の中に持ち歩くことができるので、その十五年間の経験という恩恵なしにダージ・タラッツのような人物に立ち向かうことなど想像もできない。もしも彼女が評議会の新顔で、十五年も時遅れのままだとしたら、それは手足を縛られているようなものだ。だが、アムナードバットは肩をすくめるだけで、リソースを奪われたまま帝国へ送られた新任大使のことなどさして気にはかけない。「それはあなたの問題でしょう。あなたが派遣したアガーヴン大使が二十年間の在任中に一度もここへ戻ってこなかったために、更新されたイマゴ記録が手に入らなかった。そしていま、わたしたちは十五年まえにアガーヴンが残していったものだけを持たせてドズマーレ大使を後任として送り出した。ただテイクスカラアンから要請されたというだけで——」

「アガーヴン大使は務めを果たしてくれた」タラッツ評議員が言うと、テーブルについている〈水耕〉評議員と〈操縦士〉代表評議員がうなずいて同意する。アガーヴン大使がこれまでやってきたのは、ルスエル・ステーションをはじめとするセクター内のすべての小さなステーションがテイクスカラアンの拡張政策のたやすい餌食とならないよう守り抜くことであり、その見返りとして評議員たちは彼の欠点を無視することに同意していた。テイクスカラアンが前任の大使がどうなったのかを説明せずにいきなり新しい大使を要求してきたいま、評議員たちのほとんどは、アガーヴン大使が死んだのか、妥協したのか、単に帝国内部の政治的な変革の餌食になったのかが判明するまで、大使の問題点にまつわる報告を先延ばしにしている。ダージ・タラッツは常に彼を支持してきた――アガーヴンは彼の弟子なのだ。そしてタラッツは、〈鉱夫〉代表評議員として、対等な六名のルスエル評議員たちの中で第一の地位にある。

「そしてドズマーレは自分の務めを果たすでしょう」アムナードバット評議員が言う。新任大使の候補者たちの中からマヒート・ドズマーレを選んだのは彼女だった。連れていく時遅れのイマゴと完璧にマッチすると思ったのだ。同じ適性。同じ態度。アムナードバットが保護する遺産とはちがう遺産に対する同じ偏愛――すなわちテイクスカラアンの文学と言語への明らかな強い関心。アガーヴン大使のイマゴの現存する唯一のコピーと共に送り出すには申し分ない。あの堕落したイマゴラインをルスエルから遠ざけることができるのだ――おそらくは永遠に。もしもアムナードバットの判断が正しければ。

「ドズマーレなら充分に適任だ」〈操縦士〉代表評議員、デカケル・オンチュが言う。

「さて、評議会の喫緊の課題、つまりアンハメマット・ゲートの状況についてどのような対応をとるか検討してもかまわないかな？」

デカケル・オンチュはアンハメマット・ゲートのことを特に心配している。ルスエル・

ステーションのふたつのジャンプゲートのうち、より遠くに位置していて、まだテイクスカラアンの手が伸びていない宙域へと続くほうだ。最近、彼女は偵察艦を一隻だけでなく——それなら事故だった可能性がある——二隻も失っている。それらの艦は対話の手段がないなにかのせいで失われた。連絡が途絶えるまえに送られてきた通信文は、放射線の干渉でぐちゃぐちゃで雑音だらけで、意味不明だった。さらに悪いことに、艦の操縦士たちだけではなく、彼らが属していた長い記憶のイマゴラインまで失われてしまった。操縦士とイマゴラインとの結合精神を回収して新たな操縦士の精神へ組み込むためには、破壊された肉体とイマゴマシンを修復するしかない——つまり不可能だ。

　ほかの評議員たちはまだそれほど心配していないが、この会議が終わるころ、オンチュがみなのまえで残った記録を再生したあとはそうもいかなくなるだろう——例外はダージ・タラッツだけ。それどころかダージ・タラッツの胸中には恐るべき希望がある。

　タラッツは思う——〝ひょっとしたら、我々をむさぼってきたあの帝国よりも大きな帝国がついに出現したのかもしれない。いまそれが到来するのかもしれない。これでもう待たなくていいのかもしれない〟

　だが、タラッツはその思いを自分の胸にしまっておく。

第１章

やがて座標Ｂ５６８２・７６Ｒ１にある巨大ガス惑星の湾曲したへりのむこうから、自身の艦の舳先に立つ皇帝トウェルブ・ソーラー＝フレアがあらわれ、放射状の閃光となって虚空のすべてに降り注いだ。彼女の光輝はその王座にならぶ槍のように外へ広がり、セクターＢ５６８２における人間の居住地である金属の殻にぶつかり、それらを明るく照らした。トウェルブ・ソーラー＝フレアの艦のセンサーが記録したのはそのうちの、いずれも似かよった十個だけで、以来その数は増えていない。殻の中では男女が季節も成長も老化も知らぬまま、惑星上の家という恩恵を受けずに軌道上で果てしなく暮らしていた。これらの殻でもっとも大きいものはルスエル・ステーションと自称しており、そこに住む民の言語では〝耳をすまして聞く〟ステーションを意味していた。だが、その民は奇妙な成長を遂げ、自分たちだけで閉じこもってしまったが、言葉を学ぶ能力があったので、すぐにそれを学び始めた……

――『拡大の歴史、第五巻』、七二―八七行、無記名だが作者は歴史家であり詩人である偽サーティーン・リバー、執筆時期は全ティクスカラアンの皇帝スリー・ペリグイーの治世

あなたの帝国への入国を迅速に処理するために、ティクスカラアンは身元を証明するものとして以下のものを要求します。

（a）あなたが自身の遺伝子型を単独で所有していて、クローン親族と共有されていないことを示す遺伝記録、または、あなたの遺伝子型が少なくとも九〇％ユニークであり、他の個人がそれを法的に要求していないことを示す公正証書。

（b）あなたが持ち込む予定の物品、動産、通貨、アイデア市場の対象物の項目別リスト。

（c）ティクスカラアンのシステムに登録された雇用主からの労働許可証で、署名と公証があり、給与とメンテナンス情報が記載されているもの、または、ティクスカラアン帝国試験における最上級の成績の記録、または、政府機関、官公庁、その他の権

限を持つ個人からの招待状で、あなたの帝国宇宙への入退場日が明記されているもの、
または、充分に自活できるだけの通貨を所持している証拠……

――書式七二一Q、国外セクターからのビザ申請、アルファベット言語表記版、
六頁

マヒートは、テイクスカラアン帝国の中心惑星であり首都であるシティに、彼女の体と荷物がかろうじておさまる大きさの気泡のような船、シードスキフで降りてきた。帝国巡洋艦アセンションズ・レッド・ハーヴェストの側面から飛び出し、大気を燃やしながら惑星へ降下したのだが、そのときは視界がはっきりしなかった。インフォフィッシュでもホログラフでもイマゴ記憶でもなく、初めて自分の目で見たシティは、真っ白な炎に包まれ、果てしなくきらめく海のように輝いていた。惑星全体がまるで宮殿のようなひとつの世界《エキュメノ》都市《ポリス》と化しているのだ。その暗部――まだ金属をまとっていない古めの大都市《メトロポリス》、朽ちかけた都会の荒廃部、利用され尽くした湖の残骸――ですら人が住んでいるように見えた。海だけは手つかずのままだったが、それもまた燦爛たるターコイズブルーに輝いていた。

シティはとても美しくとても大きかった。マヒートは、ルスエル・ステーションの近くにある惑星の中で人間が暮らせなくもないところをずいぶんあちこち訪れていたが、それ

でも畏敬の念に圧倒された。心臓の鼓動が速くなり、ハーネスをつかむ手のひらがじっとりと湿っていた。シティはテイクスカラアンの文書や歌で描かれていたとおりに見えた。帝国の中心にある宝石。すばらしく雰囲気のある輝き。

〈見る者にまさにそう思わせようとしているんだよ〉マヒートのイマゴが言った。彼は舌の奥に感じるかすかな雑味であり、周辺視野にちらりとのぞく灰色の目と日焼けした肌だった。彼女の頭の奥にある声だが、彼女の声ではない。同じくらいの年齢だが、男性で、むら気な気取り屋で、ここにいることに彼女と同じように興奮している。マヒートは自分の口が彼の笑みに合わせて曲がるのを感じたが、それは彼女の顔の筋肉が好むよりも重々しく大きな動きだった。二人はおたがいにまだなじんでいなかった。彼の表情はとても強かった。

〝わたしの神経系から出て行って、イスカンダー〟マヒートは彼に向かって考えた。イマゴ——移植された前任者の集積記憶で、半分は彼女の神経内に、半分は彼女の脳幹に取り付けられた小さなセラミックと金属のマシンに格納されている——は、ホストの承諾がないかぎりその神経系を乗っ取ることはできないはずだった。だが、協力関係が始まって間もないうちは、承諾はややこしかった。マヒートの心の中にいるイスカンダーは体があったときのことをおぼえていて、彼女の体を自分の体のように使うことがあった。マヒートはそれが心配だった。一人の人間にならなければいけないのに、二人のあいだにはまだまだ多くの隙間があった。

　だが今回は、イスカンダーはあっさりと引っ込んだ。火花のような刺激、ぴりぴりする笑い声。〈わかったよ。見せてくれないか、マヒート？　もう一度見てみたい〉

　マヒートはあらためてシティを見下ろし――まえより近くなり、スカイポートがすくい網でできた花のようにせりあがって彼女のシードスキフを受け止めようとしていた――イマゴが彼女の目をとおして見るにまかせ、彼の高揚感を自分のもののように感じた。

　〝下になにがあるの〟マヒートは考えた。〝あなたにとって〟

〈世界だ〉そうこたえた彼女のイマゴは、まだ生きた人間で、長くつらなる生の記憶の一部ではなかったときには、ルスエルからの大使としてシティに駐在していた。テイクスカラアンの言葉で言ったために、それは同語反復になっていた。〝世界〟をあらわす言葉と〝シティ〟をあらわす言葉は同じで、〝帝国〟をあらわす言葉も同じになる。それを区別するのは、特に高度帝国方言では不可能だ。文脈に注意を払うしかない。

　イスカンダーの文脈はあいまいだったが、マヒートはそれを予期していた。混乱はしなかった。マヒートもテイクスカラアンの言語と文学を長年にわたって研究していたが、イスカンダーの流暢さは彼女のそれとは質がちがい、膨大な実践によってしか得られないたぐいのものだった。

〈世界だ〉イスカンダーは繰り返した。〈だが世界の端でもある〉〝帝国だが、帝国が止まるところでもある〟

シードスキフにはほかにだれもいなかったので、マヒートは彼の言葉に合わせてテイクスカラアン語で声に出してこたえた。「あなたは意味のないことを言った」

〈そうだな〉イスカンダーは認めた。〈大使だったときは、意味のないことをあれこれ口にするのが癖だった。おまえもやってみたらどうだ。とても楽しいぞ〉

プライバシーの確保されたマヒートの体内で、イスカンダーは二人がクローン親族か恋人同士であるかのように、ひどくなれなれしい言葉遣いをしていた。マヒートはそういう言葉を声に出したことはなかった。ルスエル・ステーションには実の弟がいて、クローン親族にもっとも近い存在だが、弟が話すのはステーショナーの言葉だけだし、弟をテイクスカラアン語で親密な他者に対するように〝おまえ〟と呼ぶのは無意味で思いやりに欠けている。マヒートが〝おまえ〟と呼ぶことができるとすれば、いっしょにテイクスカラアンの言語と文学の講義を受けていたほんの数名だけだ——たとえば、古い友人で同級生だったシュルジャ・トーレルならそのニュアンスを正しく受け止めてくれるだろうが、テイクスカラアンの新しい大使に選ばれて前任者のイマゴを受け継いでからは、マヒートはシュルジャと一度も話をしていなかった。二人のあいだに小さな断絶が生じた理由は明白で、些細なことであり、マヒートはそれを悔やんでいた——関係修復のチャンスがあるとすれば、二人とも見たがっていた帝国の中心部から謝罪の手紙を出すくらいしかない。それもおそらくなんの助けにもならないだろう。

シティが迫ってきた。地平線を埋め尽くすその広大な湾曲めがけてマヒートは落ちていく。彼女はイスカンダーに向かって考えた。〝わたしはいまや大使だ。意味のあることを話すかもしれない。その気になれば〟

〈おまえの言うとおりだ〉イスカンダーが言った。それはテイクスカラアン市民がまだ保育所にいる子供にかけるようなお愛想だった。

重力がシードスキフをとらえてマヒートの太ももと前腕の骨に染み込み、ぐらぐらするような感覚をあたえた。めまいがした。眼下ではスカイポートの網がひらいていた。一瞬、自分が落下しているのではないか、惑星の表面までえんえんと落下して地面でぺちゃんこにつぶれるのではないかと思った。

〈おれも同じだった〉イスカンダーがマヒートの母語であるステーショナーの言葉で早口に言った。〈怖がるな、マヒート。おまえは落ちていない。惑星のせいだ〉

スカイポートはほとんど衝撃もなく彼女を受け止めた。

マヒートには立ち直る時間があった。シードスキフがほかの船と共に長い列につき、巨大なコンベアで移動し、それぞれの識別がおこなわれて指定のゲートにたどり着くまでがひと仕事だったのだ。いつしかマヒートは、まるで口述試験の準備をする一年生のように、ゲートのむこう側にいる帝国市民に言うべきことをリハーサルしていた。頭の奥でイマゴが油断なくうごめいているのを感じる。イマゴはときどき彼女の左手を動かして、指でハーネスを叩いていた。他人の神経質なしぐさ。マヒートはおたがいに慣れる時間がもっとあれば良かったのにと思った。

だが、マヒートはイマゴを埋め込んだときの通常のプロセスを経ていなかった。本来ならルスエルの心理療法士のきちんとしたケアのもとで一年以上にわたり統合セラピーを受けるものなのだ。彼女とイスカンダーはわずか三カ月いっしょに過ごしただけで、早くも協力して働く必要がある局面を迎えていた——連鎖する記憶と新しいホストからまとめあげられた、一人の人間として働くのだ。

アセンションズ・レッド・ハーヴェストがルスエル・ステーションへやってきて、共に太陽をめぐる軌道に乗り、新しい大使をテイクスカラアンへ連れて行くと宣言したとき、彼らは前任の大使になにがあったのか説明することを拒否した。なにを——そしてだれを——送り出し、どんな情報を要求するのかについて、ルスエル評議会で多くの政治的駆け引きがあったのはまちがいない。だが、これだけははっきりしていた。マヒートはその職務にふさわしい年齢に達していながらまだイマゴラインに加えられていないごく少数のステーショナーの一人だった——そして、そのグループの中で外交に求められる適性または素養を有するさらに少数のステーショナーの一人だった。その中でもマヒートはもっとも優秀だった。帝国試験ではテイクスカラアンの言語と文学で帝国市民に迫るような成績をおさめていて、彼女はそれを誇りに思っていた。試験のあとの半年間はあれこれ夢想していたものだ——いずれ中年になって一人前になったら、シティへ来て、そのシーズンに非市民に開放されているサロンにかよって経験を積み、自分が死んだあとに記憶を共有する相手のために情報を集めるのだと。

　そしていま、マヒートはシティに到着した。どんなテイクスカラアンの試験よりも重要だったのは、この組み合わせだと彼女のイマゴ適性の得点が完璧だったことだ。彼女のイマゴはイスカンダー・アガーヴン、前任のテイクスカラアンの大使だ。いまはなぜか帝国に不適任な人物となっているが——死んだのか、失脚したのか、まだ生きているなら捕虜になったのかはわからないが、マヒートが政府から受けた指示には、彼がどんな事態に襲われたのかを正確に突き止めることも含まれていた——マヒートはまだ彼のイマゴを持っていた。イスカンダーは、少なくともマヒートが入手できた十五年まえの最終版の彼は、ルスエルが用意できるテイクスカラアン宮廷の現地ガイドにもっとも近いものだった。これが初めてではないが、マヒートは外へ出たら生身のイスカンダーが待っているのだろうかと考えた。どちらのほうが楽なのかはよくわからなかった。待っている場合、それは信用をなくした大使なのか？　マヒートの競争相手だが、救いの手にもなるのか？　待っていない場合、大使はその生涯に学んだことを若い後任に伝えないまま死んだことになる。

　マヒートの頭の中のイマゴ版イスカンダーは彼女とほぼ同い年で、共通点を見つけるにはいいが少々気詰まりでもあった――たいていのイマゴは年長者か事故で若くして命を落とした者なのだ。しかしイスカンダーの知識と記憶の最終バージョンが保存されたのは休暇でテイクスカラアンから最後にルスエルへ戻ったときで、彼がシティへ赴任してからわずか五年後のことだった。それからさらに十五年が経過しているのだ。

　というわけでイスカンダーは若く、マヒートも若く、統合するうえでは有利だったかもしれないが、いっしょに過ごした時間の短さがそれを相殺していた。特使が到着してからマヒートが自分が次の大使になると知るまでが二週間。マヒートとイスカンダーが、ステーションの心理療法士たちの指導のもと、それまではマヒートだけのものだった体の中でいっしょに生きる方法を学ぶのに三週間。テイクスカラアン宇宙全体に宝石のように散らばるジャンプゲートのあいだを亜光速で移動するあいだ、アセンションズ・レッド・ハーヴェストで過ごした長くゆるやかな時間。

　シードスキフの外殻が熟した果実のようにむけた。ハーネスが格納された。マヒートは両手に荷物を持ち、ゲートへ足を踏み出してテイクスカラアンに入った。

　スカイポートのゲートはがらんとした実用一辺倒の空間で、耐摩耗カーペットが敷き詰められ、ガラスと鋼鉄のパネルで構成された壁のあいだにはよく目立つ標識が掲げられていた。ゲートの接続トンネルの真ん中、シードスキフとスカイポート本体とのちょうど中間地点に立っていたのは、完璧な仕立てのクリーム色のスーツに身を包んだテイクスカラアン帝国の役人だった。小柄な女性だ。肩も腰も幅が狭くて、マヒートよりずっと背が低く、フィッシュテールに編んだ黒髪が左の襟にかかっている。鐘のように広がった袖は、上腕部の炎のようなオレンジ色から――〈情報省の色だ〉とイスカンダーがマヒートに告げた――宮廷貴族の特権である深紅のカフスまでゆるやかに色合いを変えていた。左目の上に着けているクラウドフックは、帝国情報ネットワークの絶え間ない奔流で満たされたガラスのアイピースで、女性のほかの部分と同じようにしゃれた装飾がほどこされていた。大きな黒い目や薄い頬骨と口は、テイクスカラアンの最新流行と比べると繊細すぎるが、ステーショナーであるマヒートの基準では、美人とは言えないとしても人目を引くタイプではあった。彼女は胸の前で礼儀正しく指先を合わせ、マヒートに向かって頭をさげた。

イスカンダーがマヒートの両手をあげて同じ身ぶりをし——マヒートは持っていたふたつのバッグをみっともない音を立てて床に落とした。マヒートはぞっとした。二人がそんなふうにずれたのはいっしょになった最初の週以来だった。

〝くそっ〟とマヒートは思い、同時にイスカンダーが〈くそっ〉と言うのを聞いた。なんとも不安な二重唱だった。

役人の淡々とした表情は変わらなかった。「大使、わたしはスリー・シーグラス、アセクレタで二等貴族です。〝世界の宝石〟にあなたをお迎えできて光栄です。シックス・ダイレクション皇帝陛下の命により、あなたの文化案内役を務めさせていただきます」長い沈黙が続いた。役人は小さくため息をついて続けた。「持ち物のほうでなにかお手伝いは必要ですか？」

〝スリー・シーグラス〟は昔ながらのテイクスカラアン人の名前だ。数詞のほうは少なめの数で、名詞の部分には植物の名前が使われている——マヒートがこれまで名前に使われているのを見たことがない植物ではあったが。テイクスカラアン人の名前の名詞部分はすべて植物か道具か無生物で、植物の場合はほとんどが花の名前だ。〝シーグラス〟はおぼえやすい。アセクレタは、そのスーツがしめすとおり情報省の一員であるというだけでなく、訓練された上級エージェントであり、二等貴族という宮廷の称号を持っていることを意味している。貴族階級ではあるが、あまり重要でもないし裕福でもないということだ。

　マヒートは両手をイスカンダーが動かした場所でそのまま保持した。勝手に動かされたことにどれほど腹を立てていようと、両手は本来その位置にあるべきだったので、その上で頭をさげた。「ルスエル・ステーションのマヒート・ドズマーレ大使が、みなさまと皇帝陛下のもとへ参上いたしました。陛下の治世が虚空に広がる放射状の閃光でありますように」これはテイクスカラアン宮廷の一員との初めての公式の顔合わせだったので、マヒートはイスカンダーやルスエル評議会と相談して慎重に選んだ特別な敬語をもちいていた。

〝放射状の閃光〟というのは、ステーショナー宇宙で帝国の存在を記した最古の書籍である『拡大の歴史――偽サーティーン・リバー著』で使われている皇帝トゥェルブ・ソーラー＝フレアの添え名だ。マヒートがいまそれを使ったのは、自身の博学ぶりとシックス・ダイレクションやそのオフィスに対する敬意をあらわすためだ。しかし〝虚空〟は、ステーショナー宇宙の一部――それは実際には宇宙ではなかった――をテイクスカラアンが要求していることについて、いかなる示唆も慎重に避けていた。

　スリー・シーグラスがそうした文献とのつながりに気づいたかどうかはよくわからなかった。彼女はマヒートがふたたび荷物を持ちあげるのを辛抱強く待ってから言った。「荷物はしっかり握っていてください。前任の大使のことで司法省がじりじりしながら待っていますし、途中でいろいろな人にあいさつをしなければいけないかもしれません」

なるほど。マヒートはスリー・シーグラスの皮肉っぽくなれる能力も、愛想良くできる能力もあなどるつもりはなかった。彼女はうなずき、相手の女性がくるりと振り向いてトンネルを歩き出すと、そのあとに続いた。

〈だれもあなどってはいけない〉イスカンダーが言った。〈文化案内役はおまえが生きてきた長さの半分の期間を宮廷で過ごしている。その地位にふさわしい働きをしたんだ〉

〝たったいまわたしをあわてた野蛮人みたいに見せたくせに説教をしないで〟

〈謝罪してほしいのか?〉

〝悪いと思っているの?〟

マヒートはイスカンダーの表情を容易に想像することができた。テイクスカラアン市民らしく穏やかに吊りあがった眉。ホログラフで見たふっくらした口が彼女の唇を引っ張ってゆがませている。〈おれはおまえに野蛮人になったような思いをさせたくない。彼らからたっぷりとそんな思いをさせられるだろうからな〉

イスカンダーは悪いと思っていなかった。気まずい思いをしている可能性は少しだけあったが、たとえそうだとしても、マヒートの内分泌系でそれを感じてはいなかった。

それからの半時間、イスカンダーはマヒートを助け続けた。マヒートはそれを不快に思うことさえできなかった。彼のふるまいはイマゴに求められるふるまいそのものだった。マヒートが自分で身につける時間がなかった本能的および無意識的なスキルの宝庫。イスカンダーはすべて知っていた――ステーショナーではなくテイクスカラアン市民のために作られた戸口を抜けるときにいつ頭をさげるのか、スカイポートの外側を降下するエレベーターのガラスに映るシティのまぶしさからいつ目をそらすのか、スリー・シーグラスの地上車に乗り込むときにどれだけ足をあげればいいのか。イスカンダーは現地民のように礼儀作法をこなした。荷物の一件のあと、彼はマヒートの手を動かすことに慎重になっていたが、マヒートのほうは、だれを相手にどれくらい目を合わせるとか、あいさつのときに頭をどれくらいさげるとか、自分がエイリアンではなく野蛮人でもなくシティにいてかまわないだれかなのだと伝えるためのちょっとしたあれこれとか、すべて彼にまかせていた。保護色のようなものだ。現地民として行動するのに現地民である必要はない。マヒートは好奇の目が自分からそれてスリー・シーグラスのはるかに興味深い宮廷服に向けられるのを感じ、ここでこんなに上手に過ごせるなんて、イスカンダーはどれほどシティを愛していたのだろうかと考えた。

地上車の中でスリー・シーグラスがたずねた。「この世界に来て長いのですか？」

　マヒートはテイクスカラアン語以外の言語で考えるのをやめる必要があった。スリー・シーグラスが口にしたのは、よくある礼儀正しい世間話のようなもので、〝以前にわたしの国に来たことがありますか〟という意味だったが、マヒートはそれを存在に関する質問のように聞いていた。

「いいえ」マヒートはこたえた。「でも小さいころから古典を読んでいて、シティのことはよく考えていました」

　スリー・シーグラスはこの返答に納得したようだった。「大使、あなたをうんざりさせたくはありません。しかし、道中で見かけるものについて簡潔な言葉での案内がほしいということであれば、わたしが喜んでふさわしい詩を詠ませていただきます」彼女が車の自分のほうの操作ボタンを押すと、窓が透明になった。

「うんざりするはずがありません」マヒートは正直に言った。窓の外では、鋼鉄と淡い色の石でできた都市が流れ過ぎていき、高層ビルのガラスの壁でネオンの明かりがのぼりくだりを繰り返していた。彼らがいるのは中央環状道路のひとつで、市庁舎のあいだを抜けて内側に螺旋を描きながら宮殿へと向かっていた。正しくは宮殿というよりも都市の中にある都市だ。統計によれば、そこには数十万人の住民が暮らしていて、庭師からシックス・ダイレクション自身にいたるまで、全員が帝国を機能させるためにほんの少しずつ責任を負っていた。だれもが帝国市民に保証された情報ネットワークに接続され、絶え間なく流れるデータを浴びて、どこにいるべきか、なにをするべきか、自分の一日や一週間やひと時代がどのような筋書きになるかを教わっていた。

　スリー・シーグラスはすばらしい声の持ち主だった。暗唱しているのは『ザ・ビルディング』――シティの建築物を描いた一万七千行におよぶ詩だ。厳密にどのバージョンなのかはわからなかったが、それはマヒート自身の手抜かりかもしれなかった。テイクスカラアンの正典《カノン》からお気に入りの物語詩を集め、テイクスカラアンの文学者をまねて（そして口頭試験に合格するために）できるだけたくさん暗記していたが、『ザ・ビルディング』はいつも退屈に思えたので気にしていなかったのだ。いま、そこで描かれている建物のそばを通過しながらスリー・シーグラスの暗唱に耳をかたむけていると、まったく印象がちがった。彼女は流暢な朗詠者で、韻律構成をみごとにあやつり、即興がふさわしいときには関連する愉快な細部をその場で付け加えた。マヒートは膝の上で両手を重ね、地上車のガラス窓のむこうで詩が流れ過ぎていくのをながめていた。

　これがシティなのだ。世界の宝石、帝国の中心地。叙述と目に見えるものとのあいだに食い違いがあると、スリー・シーグラスは建物の変化に合わせて標準の『ザ・ビルディング』に臨機応変に調整を加えていた。しばらくして、マヒートはイスカンダーがスリー・

シーグラスといっしょに暗唱していることに気づいた。頭の奥で響くそのぼんやりとしたささやき声は、なぜかマヒートに安心感をもたらした。彼はこの詩を知っていたので、彼女も必要があればこの詩を知ることになる。結局のところ、イマゴラインはそのためにあるのだ——役に立つ記憶を世代を超えて確実に受け継いでいくために。

四十五分と二度の交通渋滞を経たあと、スリー・シーグラスが詠唱を締めくくり、宮殿の敷地の中心近くにある針のように細長い建物の基部に地上車を止めた。〈司法省だ〉イスカンダーが言った。

〝良い兆し、それとも悪い兆し？〟マヒートは彼にたずねた。

〈場合によりけりだな。おれはなにをしたんだろう〉

〝なにか違法なことでしょう。ねえ、イスカンダー、どんな可能性があるのか教えて。あなただったらなにをして刑務所に入れられそう？〟

マヒートは、イスカンダーにため息をつかれたような気がしたが、それと同時に他人の緊張で自分の副腎が刺激されているような気持ち悪い感覚をおぼえた。〈ふむ。扇動だな、おそらく〉

これがジョークだと確信できればいいのだが。

柱のような司法省は灰色の制服を着た守衛たちにぐるりと囲まれていて、扉付近はその密度がさらにあがっていた。検問所だ。守衛たちはテイクスカラアンの軍隊でよく使われるエネルギー兵器ではなく、ほっそりしたダークグレーの棒を携行していた。マヒートはエネルギー兵器ならアセンションズ・レッド・ハーヴェストでよく見ていたが、そんなのは見たことがなかった。

〈ショックスティックだ〉イスカンダーが告げた。〈電気を使った群衆制御棒——おれが最後に来たときはあんなものはなかった。あれは暴動鎮圧用の道具で、見かけるとすればどぎつい娯楽作品の中くらいだ〉

〝あなたは十五年ほど時遅れだから。いろいろ変わったかも——〟

〈ここは宮中のど真ん中だぞ。司法省で暴動を心配しているとしたら、なにかが変わったのではなく、なにかがおかしいんだ。さあ、おれがなにをしたか見てくるとしようか〉

マヒートは、いったいどれほどおかしくなれば司法省の玄関先に大がかりな検問所ができあがるのか、そしてイスカンダーはそれにひと役買ったのだろうかと考えた——ちくちくした痛みが背すじを這いあがって両腕をくだり、尺骨神経に不快なうずきが走る——だが、スリー・シーグラスに先へとうながされたので、それ以上悩んでいる暇はなかった。

案内役はマヒートだけでなく自分の親指の指紋も提示し、テイクスカラアン人の守衛がマヒートの旅行用ジャケットとズボンのポケットを控えめに叩いているあいだは、失礼のないよう目をそらしていた。マヒートの荷物は礼儀正しい守衛たちにあずけられたが、帰るときには必ず返してもらえるとのことだった。

守衛はマヒートの個人空間に関するあらゆるタブーを蹂躙し終えると、あなたの身元はクラウドフックに記録されていないし、司法省内に存在することを許可されてもいないので、付き添いなしで歩きまわらないようにと忠告した。マヒートはスリー・シーグラスに向かってたずねるように眉をあげた。

「スピードに問題があったのです」スリー・シーグラスは絞りのように開閉するアイリスドアを足早に抜けて、屋内のひんやりしたスレート張りの床へ踏み込み、ならんだエレベーターを目指した。「あなたの身元の登録と宮殿内の移動許可については、もちろん可能なかぎり迅速に処理されます」

マヒートは言った。「ここへ来るまで一カ月以上かかったのに、スピードに問題があるんですか？」

「わたしたちは三カ月待っていたのですよ、大使。ステーションから新しい代表者を迎えるために使者を派遣してから」

〈おれはよほど派手なことをやらかしたようだ〉イスカンダーが言った。〈下の階には秘密の法廷や取調室がある、というか、宮殿の噂ではそう言われていた〉

エレベーターのチャイムが四分の一拍子で鳴った。「もう一時間増えたところで問題があるんですか、三カ月のあとで？」

スリー・シーグラスは身ぶりでマヒートを先にエレベーターへうながした。あまり雄弁ではないとはいえ、それは返事のようなものではあった。

エレベーターは降下した。

下で二人を待っていたのは法廷とも手術室ともつかない部屋だった。ブルーストーンの床、半円状にならんだベンチの中心に高いテーブルがあり、シーツで覆われた大きな物体が横たえられている。天井には投光照明。見たことのないテイクスカラアン人が三人いて、みな頬骨が広く肩幅があり、一人は赤いキャソックを、一人はスリー・シーグラスと同じ情報省のオレンジ色とクリーム色の服を、もう一人はショックスティックの金属光沢を思わせるダークグレーのスーツを着ていた。彼らがテーブルのまわりに立ち、低い、せかせかした声で言い争いをしているせいで、マヒートにはそこに横たわっているものがよく見えなかった。

「やはりうちの省のために独自の検査を実施したい。彼を帰してしまうまえに」情報省の廷臣がいらいらと言った。

「ただ引き渡すという選択肢はありえない」赤い服を着たテイクスカラアン市民がきっぱ

りと言った。「我々にとってなにも良いことがないし、ひょっとしたら事件が――」

ダークグレーのスーツを着た男が反論した。「あなたの省の意見とはちがうがね、イクスプラナトル、わたしは確信しているよ。彼らが起こす可能性のある事件など虫に刺されるくらいの問題にしかならない。簡単に鎮まるだろう」

「おい、いい加減にしろ、議論はあとまわしだ」情報省の男が言った。「二人がここに来ている」

赤い服の男は、マヒートたちが部屋に入るとすぐにこちらを向いた。まるで二人の到着を見越していたかのようだ。天井は低いドームになっていた。マヒートは大地の下に閉じ込められたガスの泡を連想した。それからテーブルの上にあるものが死体だと理解した。

それは裸の胴体の途中まで引きあげられた薄いシートの下に横たわって、両手を胸の上に置き、死後の世界を迎える準備をしているかのように指先をふれ合わせていた。頬はくぼみ、ひらいた目には青いかすみがうっすらとかかっていた。唇と爪床にも同じ色が浸透していた。死後ずいぶん経過しているように見えた。おそらく……三カ月か。

マヒートは、イスカンダーがとなりに立っているかのようなはっきりした声で、〈おれも老けたな〉と言うのを不思議な恐怖と共に聞いた。彼女は震えていた。心臓の鼓動が高まって、スリー・シーグラスが彼女を紹介する声をかき消していた。惑星に向かって落下するよりもひどい、激しいめまいが押し寄せて、いきなりパニック状態になった。マヒートのパニックではない、イスカンダーのパニックだ。彼女のイマゴが彼女の体内にストレスホルモンを、金属の味がするほどのアドレナリンをあふれさせているのだ。死体の口はたるんでいたが、その両端にはほほえみの線が見えていて、マヒートはイスカンダーの筋肉が時がたつうちにどんなふうにしてそれを形作ったかを自分自身の口で感じることができた。

「ご覧のとおりです、ドズマーレ大使」赤い服の男が言った。マヒートは紹介されたときに名前を完全に聞き落としていた。「新しい大使が必要でした。このような形で遺体を保存していることはおわびしますが、あなたがたがどのような葬儀を望むにせよそれを軽視したくなかったのです」

マヒートはそばへ近づいた。死体は死んだままで、ぐったりして、からっぽだった。〈くそっ〉イスカンダーの言葉が吐き気をもよおす雑音として伝わってくる。マヒートにはこのままでは吐いてしまうという恐ろしい、なすすべのない確信があった。〈ああ、くそっ、とても耐えられない〉

マヒートは考えた〈それともイスカンダーが考えたのか——彼女は二人を区別するのに苦労していたが、そんなのは統合のあるべき姿ではないし、彼女の内分泌系を乗っ取る彼の生化学的パニック反応のせいで混乱したりすることは本来ありえないのだ）――イスカンダーがいま存在しているのは彼女の頭の中だけなのだと。テイクスカラアンから新しい大使を要求されたとき、マヒートは彼が死んだのだと判断し、それについて知的に考えて、ちゃんと計画を立てたのに、それでも――いまここにいる彼は――まさに死体で、からっぽの朽ち果てた抜け殻で、マヒートがパニックを起こしているのは彼女のイマゴがパニックを起こしているせいだが、感情の激変は完了していない統合をいともたやすくぶち壊すものであり、感情の激変は彼女の心の中にあるマシンの超小型回路を残らず焼き尽くすだろう、そして〝ああくそっ彼は死んだ〟と〝ああくそっおれが死んでいる〟、そしてぶれが、吐き気をもよおすぶれがあらゆるものに。

〝イスカンダー〟マヒートは呼びかけ、癒やしを求めようとしたが、かすりもしなかった。

〈もっと近くへ〉イスカンダーが言った。〈ちゃんと見ないと。よくわからない――〉

マヒートが言われたとおりにしようと決断するより早く、イスカンダーが二人を動かした。死体に近づくまでのあいだだけ意識を失っていたかのようだ。まばたきをしたらもうそこにいて、これはとても、とてもまずいことになると思ったが、自分ではそれを止めることができず――

「わたしたちは死者を燃やします」マヒートは言ったが、それを正しい言葉で伝えられたことをだれに感謝していいのかわからなかった。

「たいへん興味深い習慣ですな」ダークグレーの服を着た廷臣が言った。どうやら司法省に所属しているようだ。ここは彼の遺体安置所なのだろう、たとえ赤い服の男が葬儀屋だとしても。

マヒートは男に向かってほほえんだ。彼女の顔にとっては大きすぎる、イスカンダーの顔にとっては気まますぎる、どんなに落ち着いたテイクスカラアン市民でも怯えてしまいそうな笑顔。「そのあとで」マヒートは正しい語彙を探し、逆巻くアドレナリンの波の中でそれにすがりつく。「わたしたちは灰を聖なるものとして食べます。まず初めに彼の子供と後継ぎが。いればの話ですが」

その廷臣は上品にも青ざめたが、気丈に自分の言葉を繰り返した。「たいへん興味深い習慣ですな」

「あなたたちはどうするのですか？」マヒートはたずねた。そしてふらふらとイスカンダーの死体に近づいた。口はとりあえず自分で動かせるようだったが、足はイスカンダーに奪われていた。「こんな質問をしてすみません。なにしろ、わたしは市民ではないので」

赤い服の男が言った。「埋葬するのがふつうです」毎日そんな質問にこたえているかのような口ぶりだった。「遺体を調べたいですか、大使？」

「そうすべき理由がなにかあるのでしょうか？」マヒートは言ったが、すでにシーツを引きおろしていた。指が汗をかいていて布がつかみにくい。シーツの下の死体は裸だった。四十代の男で、肌の透けている部分はほとんどが同じ青みを帯びていた。全身に防腐剤が注入されているのだ。注入部位もくっきりと残っていて、穴のまわりの皮膚が青白く盛りあがっていた——頚動脈と両腕の尺骨静脈だ。右手の親指の付け根にも別の注射跡があり、それが手全体の形をゆがませていた。また空白の一瞬があり、気がつくとマヒートはそこを見つめていた——顔を見ていたはずなのに、いまは手首を見ていて、まるでイマゴが自分のかつての肉体の変わってしまった部分を余さず見ようとしているかのようだ。マヒートが後継者としての権利でイスカンダーの灰をほしがっていたとしても——自分ではそうしたいかどうかよくわからなかった——赤い服の男が彼に注入したものを摂取するのは非常に愚かな考えかもしれなかった。腐ることなく三ヵ月。金臭い内分泌連鎖により、喉の奥に苦いものがこみあげてくるのを感じた。肉体は腐敗して再循環されるべきなのだ。

だが帝国はなにもかも保存し、何度も同じ話を繰り返していた。ただ放棄するのではなく肉体も保存して適切に利用すればいいでしょう？

マヒートは手首にふれていた。イマゴが彼女の指先を動かして注入部位をなぞり、さらになにかの傷跡をたどって手のひらの中へと進んでいく。表皮はゴムっぽく、プラスチックっぽく、へこみすぎるようでもあり硬すぎるようでもある――彼女のイスカンダーはまだその傷を負っていないし、彼女のイスカンダーはまだ死んでいない――またもやあの目がくらむような吐き気が押し寄せ、視界の端がせばまって泡立ち火花が散り、そして彼女はふたたび思う。〝このままではすべての回路が焼き切れてしまう、**やめろ**〟――〈耐えられない〉イスカンダーがふたたび言った。マヒートの心の中のすさまじい否定、火花が消えるような剝離――そして彼は消えた。

静寂。イスカンダーがマヒートの目をとおして見ている感覚さえない。まるで重力がなくなったみたいで、意図して生成したわけではないエンドルフィンがあふれ、恐ろしくひとりきり。舌が重かった。それはアルミニウムのような味がした。

こんなことはいままで一度もなかった。

「彼はどのようにして死んだのですか？」マヒートはたずね、自分の声がまったくふつうで、まったく動じていないことに驚いた。ただ話し続けるための質問。テイクスカラアン人はだれもイマゴのことを知らないので、だれも彼女の身になにが起きたのかを理解することはできないだろう。

「彼は窒息したのです」赤い服の男が熟練した二本の指で死体の首にふれた。「喉がふさがっていました。たいへん運が悪かった。しかし、非市民の生理機能はわたしたちのそれとは大きく異なることがあるのです」

「アレルギーのあるものを食べたのですか？」マヒートはたずねた。それはひどく滑稽に思えた。彼女はショックで呆然としたが、どうやらイスカンダーはアナフィラキシーで死んだらしく、気をつけないとヒステリックに大笑いしてしまいそうだった。

「あろうことかテン・パール科学大臣との夕食会の席上だった」最後の廷臣が言った。情報省の男で、見た目はまるでティクスカラアンの古典絵画から抜け出してきたようだ。信じられないほど左右対称の顔立ちをしている。豊かな口、低い額、完璧なかぎ鼻、濃い茶色の水たまりのような目。「きみもその後のニュースフィードを見ただろう、大使。タブロイド紙の記事になるような事件だったからね」

「トウェルブ・アゼイリアに失礼な意図はありません」ドアのそばに立っているスリー・シーグラスが言った。「あのニュースは宮殿の外に出ることはありませんでした。一般大衆には不適切だったからです」

　マヒートはシーツを死体の顎先まで引きあげた。なんの助けにもならなかった。彼はまだそこにいた。「その事件は各ステーションにとっても不適切だったのですか？　わたしをシティへ呼んだ特使は不必要に話をぼかしていました」

　スリー・シーグラスは片方の肩をほんの少しすくめた。「大使、わたしはアセクレタではありますが、すべてのアセクレタが情報省全体の決定に関与するわけではありません」

「あなたは彼の体をどうしたいのですか？」赤い服の男がたずねた。マヒートは顔をあげて男を見た。ティクスカラアン市民にしては背が高い。緑色の目は異様に親しげで、彼女の目とほぼ同じ高さにあった。マヒートは死体をどうすればいいのかまったく知らなかった。自分でだれかを焼いたことはなかった。両親はまだ生きていた。それに、ふつうは葬儀管理者に連絡をしてあとの処理をまかせるだけだ——できるなら、愛する人と手を取り合っておたがいを失う悲しみで共に涙に暮れているあいだに。

　目のまえの死体をどうすればいいのかはもっとわからなかった。イスカンダーのことで泣く者はいないし、それはマヒートも例外ではない。どこから手をつければいいかわかっている葬儀管理者はティクスカラアン宇宙にはいなかった。

「とりあえずはなにも」と言葉を絞り出し、残った吐き気を懸命にのみ込んだ。指に電気が流れたような感じで、死んだ男の皮膚にふれた部分がすべてひりひりしていた。「どのような施設が利用できるのかがわかってきたら、もちろんわたしのほうで手配をします。それまでは、その、彼は腐ったりはしませんよね？」

「非常にゆっくりとだけ」赤い服の男は言った。

「あの——」マヒートはスリー・シーグラスに目で助けを求めた。彼女は文化案内役だから橋渡しはお手のもの――

「イクスプラナトル・フォー・レバー」スリー・シーグラスが親切に教えてくれた。「科学省の方です」

「フォー・レバー」マヒートは続けたが、男の称号は――イクスプラナトルとは一般的に〝科学者〟のことで、認定された科学者を意味する――わざと省略した。「いつごろ腐敗が目立つようになりますか？　あと二カ月くらい？」

フォー・レバーは歯を細くのぞかせてにんまりと笑った。「二年です、大使」

「すばらしい」マヒートは言った。「それなら充分に時間がありますね」

フォー・レバーは三角形に押し当てた指の上でお辞儀をした。まるで命令でも受けたかのように。マヒートはだいぶ甘やかされているようだ。それなら利用させてもらおう。そうするしかない。よく考えるための場所が必要だが、ここではだめだ。司法省の奥深く、三人の廷臣とイクスプラナトルの遺体安置所の係員が、彼女が取り返しのつかないミスをしてイスカンダーと同じ運命をたどるのを待ちかまえているような場所では。

前任の大使は自分の生理機能に裏切られた。二十年もシティで暮らして、テイクスカラアン市民が食べていたものを食べていたのに。そんなことが信じられるだろうか？

〝イスカンダー〟マヒートは本来ならイマゴがいる空白の場所へ向かって考えた、〝あなたは死ぬまえにわたしたちをどんなことに巻き込んだの？〟

　返事はなかった。空白の場所に意識をのばしたせいで、足は床に着いているとわかっているのに落下するような気がした。

「それでは」マヒートはスリー・シーグラスに告げた。ゆっくりした、冷静な、正しい言葉遣いで、めまいと恐怖を隠そうとした、「ステーションからテイクスカラアンへやってきた正式な大使として登録をすませ、自分の荷物を引き取りたいと思います」とにかくここから出たかった。できるだけ早く。

「もちろんです、大使」スリー・シーグラスは言った。「イクスプラナトル。トウェルブ・アゼイリア。トウェンティナイン・インフォグラフ。いつものように、お会いできて光栄でした」

「こちらこそ、スリー・シーグラス」トウェルブ・アゼイリアが応じた。「大使のお世話をよろしく」

　スリー・シーグラスは、だれがなにを言おうが宮廷のアセクレタに大きな影響をおよぼすことはできないとでも言うように、ふたたび片方の肩をすくめた。マヒートは急に彼女を好ましく思ったが、それが味方を手に入れたいという必死の思いのあらわれでしかないことはわかっていた。イマゴが話しかけてこなくなって、マヒートはとても孤独だった。

まあ、彼はじきに復活するだろう。ショックが消えれば。感情の激変がおさまれば。それでいい。わたしは大丈夫だ。もうめまいもしなかった。

「では、行きましょうか？」マヒートは言った。

第2章

緊急大注目！
その斬新さと重要性で未来を先取り
チャンネル・エイトでこのあとすぐ！

今夜、セブン・クリソプレイズとフォー・シカモアがオーダイル星系のオーダイル1からのレポートをお届けします。オーダイル1の首都で発生した暴動がおさまったため、副ヤオトレックであるスリー・スマックの指揮下にある第二十六軍団は軌道からの離脱を準備しています。このあと、首都の中央広場にいるフォー・シカモアが、このたび復職したナイン・シャトル惑星総督へのインタビューをおこないます。オーダイル・ゲートを経由する交易については二週間以内に通常のレベルに戻ると予想され……

——チャンネル・エイト！　夜のニュース番組、シティ内部のクラウドフック・

ネットワークでの放送、全ティクスカラアンの皇帝シックス・ダイレクションの第十一インディクティオの三年目、二四五日

ジャンプゲート接近規約一覧、全二ページ中の第二ページ

……速度を艦船の最大亜光速の一二八分の一に落とし、ジャンプゲートに反対側から非ステーショナー船が同時に進入してきた場合でも回避行動をとれるようにする。

17　艦内無線放送によりジャンプが近いことを通知。

18　乗務員と乗客にジャンプが近いことを通知。

19　一二八分の一の速度で、視覚の歪みがもっとも大きなエリアに接近し……

——ルスエル・ステーション　操縦士訓練マニュアル　一三五ページ

大使用の居室はマヒートがイスカンダーの死体をからっぽと感じたのと同じ分だけイスカンダーで満たされていた。自分がぐるりと裏返しにされ、イスカンダーの記憶ではなくその持ち物に取り囲まれているかのようだ。居室はマヒートが到着するまえに換気がおこなわれていた。少なくともそうであってほしかったし、ひらいた窓と、その窓から流れ込んでカーテンを吹き戻す空気でさえ追い散らすことのできない消毒液のにおいからすると、

そのとおりではないかと思われた。とはいえ、そこがだれかが住んでいた場所であるのはまちがいなかった。それも長いあいだ。

人間のほうのイスカンダーは、青い色と、暗い光沢のある金属でできた高級感のある家具が好みだったらしい。仕事用のデスクや低めのカウチの工業的なラインは、惑星ではなくステーションや船で育った者ならだれでもなじみをおぼえるだろうが、床は毛足の長い絹のような模様入りの敷物で覆われていた。マヒートは純粋な肉体的快楽のために自宅で裸足になるという喜びに満ちたはかない欲望について考え、イマゴの継承者たちは美的嗜好についてもかなりの部分で先人たちと一致することをあらためて思い起こした。イスカンダーは織物の上で裸足になるのが好きだった。いままでそんな機会はなかったのに、マヒートもやはりそれが好きなようだ。

内部にあるドアのむこうは寝室だった。ステーショナー宇宙を描いたテイクスカラアン星図のメタルモザイクが、ベッドの上に広告のようにぶらさがっている。〝ここで眠ったら、このセクター全体の資源といっしょに眠ることになるんだ！〟

それはとても美しい作品でほとんど未熟なところはなかった。ほとんど。

ベッドサイドのテーブルには冊子本《コーデックス》とプラスチック製のインフォフィルムのシートがきちんと四角く積まれていた。イスカンダーはベッドで読むものの端をそろえるタイプではなさそうだ。マヒート自身がそうでないように。本人がここにいて質問できれば簡単だが、もしも彼が戻らなかったらどうする？　マヒートとイスカンダーが完全に一人の人間になるまえに、あの恐ろしい感情の爆発がイマゴマシンと彼女の脳幹との接続を焼き尽くしてしまったら？　もっと長く過ごせていれば、マシンなど問題ではなかった。マヒートがイスカンダーになるか、イスカンダーがマヒートになるか、あるいはふたりがマヒート・ドズマーレと呼ばれる新しいもっと完全な存在になっていれば、それはイスカンダー・アガーヴンが知っていたことを詳細に把握していたはずだ。筋肉の記憶も伝わり、経験と本能は統合され、声と声とが混じり合い、あるべき姿に、イマゴ系の新たなリンクとなっていただろう。だがいまは？　いったいなにをすればいい？　故郷に連絡して修復の指示を求めるのか？　故郷に帰り、イスカンダーが死んだ理由を突き止めることも含めて、あらゆる仕事を放置するのか？　彼の助けがなくても言葉の問題はないだろう――夢の半分はテイクスカラアン語で見ていたし、シティの夢も充分に頻繁に見ていた――しかし、自分の中にイスカンダーが加わってからずっとその重みを感じてきた場所に意識をのばすと、またもやあの目がくらむような恐ろしい墜落感をおぼえた。ベッドの端に腰をおろし、気絶しないと確信できるまで、冊子本《コーデックス》のきっちりそろった端をじっと見つめる。部屋を掃除しただれかがあれを整理したとすれば、明らかに犯罪の証拠となりそうなものは持ち去られたということだ。

マヒートは早くも犯罪のことを考えていた。

もちろん犯罪のことは考えていた。隠蔽があると思わなければ。不正や裏の意味があると思わなければ。イスカンダーは窒息した。アレルギーだったのか、なにかとても希薄なものを吸い込んだのか。政治的駆け引きは常にある。ここはシティなのだ。ここではだれもがその目に物語を吹き込むクラウドフックを着けている。謀略に二重スパイ、そしてマヒートは子供のころにそういう物語を読みあさり、自分でも語っていた——薄っぺらな模倣で、ステーションのくすんだ金属製の壁に向かって完璧な節回しで語っていたものだが、それでは子供たちのあいだで人気のある愉快なやつにはなれなかった——まあどうでもいいことだ。

テイクスカラアン市民のように考えるんだ。

犯罪がらみの情報は削除されるか無害なものに変えられるかしたはずだ。

あるいはイスカンダーが隠したかもしれない。もしも自分の身になにが起こるか知っていたか、疑っていたとすれば。もしも彼が利口だったとすれば（イマゴは利口だが、なにしろ時遅れだ。人は十五年もたてば変わるかもしれない）。

マヒートがここにそんなに長く住み続けたら、どんなふうになるだろう。特にイマゴ抜きだったら——時遅れということより、消えてしまうほうが問題は大きい。もしも彼が戻ってこなかったら（もちろん彼は戻ってくる、こんなのは些細なぶれだ、エラーだ、明日になって目が覚めたらここにいるはずだ）、犯罪だけでなく妨害工作のことを考えなければ。マヒートのイマゴマシンになにかが起きたのだ——妨害工作か、機械的な故障か。あるいは個人的な統合の失敗か。マヒート自身のせいかもしれない。心理状態の問題で彼を拒絶したのかもしれない。体が震えた。両手がまだちくちくして違和感があった。

「あなたの荷物は処理されてあなたのものに戻りました」スリー・シーグラスがイスカンダーの寝室のアイリスドアを抜けて入ってきた。マヒートは背筋をまっすぐにのばしてすわり、神経系の異常など一切ないというふりをした。「禁制品のひとかけらもありません。あなたはいまのところとても退屈な野蛮人です」

「なにか刺激を期待していたの？」マヒートはたずねた。

「あなたはわたしにとって初めての野蛮人です」スリー・シーグラスは言った。「あらゆることを期待しています」

「以前にも非市民と会ったことはあるでしょう。ここは〝世界の宝石〟なんだから」

「会うのと案内役をつとめるのとはちがいます。あなたはわたしの非市民です、大使。わたしはあなたのためにドアを開けます」

スリー・シーグラスが使った動詞の変化形は古めかしくて慣用句になっていた。マヒートは自分で思っているより流暢に聞こえないかもしれないリスクをおかして言った。「二等貴族にはドアを開ける以上の責務を期待したいけどね」

スリー・シーグラスの笑みはたいていのテイクスカラアン人の表情よりも鋭かった。それは彼女の目まで達した。「あなたにはクラウドフックがありません。一部のドアを開けることができません。シティはあなたが実在していることを知らないのです。それに、わたし抜きで、どうやって郵便物を解読するのですか？」

マヒートは片方の眉をあげた。「わたしの郵便物は暗号化されているの？」

「それで返信が三カ月遅れました」

「それは」マヒートは立ちあがって寝室を出ながら言った。少なくともこのドアは彼女を知っていた。「わたしではなくイスカンダー・アガーヴン大使の郵便物でしょう」

スリー・シーグラスがあとからついてきた。「ちがいはありません。ドズマーレ大使、アガーヴン大使」片手を前後にかたむける。「どちらも大使の郵便物です」

スリー・シーグラスが知っている以上にちがいは小さかった。というか、いずれイマゴが戻ってくればそうなるだろう。マヒートは、機械の故障を心配していただけでなく、彼にひどく腹を立てていたことに気づいた。これまでにイスカンダーがやったことといえば、自分が死んだのを見てパニックを起こし、マヒートをアドレナリンの大暴発に陥れ、生涯でもっとも奇妙な頭痛をあたえただけだ。彼女に残されたのは、十五年長くテイクスカラアンで過ごしたほうのイスカンダーがほぼまちがいなく殺害されたせいで放棄することになった未返信の郵便物の山と、ユーモアのセンスがある文化案内役が一人。

「それも暗号化されているんだ」

「もちろんです。大使の郵便物を暗号化しなかったら充分な敬意を払っているとは言えません」スリー・シーグラスはインフォフィッシュ・スティックでいっぱいになったバスケットを取り出した。回路を包み込む木や金属やプラスチックの小さな長方形は、ひとつひとつに送信者の個人アイコンで凝った装飾がほどこされていた。スリー・シーグラスがそれをひとつかみ取り出すと、指のあいだからはみ出したスティックで、こぶしに鉤爪が生えているように見えた。「どれから始めましょうか？」

「郵便物がわたし宛なら、わたしが自分で読むべきかと」

「法的には、わたしは絶対的に同等です」スリー・シーグラスが愛想良く言った。

愛想が良いだけでは充分ではない。マヒートはたしかに味方をほしがっていて、スリー・シーグラスには、ただちに脅威となったりはせず、役に立つ協力者であってほしかった。なにしろ、この女性にはマヒートの滞在中はその世話役としてとなりの部屋に住んでドアを開けてもらわなければならなかったし、マヒートはシティで自分がどれほど窮屈な思いをすることになるかを理解し始めていたし、シティのあらゆる場所を見ている目にとってマヒートは実在していないのだ。とはいえ、マヒートが望んでいるというだけでスリー・シーグラスが実際にマヒートの意志の延長部になるわけではない。本人がなんと言おうと。

「テイクスカラアンの法律ではそうかもしれない」マヒートは言った。「でもステーショナーの法律では、あなたがそういう存在になることはない」

「大使、あなたがわたしに宮廷内を案内させるのを不安に感じていなければいいのですが」

　マヒートは肩をすくめ、両手を大きく広げた。「わたしの前任者の文化案内役はどうなったの？」

　スリー・シーグラスがその質問で動揺したとしても、その動揺が顔にまで届くことはなかった。声も平然としていた。「彼は二年の任期が終わったあとで配置換えになりました。もう宮殿にはいないと思います」

「名前は？」マヒートはたずねた。イスカンダーがいれば彼女も知っていただろう。その二年の任期は彼がシティで過ごした最初の二年であり、イマゴがおぼえている五年間の中に入っている。

「フィフティーン・エンジン、だと思います」スリー・シーグラスがさらりと言った。マヒートはイスカンダーのデスクのへりをつかみ、どこからともなく押し寄せてきた複雑な感情に押し流されないようこらえた。好意といらだち、頰骨から眉骨まで左の眼窩全体を覆うブロンズのフレームに組み込まれたクラウドフックを着けている顔の残影。イマゴのイスカンダーがおぼえているフィフティーン・エンジンの姿。記憶のひらめき《フラッシュ》、記憶の群れ。マヒートはイマゴへ意識をのばして呼びかけた。〝イスカンダー？〟なんの反応もない。

　スリー・シーグラスがじっと見つめていた。わたしはどんな顔をしているのだろうとマヒートは思った。たぶん青ざめて、取り乱している。

「ぜひ話をしたい。フィフティーン・エンジンと」

「ご安心ください」スリー・シーグラスが言った。「わたしはとても経験豊富ですし、非市民と共に働くために必要なあらゆる適性について並外れた成績をおさめています。わたしたちはきっと大丈夫です」

「アセクレタ――」

「どうかスリー・シーグラスと呼んでください、大使。わたしはあなたの案内役です」

「スリー・シーグラス」マヒートは声が大きくならないよう苦労しながら言った。「あなたの前任者に質問したいの。わたしの前任者がここでどんなふうに仕事をしていたのか、それとできれば、彼のどうしようもなく早すぎる、しかもこの郵便物の分量から考えるときわめて不都合な死の状況について」

「ああ」

「そういうこと」

「彼の死は、あなたの言うとおりきわめて不都合でしたが、完全に事故でした」

「それはわかるけど、彼はわたしの前任者だった」マヒートは言った。スリー・シーグラスが見た目どおりテイクスカラアン人であるならば、社会において自分の地位を占めていた人物のくわしい情報を知りたいという願いは文化的に説得力があるはずだった。いずれルスエル・ステーションにもイマゴが導入されるだろうかと質問するようなものだ。「だからわたしは、これからわたしたちがおたがいを知るのと同じように、イスカンダーをよく知っていた人と話をしたい」マヒートはイスカンダーが彼女の目をひらいてテイクスカラアン風の笑顔をつくったときの正確な筋肉の記憶を呼び起こし、感覚でそれをまねてみた。

「大使、あなたの現在の——苦境に、わたしはおおいに同情します」スリー・シーグラスは言った。「フィフティーン・エンジンがいまどこにいようと、必ず彼にメッセージを送ります。残った返信済みの郵便物と共に」

「……それはわたしでは返信できない。暗号化されているから」

「はい！　しかしわたしなら標準形式のほぼすべてと非標準形式の大半を解読できます」

「わたしの郵便物がわたしに解読できない方式で暗号化されている理由をまだ説明してもらっていないけど」

「けっして見くだしているわけではありませんよ。あなたはご自分のステーションでは非常に教養ある人なのでしょう。しかしシティでは、暗号化は詩的な符牒をベースにしているのがふつうで、非市民がそれを学ばなければならないと思われてはいません。大使の郵便物が暗号化されるのは、大使が知的な人物であり、宮廷や宮廷詩に精通しているということを誇示するためです——つまり慣例です。ほんとうの符牒ではなくゲームなのです」

「ルスエルにだって詩はある」

「知っています」スリー・シーグラスの口ぶりが同情に満ちていたので、マヒートは彼女を揺さぶってやりたくなった。「しかし、これを見てください」スリー・シーグラスが掲げた緋色のインフォフィッシュ・スティックは、ふたつの部品が丸い金色のワックスシールで封じられ、そこにシティの様式化されたイメージが浮きあがっていた——テイクスカラアン帝国のシンボルだ。「これはまちがいなくあなた宛です、今日の日付ですから」スリー・シーグラスが封印を破ると、インフォフィッシュが二人のあいだにこぼれだした。テイクスカラアン文字で書かれた一連のホログラフの単語、マヒートは理解できるはずだという気がした。子供のころから帝国文学を読んできたのだ。

スリー・シーグラスがクラウドフックにふれて言った。「この種の暗号なら手作業で解読できるでしょう――政治詩をご存じですか？」

「十五音節の弱強二行連句で、八音節と九音節のあいだに中間休止《カエスーラ》がある」マヒートは言った。そうやって話していると、テイクスカラアンの知識が豊富な人物というより口述試験の受験生になったような気がしたが、そんなふうに聞こえないようにするすべを思いつかなかった。「簡単だ」

「そのとおり！　宮廷におけるほとんどのコミュニケーションの符牒は、まえの季節に書かれたもっともすぐれた賛美詩――音節と中間休止《カエスーラ》をかぞえられればわかるはずですが――の冒頭の四つの二行連句をそのまま転記したものです。もう何カ月もツー・カレンダーの〝再生の歌〟が選ばれています。あなたが本気で自分宛の郵便物を解読したいのならコピーを渡しますよ」

「シティがどういうのを最高の賛美詩だと思っているのか聞いてみたいものだけど」

スリー・シーグラスは鼻を鳴らした。「すばらしい。そのような姿勢なら、あなたはここの生まれでもおかしくないです」

マヒートは褒められている気はしなかった。「なんて書いてあるの?」

スリー・シーグラスは目をほそめて——瞳孔が左上へぴくりと揺れ、その微細な筋肉の動きがクラウドフックに指示を伝える——インフォフィッシュをじっと見つめた。「三日後にひらかれる外交晩餐会における皇帝のサロンと朗詠コンテストへの正式な招待状です。出席したいですよね?」

「なぜわたしが?」

「まあ、あなたの前任者の交流関係を全否定して、ルスエル・ステーションが帝国の利益に敵対していることを立証したいのであれば、夕食に出席しないのはすばらしい第一歩と言えますが」

マヒートはぐっと身を乗り出し、スリー・シーグラスの吐息の温かな脈動を感じられるほど顔を近づけると、歯をむいて思いきり野蛮な笑みを浮かべた。スリー・シーグラスは身を引かずに耐えて、その状況になんとか合理的な解釈をつけようとしていた。

「スリー・シーグラス」マヒートは相手がそれに成功した瞬間をとらえて言った。「わたしがバカではないという前提で話をしてみるというのはどう?」

「それは可能です。あなたがたの民はふだんから相手を非難するために個人空間に侵入するのですか？」

「必要とあらば。それと引き替えに、わたしはあなたが明白な外交的妨害工作に加担していないとみなすことにする」

「公正な取引のようですね」

「そういうことなら、わたしは皇帝陛下の丁重なお招きを受けさせてもらう。メッセージを送ってくれたらサインするから。そのあとは、ほかの未処理のインフォフィッシュをいっしょに片付けないと」

　未処理分の片付けには午後から夕方遅くまでかかった。そのほとんどはこまかなことではあるが政治的には重要な大使室との通常連絡だった――ルスエルでの生活、経済、観光に関する事務局や大学からの情報提供の依頼、規約の問い合わせ。テイクスカラアン宇宙に住んでいたステーショナーからの帰国要請については署名をした。より数の少ない入国要請については、承認したうえで〝野蛮人の入国ビザ〟を担当する帝国オフィスへ転送した。予想外に数が多かったのは、テイクスカラアンの軍事輸送のために半分だけ承認された、ステーショナー宇宙の安全な通行を保証するビザで、そのすべてにイスカンダー自身の封印が押されていたが、本人の署名があるものはごくわずかだった。半分だけの承認ではなんの意味もない。どうやらテイクスカラアンの一軍団の半数にあたる艦船がルスエル宙域へ入るのをイスカンダーが正式に許可しようとしたところで作業が中断されたようだ。マヒートは艦船の数の多さに疑問をいだき、なぜすべてが同時に封印され署名されていないのだろうと思ったが、それはもっと落ち着いてからゆっくり考えることにした。テイクスカラアンの軍艦が彼女のステーションがあるセクターを通行するのをこのまま許すわけにはいかない。イスカンダーが死んだときになにをしていたにせよ、まずは帝国がなんのためにこれほど大量の艦船を送り込もうとしているのか調査しなければ。

アセンションズ・レッド・ハーヴェストにまつわる要請はなかった。あの船がマヒートを迎えに行くのを承認したのはイスカンダーではないということだ。もっとも、その要請が処理されたころにはイスカンダーはすでに死んでいた。マヒートはかすかに胸のむかつきをおぼえた。だれかがあの船を送り込んだのだ——それがだれなのか見つけないと——

だが、スリー・シーグラスから渡された次のインフォフィッシュ・スティックは、それとはまったく無関係なある積荷目録の輸入手数料に関する面倒なもので、最初に問い合わせがあった、まだイスカンダーが生きていたころに回答していれば、三十分ほどで処理できていたはずのものだった。マヒートが処理するのにその三倍近くの時間がかかったのは、当事者の一人であるステーショナーがすでに惑星を離れていたことと、別の一人がその空

白時間のあいだに結婚して市民権を得て名前を変えていたことが原因だった。マヒートの指示で、スリー・シーグラスがその名前を変えたテイクスカラアン市民の居所を探し当て、星間貿易管理局の法務部への正式な召喚状を発行した。

「名前がなんであろうと、その男にわたしのステーションの市民から買った貨物の輸入手数料をきっちり支払わせて」マヒートはスリー・シーグラスに言った。

　その男が選んだ名前がサーティシックス・オールテレイン・ツンドラ・ビークルであることが判明すると、マヒートもスリー・シーグラスもいささか唖然として黙り込んだ。

「子供にそんな名前をつける人はいないでしょう」スリー・シーグラスがしばらくたってから不満げに言った。「この男は悪趣味です。たとえ彼が両親のもとか保育所で過ごしたのが、全地形型《オールテレイン》の乗り物《ビークル》を必要とするツンドラが多い低温惑星だったとしても」

　急に鮮明な記憶がよみがえり、マヒートは困惑して眉間にしわを寄せた。ルスエルで受けた初期の言語訓練では、クラス全員が言葉を学ぶあいだテイクスカラアン人の名前を考えてそれを自称することになっていた。彼女がナイン・オーキッドを選んだのは、当時お気に入りだったテイクカラアランの小説が、のちの皇帝トゥエルブ・ソーラー＝フレアの保育所仲間の冒険を描いたもので、そのヒロインがファイブ・オーキッドと呼ばれていたからだ。自分の好きな本をもとに名前を選ぶというのが、とてもテイクスカラアン人っぽ

く感じられたのだ。ほかの子供たちが選んだ名前は、当時はちっともいいと思わなかったので、とても優越感をおぼえた。いま、テイクスカラアン宇宙の中心にいると、このエピソードは身勝手なだけでなく滑稽に思えた。それでも、マヒートはスリー・シーグラスにたずねた。「あなたたちテイクスカラアン市民はどうやって名前をつけているの？」

「数字は幸運や、自分の子供に持たせたい資質や、ファッションをあらわします。スリーはいつでも人気がありますが、少ない数はみんなそうです。スリーは三角形のように安定していて創造的とされています。倒れないとか、思考の頂点に達するとか、そういったことです。この男が〝サーティシックス〟を選んでいるのは、成りあがったシティの住人らしく見せようとしているだけで、ちょっとバカげていますがそれほどまずくはありません。まずいのは〝オールテレイン・ツンドラ・ビークル〟のほうです。これはいけない。血《ブラッド》や日光《サンライト》も、無生物や構造の一部なので、建て前としては許されていますが、あまりにも……すてきな名前とは植物や花や自然現象です。そして音節の数があまり多くないこと」

　これまでになく生き生きとしたスリー・シーグラスの姿を見ていると、マヒートが彼女を好きにならずにいるのはかなりむずかしかった。ほんとうにおもしろい人だ。サーティシックス・オールテレイン・ツンドラ・ビークルはもっとおもしろかったが。

「この言語を学んでいたときは」マヒートは、このちょっとした文化交流のために、なに

かお返しをしようと急に決心した。いっしょに仕事をするしかないなら、いっしょに仕事をするべきだろう。「みんなティクスカラアン風の名前がついているふりをしなければいけなくて、その中に試験で満点を取っているけどなまりがひどい、みたいなタイプのクラスメートがいて、自分のことをツーe・アステロイドと呼んでいた。無理数ね。彼は自分が賢いと思っていた」

スリー・シーグラスはこれを熟考してから、忍び笑いをもらした。「たしかに賢いですね。とても笑えます」

「そうなの？」

「ものすごく。自分の人格を自虐的なジョークにするようなものです。ツーe・アステロイドが書いた小説があれば買いますね。おそらく風刺小説でしょう」

マヒートは声をあげて笑った。「その人は風刺ができるほど芸達者ではなかった。ひどいクラスメートだった」

「そのようですね」スリー・シーグラスは同意した。「でもたまたま芸達者になってしまう人みたいで、そこがますます良いです」そして彼女は次のインフォフィッシュ・スティックを手渡し、マヒートが解決しなければならない次の問題の解読にとりかかった。

午後はずっと仕事だった。それはマヒートの得意な仕事であり、訓練を受けてきた仕事だった。たとえその形態があいまいでテイクスカラアン的でスリー・シーグラスの暗号解読の技術を必要とするとしても。日が暮れると、スリー・シーグラスがスパイスの効いた肉餃子に赤い油が混じったクリーミーな半発酵のソースをかけた小鉢を二人分注文し、その料理でマヒートがなにかのアレルギーを起こす可能性はきわめて低いと保証した。

「イクスフィです」スリー・シーグラスは説明した。「赤ん坊に食べさせるんですよ！」

「もしもわたしが死んだら、また三カ月ほどだれも郵便物の返事をしなくなるし、そのときあなたはどこにいるのやら」マヒートはそう言って、料理についてきた二叉のフォークを餃子に刺した。かぶりつくとはじけて、ピリッとした温かみが広がった。赤い油はよくスパイスが効いていて、舌の上に残るくらいきつかったが、神経毒の効果が出てくるのかと思ったところで薄れて快感だけが残った。急にひどく腹がへってきた。巡洋艦を降りてからなにも食べていなかった。

　スリー・シーグラスが自分の鉢に入ったイクスフィをせっせと食べているのを見るのはなんとなくうれしかった。マヒートは彼女に向かってフォークを振った。「これは赤ん坊にあげるにはおいしすぎる」

　スリー・シーグラスは目を見ひらいてテイクスカラアン版の笑みを浮かべた。「仕事向きの食べ物です。おいしすぎてゆっくり食べられないものならなんでも」

「そうすれば仕事に早く戻れるということ？」

「わかってきたようですね」

マヒートは首をかしげた。「あなたは常に働いているタイプの人なんだ」

「それは職務明細書に書いてあります、大使」

「マヒートと呼んで。文化案内役の中にはあなたほど役に立たない人もいるはず」

スリー・シーグラスはもう少しで喜びを顔に出しそうだった。「ああ、大勢います。ただし文化案内はわたしの任務です。アセクレタが仕事です」

諜報、規約、秘密――そして朗詠。もしもマヒートが読んだシティについての文献が嘘でなければ。「その仕事というのは？」

「政治です」スリー・シーグラスは言った。

あの文献とほぼ一致している。「それなら、今回の軍の輸送ビザについて教えてほしいんだけど」マヒートが話し始めたとき、居室へのドアが和音を鳴らした。マヒートは顔をしかめたが、スリー・シーグラスがその響きに違和感をおぼえている様子はなかった。

スリー・シーグラスはドアに近づき、脇の壁にあるキーパッドにコードを打ち込んだ。マヒートはその指の動きを見て、できるだけ数列を暗記しようとした。マヒートだって自分の居室のドアのコードは操作できるはずだ（彼女が自分で思っている以上に囚人であれば話は別だ。市内を移動できる実在する人びとについて、実際のところシティの定義はどれくらい狭いものなのだろう？　イスカンダーに質問できるといいのだが）。壁のキーパッドがコードを受け付けると、外で待っている人の顔が投影され、その頭上に名前といろいろな称号が金色に縁取られた角形の絵文字《グリフ》で浮かびあがった。若さ、ふっくらした頬、ブロンズ色の肌、狭い額の上にのぞく黒々とした髪、帝国のあらゆる審美眼に好まれる要素がそろっている。マヒートは遺体安置所でその男と会っていた。トゥェルブ・アゼイリア、区別のつかない三人の廷臣の一人だが、彼を見ているとどこか別の文化で完璧と認められた男性美の基準をまえにしているという印象を受けた。マヒートは自分の反応のなさに少し違和感をおぼえた。彼はまるで美術品のようだった。トゥェルブ・アゼイリア、一等貴族、とスリー・シーグラスは紹介していた。最低でもその名前は、おそらくはその評判のようなものも知っていたということだ。

「彼にどのような用事があるのか見当もつきません」スリー・シーグラスがそう言ったのは、やはり男の評判が多少なりとも関係しているということだ。

　マヒートは言った。「部屋へとおして」

　スリー・シーグラスが親指を壁のキーパッドにしっかり押し付けると（もしも指紋でロックされていたら？　だがテイクスカラアン人はそんな原始的な技術は使わないだろう）

ドアがひらいて、オレンジ色の袖にクリーム色の襟という姿のトゥェルブ・アゼイリアがあらわれた。マヒートはイスカンダーの助けなしで儀礼的なあいさつをやり遂げなければと身構えたが（本来こういうことは心配しなくていいはずだった）、自己紹介を始めたとたん、トゥェルブ・アゼイリアが言った。「ぼくがきみの居室へ来たんだから、そんなことは気にしなくていいよ」彼はスリー・シーグラスのかたわらをすり抜け、そのこめかみにやさしいキスを、その顔に深いいらだちを残して、長椅子《ディヴァン》に腰をおろした。

「ドズマーレ大使」トゥェルブ・アゼイリアは言った。「世界の宝石へようこそ。会えて光栄だ」

スリー・シーグラスは彼のとなりで腰を落ち着けた。目を見ひらき、口の両端を目に見えて吊りあげている。「形式的なことは抜きにするのかと思っていました、ペタル」

「形式的なことを抜きにするからといって礼儀を忘れるわけではないよ、リード」トゥェルブ・アゼイリアはそう言って、テイクスカラアン人らしくない満面の笑みをマヒートに向けた。それは少しだけ彼を不安定に見せていた。「彼女があまり失礼なことをしていなければいいんだが、大使」

「ペタル、やめてください」スリー・シーグラスが言った。

二人はおたがいを愛称で呼んでいた。それは……かわいらしく、愉快ではあるけれど気恥ずかしくもあった。「失礼なことなどなにもありません」マヒートが言うと、スリー・シーグラスが芝居がかった感謝のまなざしを向けてきた。「ルスエル・ステーションの外交領域へようこそ。なにかわたしに役に立てることがあるのですか、わたしの案内役との旧交を温めていただく以外に？」

トゥェルブ・アゼイリアは心配しているような表情を見せてはいたが、それはもっと不穏な――そしてもっと正直な――わくわくする好奇心に薄いベールをかけているのではないかと思われた。テイクスカラアン市民のだれからも、マヒートがエアロックのドアのように機敏で、制服や心配している表情といった人びとの表面的な印象しか認識しないと思われてしまうのは、ひどく不都合なことだった。だれかが彼女のことを真剣に受け止めてくれるようになるまでに、いったいどれくらいの時間がかかるのだろう。

「少し気にかかる情報がある」トゥェルブ・アゼイリアが言った。「きみの前任者の遺体についてだ」

なるほど。〝真剣に〟はもう始まっているのかもしれない（そしてマヒートがイスカンダーが事故で死んだはずはないと即断したのは正しかったのかもしれない。そんなのは彼らしくなかった。それに、そんなに単純なのはシティらしくなかった）。

「彼の遺体になにか問題でも？」

「もしかしたらだが」トウェルブ・アゼイリアは、たしかに問題があるのでその正確な性質を見きわめなければならないというような身ぶりをした。

「もしかしたらでわたしの仕事を手伝ってくれると言うのですか、ペタル」スリー・シーグラスは言った。

「前任者の遺体はわたしの仕事だということをお忘れなく」マヒートは言った。

「この件はふたりで担当するのです、マヒート」スリー・シーグラスは急いで言った。

「法的同等性が――」

「でも道徳的にも倫理的にも同等ではない」マヒートは言った。「特にルスエル市民に関することはそうだし、わたしの前任者はまちがいなくそこに該当する。問題というのは？」

「イクスプラナトルのフォー・レバーが手術室を出たあと、ぼくはしばらく死体のそばにとどまって、そこの撮像装置を利用した」トウェルブ・アゼイリアが言った。「情報省におけるぼくの現在の任務は、シティに滞在している非市民の医療やアクセシビリティのニーズに対応することなので、非市民の生理機能にはおおいに興味をもっているんだが、中には人間とずいぶんちがう場合があるんだ！　ルスエル・ステーションが人間らしくないと言っているわけではないよ、大使、そういうことじゃない。だけどぼくはすごく好奇心旺盛なんだよ、リードに聞いてみてくれ、彼女とはぼくがアセクレタ見習いだったときからの知り合いだから」

「好奇心旺盛でしばしば大量のトラブルに巻き込まれます、特に興味深い鑑識作業や変わった医療行為がかかわる場合には」スリー・シーグラスは言った。顎が緊張にこわばり、口の端がさらに吊りあがっている。「要点を言ってください。ツー・ローズウッドの指示でわたしの様子を見に来たのですか？」

「たとえ情報大臣のためとはいえ、まるでぼくが使い走りをしているかのようだな、リード。要点はぼくが残って大使の前任者の遺体を調べたこと。そしてその遺体が完全な有機体ではなかったことだ」

「ええっ？」スリー・シーグラスがそう言ったとき、マヒートはステーショナーの悪態を口走りそうになるのをかろうじてこらえていた。

「どういうこと？」マヒートはたずねた。おそらくイスカンダーは具合の悪い股関節でも交換したのだろう。それなら害もなく、説明がつくことだし、彼の頭蓋の根元に埋め込まれたインプラントよりはずっと気づかれやすい。そのインプラントが、初めはイスカンダーに彼にとってのイマゴをもたらし、その後は彼の知識と自我と記憶の印影《インプリント》を記録してきたのだ——代々引き継がれることになっているイマゴの印影《インプリント》を。

「前任者の脳には金属が詰まっていた」トウェルブ・アゼイリアはマヒートの一瞬の希望さえも奪い去った。

「弾の破片？」スリー・シーグラスがたずねた。

「傷はなかった。信じてくれ、傷があれば遺体安置所の係員が気づいていたはずだ。撮像装置で全身をスキャンすればより完全な結果が出る。なぜそれまでおこなわれていなかったのかはわからない――おそらく大使がアナフィラキシーで死んだことがあまりにも明白だったから――」

「わたしはあなたがすぐに銃弾の可能性を考えたことに興味がある」マヒートは急いで言って、話をもっとも危険な方向からそらそうとした。イスカンダーがイマゴのプロセスについてなにか暴露していたとすれば、それがなんだったのかわかれば役に立つ――だが、マヒートは自分のバージョンのイスカンダーに質問すらできないし、そのバージョンも知るすべがないのではないだろうか？　彼の……なんというか、延長部分が、その後に過ごした時間になにをしていたかということは。

「シティはいつも友好的とは限らないのです」スリー・シーグラスが言った。

「事故は起こるものだ」トウェルブ・アゼイリアが付け加えた。「最近は増えている。クラウドフックを誤操作した者がいて、シティが過剰に反応したり……」

「あなたが対処しなければならない問題ではありませんから」スリー・シーグラスが口にした不用意な気休めを、マヒートはまったく信じなかった。

「わたしの前任者はクラウドフックを着けていたの？」マヒートはたずねた。

「わかりません」スリー・シーグラスが言った。「もしそうなら、シックス・ダイレクション陛下自身から使用許可を得ていたにちがいありません。非市民がクラウドフックを持つことはありません——それはシティとのつながりを持つ権利です。テイクスカラアン人であることで得られるものなのです」

それはテイクスカラアラン人であることで得られるものであり、それがあればドアを開けられるわけだが、同時にリスクの高い領域へ踏み込むことにもなるようだ。クラウドフックはテイクスカラアン市民の動きをどれくらい追跡していて、だれがその情報を正確に把握しているのだろう。

「クラウドフックがあろうとなかろうと、前任者の大使は」トウェルブ・アゼイリアが口をはさむ。「脳幹に大量の謎の金属を入れていた。きみも知りたいんじゃないかと思ったんだよ、大使、だれかがきみに同じことをしようとするまえに」

「相変わらず気前がいいですね、ペタル」

「ほかにこのことを知っている人は？」マヒートはたずねた。

トゥェルブ・アゼイリアは「だれにも話していない」と言って、上着の長い袖の中で慎ましく両手を組んだ。マヒートはその発言の中に暗黙の「いまはまだ」を聞き取り、この男はわたしになにを求めているのだろうと思った。

「なぜわたしに話したの？　大使はいろいろな種類のインプラントを埋め込んでいたかもしれない。たとえば癲癇用のペースメーカーとか。高齢になってから癲癇をわずらうことがあるとすれば別に珍しいことじゃない」マヒートはルスエル出身者以外にイマゴマシンについて嘘をつくときの常套句をならべたてた。「テイクスカラアンのような偉大な文明でもそういう人たちはいるんじゃないのかな。こんな面倒なことをしなくても、大使の医療記録を調べればわかるはず」

「きみの反応を見てみたかったと言ったら信じてもらえるかな？　きみの前任者は――うん、かなり政治的な人物だった、大使にしては。ルスエル人がみんなそうなのかどうか興味があるんだ」

「わたしはイスカンダーではないから」そう言ったとたん、マヒートはひどく恥ずかしくなった――彼女はもっとイスカンダーであるべきだったのだ。もしも二人が統合する時間があれば――もしもイスカンダーが彼女の頭の中で失踪していなければ。「〝政治的〟にもいろいろある。あなたはあのイクスプラナトルが知っていると思う？」

トゥェルブ・アゼイリアは歯が見えるほどにっこりと笑った。「フォー・レバーはそのことをきみに話さなかった。ぼくにも。でも、彼は科学省の医科大学のイクスプラナトルだからね——彼がなにを重要だと思っているかだれにわかる?」

「この件は」マヒートは立ちあがった。「自分の目でたしかめたい」

トゥェルブ・アゼイリアはうれしそうにマヒートを見あげた。「おやおや。きみはやっぱり政治的なんだね」

第3章

ひとつひとつの細胞の中には化学の炎が咲いている
「故人の名」は「大地／太陽」に捧げられ
生涯についた息の数だけ、無数の花となって咲き乱れる
その人の名を思い出そう
その人の名とその先祖（たち）の名を
それらの名のもと人びとはここに集まった
みなの手のひらからも血を咲かせ、そして投じよう
この化学の炎を同じく「大地／太陽」の中へ……

――テイクスカラアンの標準的な追悼の朗詠（部分）、モデルとなったのはエズアズアカット・ツー・アマランスのための弔辞、確認された最古の日付は全テイクスカラアンの皇帝トウェルブ・ソーラー＝フレアの第二インディクテ

［雑音］――繰り返す、姿勢制御をすべて喪失――回転している――未知のエネルギー兵器により、コクピットに火災発生［不明］［不明］［悪態］黒い――黒い船団だ、やつらは速い、［悪態］の虚空にできた穴だ――星がない――あれは［不明］できない――［悪態］また増えやがった［叫び声が〇・五秒、爆発的な減圧と思われる轟音が一・八秒続いたあと、信号が途絶］

――セクター境界で偵察中のルスエルの操縦士、アラグ・チュテルの最後の通信、
242・3・11（テイクスカラアン暦、シックス・ダイレクション治世）

今回、マヒートは徒歩で司法省の建物へ向かい、スリー・シーグラスとトゥェルブ・アゼイリアが彼女のまわりで常に配置を変えながら歩いていた。人質になっているか、政治的な暗殺でも心配しているみたいだが、どちらも正解に近すぎたのであまり楽観的な気分にはなれなかった。それに、彼女はこれから遺体安置所に押し入るのだ。いや、遺体安置所への合法的なアクセス権を持つ者がアクセス権の無い者を中に入れるのを手助けすると言うべきか。どちらにしても、マヒートはたしかに政治的だった。

マヒートがどんなふうに政治的になるべきかについて、ステーショナー評議会からもっとましな指示があれば良かったのだが。イスカンダー・アガーヴンの身になにが起きたかを突き止めたあとについては、良い仕事をする、市民の代弁者となる、テイクスカラアン人がルスエルを併合しようとしたらなんとかそれを阻止する、といった程度の指示しか受けていないのだ。マヒートの受けた印象では、評議会の約半分――特に、外交と文化保護をその権限の範囲内とみなす傾向がある〈遺産〉評議員のアクネル・アムナードバット――は、マヒートがテイクスカラアンの文化を、自分の任務を楽しめるくらいには好きになり、ステーショナーの芸術や文学へのこれ以上の文化的干渉を阻止するくらいには嫌いになることを望んでいた。〈鉱夫〉代表のタラッツ評議員と〈操縦士〉代表のオンチュ評議員を筆頭とする、評議会のもう半分は（マヒートの見たところルスエルの六名から成る理事会のほぼ半数であり、アクネル・アムナードバットの希望としてはいかにも多すぎた）、ルスエルは帝国によって併合されることなく、しかもモリブデン、タングステン、オスミウムの主要供給源であり続けなければならないし、当然ながらアンハメマット・ゲートへの情報アクセスおよび実体アクセスも維持されるべきだと、くどくど繰り返していた。

「前任者が殺されたのでステーショナーの技術を守るために内密の調査に身を投じる」というのは、「テイクスカラアンによるルスエル併合を阻止する」ということなのか？　イスカンダーなら知っていただろう。少なくとも、口さがない意見を持っていたはずだ。

　シティの帝国政府がある部分はとてつもなく巨大で古く、六つのとげがある星のような形をしていた。東、西、北、南の各区域のほかにふたつの区域があり、〝空〟は北と東のあいだから、〝大地〟は南と西のあいだから突き出している。それぞれの区域には公文書館とオフィスが詰まった針のように鋭い塔が立ちならび、多階層の橋とアーチウェイで結ばれていた。より住民の多い塔のあいだには空中広場がはさまっていて、その床は半透明か、さもなければ砂岩と金が埋め込まれていた。それぞれの広場の中央には水耕庭園があり、光合成植物が静水の中に浮かんでいた。信じられないほど贅沢な惑星。水耕庭園の花は色分けされているらしく、三人が司法省に近づくにつれて、花びらの色がどんどん赤みを増して、それぞれの広場の中心が虹色の血だまりのように見えてきた。するとマヒートの視界に、その日の朝、もはや思い出せないくらいまえに最初に訪れた建物があらわれた。

　トゥエルブ・アゼイリアがドアの脇の光沢がある緑色のメタルプレートを人差し指でなでて、手書き文字のサインらしき形をすらすらと描いた。マヒートはそこに〝花〟を意味する絵文字《グリフ》が隠れているのを見てとった。彼の手書きの名前は、その〝花〟に〝十二〟をあらわす絵文字のひとつが付与され、そこに花の種類をしめす調整がほどこされていた。司法省のドアがシュッとひらいた。スリー・シーグラスが同じようにプレートにふれようとして手をあげると、トゥェルブ・アゼイリアがその手首をつかんだ。

「いいから入って」トゥェルブ・アゼイリアは息をひそめて言うと、二人を中へ追いやってドアが背後で閉じるにまかせた。「きみは忍び込む必要などないと思っているんだろうが……」

「わたしたちは合法的なアクセス権を持っています」スリー・シーグラスがささやき声で言った。「それに、どのみちシティの映像記録に残って――」

「わたしたちの案内役は彼のアクセス記録とわたしたちとが関連付けられるのを望んでいない」マヒートはぎりぎり聞こえるくらいの声で鋭く言った。

「そのとおり」トゥェルブ・アゼイリアは言った。「だれかがシティの映像記録で〝今日だれが司法省に入ったのか〟を調べるような段階まで進んだら、ぼくたちはとても大きなトラブルをかかえることになるんだよ、リード」

マヒートはため息をついた。「もういいから、わたしの前任者のところへ案内して」

スリー・シーグラスは唇をぎゅっと引き結んでするりとマヒートの左側に戻り、トゥェルブ・アゼイリアは二人を導いて地下へと向かった。

遺体安置所はなにも変わらないように見えた。空気は冷たく、まるで清浄機で攪拌しているような、強引にきれいにしたにおいがした。イクスプラナトルが――あるいは調査が終わったあとにトゥェルブ・アゼイリアが――イスカンダーの死体をシーツで覆っていた。

マヒートは急に忍び寄る恐怖に襲われた。前回ここに立ったとき、彼女のイマゴは感情と内分泌系のホルモンを爆発させて消えたのだ。とにかくマヒートは戻ってきた。妨害工作といういやな懸念がよみがえる。この部屋には敵意があるのか？（彼女はこの部屋に敵意があることを望んでいるのか？ それならあの一件がマヒート自身の失敗でもなければルスエルのだれかの仕業でもなくなるから？）

トゥェルブ・アゼイリアがふたたびシーツを剝がして、死んだイスカンダー・アガーヴンの顔をあらわにした。マヒートはそばへ近づいた。彼女は死体を物質的な殻として、この世界におけるひとつの物理的な問題として見ようとした。それはマヒートのようにひとつの人格を――同じ人格を――おさめているわけではないのだ。

トゥェルブ・アゼイリアが殺菌済みの手術用手袋をはめて死体の頭をそっと持ちあげ、首のうしろがマヒートのほうを向くように手の中で回転させると、喉の大静脈のところにある防腐剤の最大の注入部位が見えなくなった。死体は三カ月まえに死んだとは思えないほど自在に動かせた。しなやかでぐにゃぐにゃしている。

「目で見るのはむずかしい――ごく小さな傷跡だ」トゥェルブ・アゼイリアが言った。

「だが頸椎の上部を押さえてみれば、ふつうとちがうのが感じられるはずだ」

マヒートは手を伸ばして親指をイスカンダーの頭蓋のくぼみ、ちょうど腱のあいだに押し付けた。皮膚がゴムのようだ。へこみすぎるし、感触もおかしい。親指がふれている小さなイマゴ傷のかすかな違和感。その下に広がるイマゴマシンのアーキテクチャは、頭蓋骨と同じようになじみのある硬さだった。マヒート自身のそれと同じだ。勉強中によく親指でなでていたものだ。だがイスカンダーの五年分の経験をおさめたイマゴマシンが手術で組み込まれてからは一度もやっていなかった。イスカンダーが習慣にしていたしぐさではなかったし、ステーションの外だとばれてしまうので、マヒートはそれを二人がなるべき新たな統合人格の中へ埋没させていた。

「ええ」マヒートは言った。「感じる」

「それでは」トウェルブ・アゼイリアはほほ笑んだ。「きみはなんだと思う？」

マヒートはこの男に告白することもできた。相手がスリー・シーグラスならそうしていたかもしれない。その衝動は感じた瞬間から危険だとわかっていた。会って一日もたたないテイクスカラアン市民が相手ではだれに告白しようが安全とは言えない。だが、イスカンダーが姿を消したいま、マヒートはどうしようもなく孤独であり、とにかく話したかったのだ。

「たしかに有機物ではない」マヒートは言った。「でも入れたのはだいぶまえだ」はぐらかすしかない。このいささか軽率な死体いじりをやり終えたら、部屋へ戻ってドアを閉めてなんとか対処するのだ……友達がほしいという思いに。人はテイクスカラアンの市民と友達になることはない。特に、どちらも情報省に勤めている二人のアセクレタと友達になったりはしない。

「イスカンダーが脊椎の手術を受けたという話は聞いていません」スリー・シーグラスが言った。「とにかく彼がこちらに勤めていたあいだは。癲癇やそれ以外の病気も」

「あなたなら気づいていたはずだと?」マヒートはたずねた。

「イスカンダーはそれだけの時間を宮廷で過ごしていましたから。とても人目につきやすい人だったのですよ、あなたの前任者は。彼が一週間も姿を見せなかったら、だれかが陛下が寂しがっているのではないかと言い出して――」

「まさかそんな」マヒートは言った。

「彼は政治的な人物だったと言っただろう」トウェルブ・アゼイリアが言った。「するときみは、この金属はイスカンダーが大使になるまえに挿入されたと言うのか」

「いったいどんな機能が?」スリー・シーグラスが言った。「いつ埋め込まれたかということより、そちらのほうがずっと気になるのですが、ペタル」

「大使はそういう技術的なことを知っているのかな?」トウェルブ・アゼイリアがさらり

と言った。からかわれている、とマヒートは思った。ひょっとしたら侮辱されているのか。挑発されているのだ。

「大使は」マヒートは身振りで自分をしめした。「医師でもなければイクスプラナトルでもないので、そういう装置の神経学的効果についてくわしく説明することはできない」

「でも神経にかかわるものなのですね」スリー・シーグラスが言った。

トゥェルブ・アゼイリアが言った。「脳幹についているからね」それで答になると言わんばかりだ。「テイクスカラアン製ではないのもたしかだ。どんなイクスプラナトルもそんなやりかたで人の精神の機能を調整したりはしない」

「失礼なことを言わないでください」スリー・シーグラスは言った。「非市民が自分の頭に金属を詰めたいと思ったとしても、市民になるつもりがないのであれば、それは本人の問題であって——」

「大使がまちがいなくテイクスカラアンの活動に関与していたことはきみだってわかっているだろう、リード。だからきみはこの新任大使の案内役をしている——となれば彼がなんらかの神経学的な機能強化を受けていたことは問題で——」

「この情報にはとても興味をそそられる」マヒートは強い口調で言いかけたが、スリー・シーグラスとトゥェルブ・アゼイリアが急に背筋をのばして公務にふさわしい穏やかな表情をととのえたので言葉を切った。背後で遺体安置所のドアがかすかな音を立ててひらいた。マヒートは振り向いた。

三人のほうへ歩いてきたのは、骨のように真っ白な服を全身にまとったテイクスカラアン人の女性だった。ズボン、生地が幾重にもかさなるブラウス、左右非対称の長いジャケット。顔は濃いブロンズ色で、頬骨は広く、ナイフのような鼻の下には幅広で唇の薄い口。やわらかい革のブーツは床に当たっても音も立てない。マヒートはいままで見た中でもっとも美しいテイクスカラアン人の女性だと思ったが、それはこの地の基準では平凡から不器量だということを意味していた。あまりにもきゃしゃで、背が高すぎて、鼻が顔の中で目立ちすぎていて、そして目をそらすのがむずかしい。

〝部屋中の光をすべてとらえて、自分のまわりへ引き寄せているようだ〟

それはマヒート自身の感想とは思えなかった。テイクスカラアン市民らしい身ぶりや多変数微積分の使い方といった、イマゴが持つスキルが頭の中に浮かんでくるときと同じだ――完全に自然だが、マヒートにとっては完全に異質。イスカンダーはこの女性と知り合いだったのだろうかと思ったら、彼がいなくて質問ができないことにふたたび怒りがわいた。イスカンダーが必要なときに姿を見せず、こんな思考の断片や、わずかな印象だけを残していったことに。

スリー・シーグラスが進み出て、あげた両手の指先をふれ合わせる正式なあいさつの姿勢をとり、深々とお辞儀をした。

新参者は同じあいさつを返そうとはしなかった。「まったく予想外でした。こんな夜遅くに死者のもとを訪れるのはわたくしだけだと思っていましたので」動揺しているようには見えなかった。

「ルスエル・ステーションからの新任大使、マヒート・ドズマーレを紹介させていただきます」スリー・シーグラスは、そこが司法省の地下室ではなく皇帝の謁見室であるかのように、最上級の正式な言葉遣いをしていた。

「前任者を亡くされたことにお悔やみを申しあげます、マヒート」白装束の女性は心からの誠意をしめして言った。

シティではよほど強くうながさないかぎりマヒートを名前で呼ぶ者はいなかった。マヒートは急に無防備になったように感じた。

「エズアズアカット・ナインティーン・アッズ閣下」スリー・シーグラスはそう言ってから、小声で続けた。「その優雅なありさまがナイフの刃の輝きのように部屋を照らす」そのテイクスカラアン語で十五音節になる分詞句は、白装束の女性にあらかじめ決められた詩的な添え名があるかのようだった。おそらくそうなのだろう。エズアズアカットは皇帝の盟友であり、もっとも近い助言者であり、食卓を共にする相手でもある。何千年もまえ、テイクスカラアン人がまだ惑星に縛られていたころ、エズアズアカットたちは皇帝の私的な戦闘集団でもあった。ルスエルで知ることができた歴史によれば、ここ数世紀はそれほど暴力的ではない称号だったようだ。

あの添え名を考えると、果たして〝暴力的ではない〟と言えるのかどうか。マヒートは頭を下げた。「閣下のお気遣いに感謝します」上体を曲げてふたたび起こしたあと、背筋をぴんとのばして、自分は凌駕できるのだ、この危険な称号を持つ不格好なほど背の高いテイクスカラアン市民でさえ凌駕できるのだと想像しながらたずねた。「閣下のような責任ある地位におられる方が、いまおっしゃったように死者のもとを訪れるのはなんのためなのでしょう？」

「わたくしは彼を気に入っていました」ナインティーン・アッズは言った。「あなたがたが彼を焼くと聞いたものですから」

ナインティーン・アッズが近づいてきた。気がつくとマヒートは彼女と肩をならべて立ち、死体を見おろしていた。ナインティーン・アッズは横を向いていたイスカンダーの頭をまっすぐに戻し、やさしい慣れた手つきで額から髪の毛をなでつけた。その親指には印章指輪が光っていた。

「お別れを言いに来たのですか」マヒートは純粋な疑念をぶつけてみた。エズアズアカットは、ふつうの大使やそのふとどきなアセクレタの連れたちのように、死体を見るためにこそこそする必要はない。ほかになにか理由があるのだ。マヒートが到着したとき、あるいはマヒートがイクスプラナトルにイスカンダーの遺体を燃やすべきだと伝えたとき、彼女にとってなにかが変わったのだ。ナインティーン・アッズは新しい大使の到来が政治的な駆け引きのきっかけになると予想していた――彼女はバカではなかった――が、その騒ぎの余波が皇帝の側近にまでおよぶとは思っていなかった。〝イスカンダー、あなたはここでなにをしようとしていたの？〟

「お別れではありません」ナインティーン・アッズはマヒートを横目で見ながら、唇のあいだのわずかな隙間に白いほほえみをのぞかせていた。「このような希有な人物との永遠の別れを想像するのはとても失礼なことです。まして友人であれば」

　慎重な手つきで死体にふれるその両手は、トウェルブ・アゼイリアが見つけたイマゴマシンを探しているのだろうか？　イマゴのプロセスについてなにもかも知っているとほのめかしている可能性もある。ひょっとしたらマヒートの体内にいるイスカンダーと話しているつもりなのかもしれない。イスカンダーが聞いていないのはエズアズアカットにとっては残念なことだ。マヒートにとっても残念だが。

「ずいぶん変わった時間に会いに来たのですね」マヒートはできるだけさりげなく言った。

「あなたほどではありませんよ。それもこんな興味深いお仲間といっしょに」

「閣下」トゥェルブ・アゼイリアが口をはさんできた。「断言しますが、これは――」

「――わたしが文化案内役とその同僚のアセクレタをここに連れてきて、ルスエル式の個人的な追悼の儀式に立ち会ってもらっているのです」マヒートは言った。

「そうなのですか？」ナインティーン・アッズが言った。その背後でスリー・シーグラスがマヒートに向かって見せている顔つきは、もともと表情に根本的な文化のちがいがあるにもかかわらず、明らかに彼女の度胸に対する悔しそうな賞賛の念を伝えていた。

「はい」マヒートは言った。

「どのようにするのですか？」ナインティーン・アッズは、マヒートがこれまで耳にしたことのないようなかしこまった礼儀正しい口調でたずねた。

マヒートがいつか十五音節の詩的な添え名をもらうことがあったら、そこには〝最初のまぬけな思いつきを最後までやりとおす〟という一節が入っているだろう。「通夜を執りおこなうのです。後継者は前任者の遺体にステーションが半回転するあいだ――あなたがたの時間で九時間――ずっと付き添います。自分がこれからなる人物の特徴を、それが灰になるまえに記憶にとどめるためです。通夜には二名の立会人が必要で、そのためにスリー・シーグラスとトウェルブ・アゼイリアに同行していただきました。通夜のあと、後継者は燃えた亡骸のうち残しておきたい部分を食べるのです」架空の儀式としては悪いものではなかった。イマゴとの統合プロセスの一環としてそういう儀式をしてみたいくらいだ。いつかルスエルに戻ることがあったら提案してもいいかもしれない。マヒート自身にとってはそれでなにかが変わるわけではないのだが。

「ホログラフでも良いのではありませんか？」ナインティーン・アッズがたずねた。「あなたの文化の習慣を軽んじるわけではありません。単に興味があるだけです」

マヒートはそうだろうなと思った。「死体がそこにあることで迫真性が増すのです」

トウェルブ・アゼイリアが小さくむせたような音を立てた。「迫真性」彼は繰り返した。

マヒートはおごそかにうなずいた。どうやらわたしはこの二人のアセクレタを信頼しているようだ――少なくとも、演技をやめたりはしないでくれるだろうと。心臓がどきどきしていた。ナインティーン・アッズが隠しようのない喜びの視線を、目を見ひらいている以外は完全に平静をよそおっているスリー・シーグラスに向けた。マヒートはでっちあげた話がいまにも周囲で崩れ落ちようとしていると確信した。少なくとも彼女はすでに司法省の中にいた。エズアズアカットがマヒートを逮捕しようと決めたとしても、それほど遠くまで行く必要はなかった。

「イスカンダーはそういうことは話してくれませんでした」ナインティーン・アッズが言った。「ルスエルでの死についてはいつも口を閉ざしていました」

「ふつうはもっとプライベートなことですから」マヒートの言葉はほんの一部しか嘘ではなかった。死は、二人の人間のこのうえなく親密な接触の始まりとなる場合をのぞけば、たしかにプライベートなことだった。

ナインティーン・アッズは遺体を覆うシーツを胸のあたりまで引きあげ、一度なでつけてから、その場を離れた。「あなたは彼とあまり似ていませんね。ユーモアのセンスは同じかもしれませんが、それだけです。驚きました」

「驚いた？」

「とても」

「テイクスカラアン人だってみんな同じではないでしょう」

ナインティーン・アッズは鋭くひと声笑った。「そうですね、でもわたくしたちにはタイプがあります。たとえば、ここにいるあなたのアセクレタ。女性で、胸まわりが細すぎることを別にすれば、あの朗詠者であり外交官でもあるイレブン・レイズに生き写しです。彼女に頼んでごらんなさい——あなたのために彼の全作品を朗読してくれるはずです、彼が愚かにも野蛮人たちとかかわっていた部分まで含めて」

スリー・シーグラスは片手で喜びと悲しみがごっちゃになったような身ぶりをした。

「閣下が注目してくださっていたとは考えませんでした」

「考えなくていいのですよ、スリー・シーグラス」ナインティーン・アッズは言った。マヒートにはそれが脅しなのかどうかよくわからなかった。どんなときでもそういう言い方をするだけなのかもしれない。

「お会いできて光栄でした、マヒート」ナインティーン・アッズは続けた。「これが最後にはならないでしょう」

「そうですね」

「もう通夜の儀式に戻るべきではありませんか？　あなたの前任者との幸せな結合を心から願っていますよ」

マヒートはあやうく大笑いしそうになった。「わたしもそれを望んでいます。あなたがいらしてくださってイスカンダーも名誉に感じているでしょう」

ナインティーン・アッズはその言葉に対してなにか複雑な思いがあるように見えた。マヒートはテイクスカラアン人の表情にまだ慣れていなかったのでそれを読み解くことはできなかった。「おやすみなさい、マヒート。アセクレタ」ナインティーン・アッズはきびすを返し、来たときと同じように悠然と部屋から出て行った。

　その背後でドアが閉じると、スリー・シーグラスがたずねた。「どこまでがほんとうのことだったんですか、大使？」

「一部はほんとう」マヒートは顔をしかめて言った。「彼女が最後に言っていた幸せな結合というところについては同意する。あの部分は、ほんとにそう」言葉を切って、心の中で歯を食いしばり、すぐに続けた。「話を合わせてくれてありがとう。二人とも」

「遺体安置所にエズアズアカットがいるのはかなり珍しいことです」スリー・シーグラスが言った。「特にあの人は」

「ぼくはきみがどうするか見てみたかった」トゥェルブ・アゼイリアが言った。「口をはさんでだいなしにしてしまうところだった」

「彼女に真実を話すこともできた」マヒートは言った。「わたしはシティに来たばかりなのに、自分の文化案内役と道をはずれた廷臣のせいで迷子になりかけていると」

　トゥェルブ・アゼイリアは胸の前で両手を合わせた。「ぼくたちは彼女に真実を話すこともできた。彼女の友人である死んだ大使は、謎めいた、おそらくは違法の神経学的インプラントを埋め込んでいると」

「全員が嘘をつくなんてすごいですね」スリー・シーグラスが楽しげに言った。

「互恵的な欺瞞による文化交流」マヒートは片方の肩をすくめた。

「互恵的な状態は長続きしない」トゥェルブ・アゼイリアが言った。「だが三人でそれを維持するための取り決めをすれば別だ。ぼくはやはりこのインプラントの機能を知りたい、大使」

「そしてわたしは、エズアズアカット閣下や皇帝とまで友達付き合いをしていた前任者がなにをしていたのかを知りたい」

スリー・シーグラスが安置台の死体の頭の両脇に左右の手を叩きつけた。指輪が金属にかちんとぶつかった。「わたしたちは嘘と同じように真実を交換することができます。協定のために、三人それぞれがひとつずつ」

「それはイレブン・レイズが元ネタだな」トゥェルブ・アゼイリアが言った。「『神秘の辺境からの報告』の第五巻にある、彼とエイリアン集団との真実の協定だ」

スリー・シーグラスは平然としていたが、マヒートは彼女には恥じ入るだけの理由があるのかもしれないと思った。引喩や参照はテイクスカラアンの上位文化の中心だが、それらは古い友人のだれでもそのものずばりの引用を見つけられるほど明白なものとみなされているのか？　マヒートは『神秘の辺境からの報告』を読んでいたわけではなかった。それはルスエル・ステーションまで届いていなかった。聞いた感じではテイクスカラアンの検閲をとおりそうにない文献だ――宗教に関するものとか、国家運営のマニュアルとして読めるものとか、テイクスカラアンの外交や戦争にまつわる未修正の記述があるものは、めったにとおらないのだ。

「ナインティーン・アッズはわたしを見誤ってはいません」スリー・シーグラスが穏やかに言った。「あれはイレブン・レイズには有効でした。わたしたちにも有効でしょう」

「各自が真実をひとつ」マヒートは言った。「そしておたがいの秘密を守る」

「いいよ」トゥェルブ・アゼイリアが言った。彼はなでつけられた髪を手ですいて、かき乱した。「きみが最初だ、リード」

「なぜわたしが最初なんですか」スリー・シーグラスは言った。「あなたがわたしたちを巻き込んだんですよ」

「じゃあ、彼女が最初だ」

マヒートは首を横に振った。「わたしは真実の協定のルールをほとんど知らない。市民でもないし、イレブン・レイズを読む機会もなかった。だからあなたたちに実演してもらわないと」

「あなたはほんとうに楽しんでいるんですね」スリー・シーグラスは言った。「未開の地から来たことを逆手にとるとは」

実を言えば、マヒートは楽しんでいた。それは一人きりでテイクスカラアン市民に囲まれてうっとりしたり恐怖をおぼえたりを交互に繰り返している中での唯一の楽しみだった。これまでは主に文学作品中のテイクスカラアン人だけが相手だったから、過度に動揺させられたり過度に親しみをおぼえたりせずにすんでいたのだが。マヒートはスリー・シーグラスに向かって肩をすくめた。「わたしとテイクスカラアン市民とを分かつ大いなる隔絶に悩まされずにいられると思う？」

「たしかに」スリー・シーグラスは言った。「いいでしょう、まずわたしから。ペタル、質問してください」

トウェルブ・アゼイリアは考え込んでいるかのように、わずかに首をかしげた。すでに質問は決めているのに効果を出すために間をとっているとしか思えなかった。やがて彼はたずねた。「なぜきみはドズマーレ大使の文化案内役に志願したんだ？」

「ああ、ずるい」スリー・シーグラスは言った。「うまいけどずるい！　あなたは以前よりもこのゲームが上手になりましたね」

「以前よりも歳をとったし、きみの魅力に圧倒されることもなくなったからね。さあこたえて。真実を」

スリー・シーグラスはため息をついた。「うぬぼれた個人的な野心」彼女は親指から始めて指折りかぞえながら理由をあげ始めた。「前任の大使が陛下から特別に目をかけてもらえるまでにいたったことに対する純粋な好奇心――マヒート、あなたのステーションはたいへんすばらしいのですが、とても小さいので、皇帝の注目があなたの前任者の肩にしっかりとかかる明確な理由はないのです。それがどんなにすばらしい肩であろうと。それと、うーん」言葉が途切れた。いかにも芝居がかった間の取り方だったが、マヒートにはほんとうのためらいのようにも思えた。スリー・シーグラスがさっきは見せなかった恥じらいが、いまは顎の形や、死体も含めた全員の視線を避けている様子にあらわれていた。

「それと、わたしはエイリアンが好きなんです」

「きみはエイリアンが好きなのか」トウェルブ・アゼイリアがうれしそうに叫び、それと同時にマヒートは言った。「わたしはエイリアンじゃない」

「あなたはかなり近いです」スリー・シーグラスはトウェルブ・アゼイリアを完全に無視して言った。「しかも話ができるくらいには人間らしく、それがいっそう好ましいのです。さあ、これでわたしの番は終わりです」

　スリー・シーグラスが情報省の同僚のまえでそれを認めたくなかったのは明らかだ。マヒートにはその理由が想像できるような気がした。文明化されていない人びとを、ひいきにするという意味合いで、好きになる。それは自分が未開人だと認めるようなものだ（たいへん思わせぶりでもあるということは気にせずにおこう。〝好き〟というのはいやになるほど柔軟な動詞だ。またあとで考えればいい)。マヒートはここは寛大な配慮をして、そのままゲームを続け、スリー・シーグラスのことはほうっておくことにした。

「トゥェルブ・アゼイリア」マヒートは言った。「わたしの前任者が死ぬ直前の政治的な状況は？」

「それは真実ではなく、大学の卒業論文だ」トゥェルブ・アゼイリアは言った。「ぼくが知っていることに絞ってくれ、大使」

　マヒートは舌打ちした。「あなたが知っていること」

「彼だけが知っていることです」スリー・シーグラスが勧めた。「平等のために」

「ほんとうのところ」マヒートは慎重に言葉を選びながら言った。「ルスエル・ステーションの大使が脳幹にどんな種類のインプラントを埋め込んでいるかを知って、あなたはなにを得るの？」

「だれかが大使を殺したから、ぼくはその理由を知りたい」トゥェルブ・アゼイリアは言った。「おいおい、そんなに驚いた顔をしないでくれ、大使！　今日の朝リードやイクスプラナトルからなにを聞かされようが、きみだって同じことを考えていたはずだ。ぼくにはわかる。顔に書いてあるよ、きみたち野蛮人に隠し事はできない。だれかが大使を殺したのにだれもそれを認めなかった。情報省すらその件についてはなにも言っていないが、ぼくは医学の訓練を受けているし、かつてはイクスプラナトルになりかけたこともあるくらいだから、宮廷がそれを隠蔽している理由を突き止めるにはもっとも適任だと思ったんだ。その隠蔽元が司法省ではなく科学省だとすればなおさらだ。科学省のテン・パールはツー・ローズウッドと何年も対立を続けていて――」

「科学大臣とうちの情報大臣のことです」スリー・シーグラスが小声で言った。機転の利いた情報の伝えかたがまるでイマゴのようだ。

トウェルブ・アゼイリアはうなずき、静かにしてくれと手を振ってから続けた。「ぼくが今回の調査をまかされたのは、テン・パールが情報省をだまそうとしていないことを確認するためだ。自分でここへ出向いて調査をしているのは、イクスプラナトルのフォー・レバーがいやになるほど公明正大なのに大使の死んだ理由がいまだにわからないからだ。インプラントを見つけたのは偶然だ。こうしてきみをここへ連れてきてみると、ふたつのことはつながっているように思うが、そのために調査を始めたわけではない」彼は袖をまくって左右の手のひらをテーブルに置いた。「今度はぼくが質問する番だ」

マヒートは身構えた。真実を告白する準備はできていた――いまなら進んで告白しそうなくらいだった。トウェルブ・アゼイリアがイスカンダーはやはり殺されたと認めてくれたことでほっとしていたし、その直前にはスリー・シーグラスがおおっぴらに恥をかき、とても非テイクスカラアン的な人間らしさを見せていた。いまやマヒートはすべての人を文明人と未開人に分けるというテイクスカラアン人のパターンに陥っていたが、見方は逆だった。マヒートは彼らと同じように人間だった。彼らもマヒートと同じように人間だった。

　では、真実を話すとしよう。トウェルブ・アゼイリアが避けようのない質問をしてきたら。そしてそれがもたらす結果に対処するのだ。彼らはテイクスカラアン人だからひとりも信用できないと決めつけるよりはましだ。なんと不条理な前提だろう。子供のころはずっと帝国の市民になりたいと願っていたのに。そこの詩作に接するという、ただそれだけのためでも……

「大使、インプラントにはどんな機能があるんだ？」

〝ねえ、イスカンダー〟マヒートはイマゴがいるはずの静寂に意識をのばした。〝わたしを見ていて。わたしだって扇動くらいできる〟

「記録を残す」マヒートは言った。「コピーを。人の記憶と思考パターンの。わたしたちはイマゴマシンと呼んでいる。イマゴという、その人の肉体よりも長生きするバージョンを作るの。たぶんイスカンダーのはもう役に立たない。彼は死んでいるし、三カ月のあいだ脳の崩壊を記録しているから」

「役に立たないわけでもなかったら」スリー・シーグラスが慎重に言った。「それはどうするのですか？」

「わたしならなにもしない。わたしは脳神経外科医じゃないし。どんな種類のイクスプラナトルでもない。だけど、もしも使えそうだったら、イマゴをだれかの中に入れる。そうすればイスカンダーがこの十五年間に学んだことが失われずにすむ」

「気味が悪いな」トウェルブ・アゼイリアが言った。「死んだ人間が生きている人間の体を乗っ取るなんて。きみたちが死体を食べるのも不思議はない……」

「人をおとしめるもの言いは控えて」マヒートはぴしゃりと言った。「入れ替わるわけじゃない。統合するの。ルスエル・ステーションにはあまり大勢の人がいない。わたしたちには知識を保存する独自のやりかたがあるというだけ」

　スリー・シーグラスがテーブルをまわり込んできて、二本の指をマヒートの手首の外側に当てた。その感触は恐ろしくも侵略的だった。「あなたもそれを持っているのですか？」

「真実の協定の時間はもう終わり、スリー・シーグラス」マヒートは言った。「考えてみて。ルスエルの人びとがわたしをイマゴなしで、〝世界の宝石〟へ送り込むと思う？」

「わたしならどちらの選択肢についても説得力のある主張を展開できます」

「あなたはそのためにいるんでしょう？　あなたたち二人は」感情を爆発させるのはティ

クスカラアンの文化では不適切なことであり、自身の未熟さのしるしとなる——それでも止められなかった。助けになってくれる声、怒りをなだめてくれる声は、すべてマヒートと共にあるはずだったが、どうしてか沈黙していた。「あなたたちアセクレタは。説得力のある主張と美辞麗句と真実の協定」

「そうです」スリー・シーグラスは言った。「わたしたちはそのためにいます。あとは情報の抽出、そして不幸な状況あるいは犯罪につながる状況でスリルを味わう。今回はそうなってきていますね。もういいですか、ペタル？　ほしかったものは手に入りましたか？」

「一部はね」トゥエルブ・アゼイリアが言った。

「充分ですよ。あなたの居室に戻りましょう、マヒート」

スリー・シーグラスはやさしくなっていたが、それは……それは少しも良いことではなかった。マヒートは手首を引っ込めて、あとずさった。「もっと情報を引き出したいんじゃないの？」

「ええ、もちろん」スリー・シーグラスは言った。それを認めてもなんの問題もないかのように。「しかし、わたしには専門家としての誠実さもあるのです」

「この人はそうだよ」トゥエルブ・アゼイリアが口をはさんだ。「ときどきそれが腹立たしくなる。〝エイリアン好き〟であろうがなかろうが、リードは根っこのところではかなり保守的なんだ」

「おやすみなさい、ペタル」スリー・シーグラスがとげとげしい声で言った。なさけないことに、マヒートは動揺しているのが自分だけではないことを知ってひどく安堵していた。


　スリー・シーグラスがマヒートを居室へ連れて帰ったころには、メッセージボックスはふたたびインフォフィッシュ・スティックでいっぱいになっていた。マヒートはどんよりした避けようのない絶望感と共にそれを見つめた。

「午前中は」マヒートは言った。「わたしは寝る」

「これだけはお願いします」スリー・シーグラスが金色の封印がついた象牙の棒を差しあげた。おそらくほんものの象牙で、虐殺した大型動物から取ったものだろう。少しまえのマヒートなら、怒るか、興味をそそられるか、その両方だったかもしれない。いま彼女はそれに向かって手を振った――どうしても必要なら。スリー・シーグラスがそれをひらくと、淡い金色に輝くホログラフが両手いっぱいにこぼれだし、彼女のスーツのクリーム色と赤色とオレンジ色に反射した。

「エズアズアカット閣下がお会いになりたいとのことです」

それはそうだろう（動物から作られたインフォフィッシュ・スティックを持っているのも当然だ）。エズアズアカットは警戒心が強く、頭も切れるし、イスカンダーのことも知っていた。安置所でほしいものを手に入れるのをじゃまされたので、別の方法で手に入れようとしているのだ。

「選択肢があるの？」マヒートはたずねた。「いえ、こたえなくていい。閣下にうかがいますと伝えて」

イスカンダーのベッドは、なんとも言えない、テイクスカラアンの石鹸のような、ミネラルウォーターを思わせる空虚なにおいがした。ベッドは広くて毛布が多すぎた。その中で体をまるめていると、自分が宇宙の中心の崩壊点になり、繰り返し自分自身の中に沈んでいくような気がした。自分がいまどの言語で考えているのかわからなかった。ベッドの上では星野の芸術が暗闇の中で光っていて——それは粗雑だった——マヒートはイスカンダーに会いたくなり、自分の怒りを理解してくれるだれかと共に怒りたくなった——そして窓の外の〝世界の宝石〟はどこの都市でも耳にする心を落ち着かせる小さな騒音を立てていた。

眠りが重力井戸のように襲いかかり、マヒートは屈服した。

第4章

シティの料理は、どこであれ惑星を訪れた人が期待するバラエティに富んでいます。シティは陸地面積の六十五パーセント近くまで都市化されているにもかかわらず、ほかの惑星と同じくらい多様な気候があり、寒冷地の料理も充実しています（筆者のお勧めは、プラザ・ノース・フォーにある〈ロスト・ガーデン〉で供される、薄くスライスしたヘラジカのロース肉で冬野菜を巻いた一品です——もしもあなたが足を運んでくれるなら！）。とはいえ、シティにおける定番はやはり宮廷料理でしょう。宮殿の有名な建築様式の特徴である多種多様な花々や水耕栽培の植物を中心とする亜熱帯料理です。一日の始まりは揚げたユリの花、ならんだ花びらが新鮮なヤギのミルクのチーズを包み込んでいます——これはほとんどの屋台で売られていて、熱いうちに食べるのがお勧めです——そのあとは、プラザ・セントラル・ナインに惑星間で名を馳せるレストランがたくさんありますので、グルメツアーに出かけましょう……

――『都市の味覚の愉しみ　極上の体験を求める旅行者のためのガイド』トゥェンティフォー・ローズ著、主にウエスタン・アーク星系で配布

……最新の無重力米栽培の効率をさらに高めることで、今後五年間で最大五百人の非代替出生枠を承認できると予想されています。出生枠はまず遺伝的遺産リストに十年以上登録されている個人に割り当てられるべきでしょう。その次は〈鉱夫〉代表評議員で、これについては採鉱系およびエンジニアリング系のイマゴの適性検査で高得点をとる可能性が高い子供たちを生産することが予想されますので……

――『戦略的な生命維持のための備えと予想される人口増加について』〈水耕〉評議員の発言より抜粋

イスカンダーは朝になっても戻ってこなかった。

マヒートは眠りについたときと同じように心がからっぽのまま目覚めた。二日酔いのごく初期段階のような、がらんとして反響のきつい、ガラスのようなもろさを感じた。両手を水平に差し出してみる。震えはなかった。親指をほかの指でリズムパターンを変えながら叩いてみる。いつもどおり簡単にできた。たとえマヒートが神経に損傷を負っているの

だとしても——たとえ彼女のイマゴマシンが取り返しのつかない大失敗をして、イスカンダーを永久に彼女の中に刻み込んだはずの神経経路を焼き払ってしまったのだとしても——それは自分でできる基本的な検査にはあらわれていなかった。床に描いた線の上をうしろむきで歩くことさえできそうだ。それでどうなるわけでもなかったが。

　ここがルスエルなら、とっくに統合セラピストに会いに行って苦悩に打ちのめされていただろう。こんなことは——遺体安置所での連鎖的な障害、意識喪失と感情の爆発、それから沈黙——イマゴの統合が今回のようにうまくいかなかった話は聞いたことがない。ここがルスエルなら医療デッキに自分の身をゆだねていただろう。現実のマヒートは、テイクスカラアンの中心部でイスカンダーのベッドにすわり、彼がここにいないことに憤慨していた。ほんとうに神経に損傷があるのだとしても、それはテイクスカラアンの医療専門家が気づくほどの影響をあたえているようには見えなかった。たとえマヒートがそれを見たいと思ったとしても。

　イスカンダーの寝室には幅が狭くて高さのある窓が三つならんでいて、夜明けの日差しが投光器のビームのように射し込んでいた。光の中に浮かぶ小さな塵が、かろやかに舞っている——やはり神経系の症状かある種の眼性片頭痛があるのかもしれない。

　マヒートは立ちあがり、窓のほうへ歩いて（まえむきに、念のため）、手でそれを払ってみた。ほこりだ。ほこりの微片。〝世界の宝石〟に空気清浄機などありはしない。空はあるし、植物もある。短期間だけ訪れたことがあるほかの惑星となにも変わりはない。まったくどうかしている。なにもかもが奇妙でひどく孤独だというだけで、こんな偏執的な妄想に取り憑かれてしまうとは。

きちんと統合しようとするなら、だれにとっても三ヵ月では足りない。マヒートとイスカンダーには一年あるはずだった。そのあいだに二人で融合を深め、マヒートは彼が知っていることを残らず吸収し、イスカンダーは彼女の心の中にある声からさらに進んで直観的なセカンドオピニオンとなる。瞑想の練習やセラピーセッションや健康診断などもおこなわれるが、マヒートがもっとも訪れたいと望んでいたこの地にはそれがなかった。

〝イスカンダー〟マヒートは思った。〝あなたが先走ってくれたおかげで、あなたとわたしとステーション全体が、だれにとっても理不尽なほどのトラブルに巻き込まれてしまったけど、あなたはそれを楽しんでいるはず、この惨状に大喜びしているはず、それならいったいどこにいるの？〟

反応はない。

マヒートは手のひらの付け根をふたつの窓のあいだの壁に叩きつけた。

「あなた大丈夫ですか？」スリー・シーグラスが問いかけてきた。

マヒートは振り向いた。夜のあいだスーツを一度も脱がなかったかのような非の打ち所のない服装をしたスリー・シーグラスが、ドアの枠に背をもたせかけていた。

「テイクスカラアン人の〝あなた〟の概念はどれくらい広いのかな？」マヒートは手のひらのぶつけたところをさすりながらたずねた。あざになりそうだ。

「文法的にですか、それとも実存的にですか？」スリー・シーグラスはたずねた。「着替えてください、大使、今日は打ち合わせがとてもたくさんあるのです。ご要望のあったフィフティーン・エンジン――あなたの前任者の元案内役――を見つけたので、セントラル・シティでいっしょに遅めの朝食をとることになっています。情報省の彼のファイルには、あなたにはとても信じられないようなものが入っています。フィフティーン・エンジンを神経質にさせたいなら、彼が〝慈善寄付〟をおこなっている人道主義団体について質問するといいです。オーダイルでの厄介な反乱の支援に関与していますので」

「あなたは寝ないの？」マヒートはそっけなくたずねた。「文法的でも実存的でも、お好きなように」

「どちらでも、時と場合によります」スリー・シーグラスはそう言うと、あらわれたときと同じように素早く続き部屋へ姿を消し、残されたマヒートはオーダイルについて知っているわずかな情報を思い起こした。あそこではなんらかの小規模な反乱が起きていたが、ルスエルに届くテイクスカラアンのニュースフィードでは詳細が伏せられていた。そういう事件ではよくあることだ。オーダイルはウエスタン・アークにある——テイクスカラアンに併合された最後の星系のひとつで、まだシックス・ダイレクションの治世が始まったばかりのころだった。当時の彼は軍人皇帝で、なによりもまず宇宙船の船長だった。なぜオーダイルで反乱が起きたのか、マヒートにはよくわからなかった。だが、悪政に加担していたとフィフティーン・エンジンに圧力をかけることができれば、優位に立てるかもしれない——それが必要なら。

スリー・シーグラスはむしろ役に立とうと決めているのではないだろうか。

マヒートはもっともあたりさわりのないステーショナーの灰色の服を身につけた。そのズボンとブラウスと短いジャケットは、シティではテイクスカラアン人ではないというだけの理由で場違いになる。つまり、とんでもなく人目につくがあからさまではない。マヒートは着替えているあいだずっと、自分は帝国スタイルの服を仕立てられるほど長生きできるだろうかと考えていた。続き部屋へ出てみると、スリー・シーグラスがクリーム状の黄色いかゆのようなものを入れた鉢を用意していた。

「毒はありません、約束します」スリー・シーグラスはそう言って、スプーンでひと口すすった。「ペーストは十六時間処理されています」

マヒートはほんの少しだけ不安をおぼえながら鉢を受け取った。「あなたにわたしを殺すつもりがないのはわかってる。たとえその理由がうぬぼれた個人的な野心でしかないとしても」スリー・シーグラスは鼻から威厳のない音を立てた。「ペーストが処理されていなかったらどうなる？」

「シアン化物」スリー・シーグラスは快活に言った。「塊茎に含まれる天然の反栄養素です。でもおいしいですよ。どうぞ試してみてください」

マヒートは試した。断ったところであまり意味はなかった。安全なものなどない。危険の度合いに差があるだけだ。ひどく心もとない気分ではあったが、それはシアン化物を口にするまでのことだった。かゆはかすかに苦みがあり、濃厚でおいしかった。食べ終わると、マヒートはスプーンの裏についた最後の一滴までなめた。

二人は宮殿を離れるために地下鉄へ向かった。スリー・シーグラスの案内で四階下まで降りたあと、貴族をしめす深紅の陰影がない薄いクリーム色のスーツを着た下級職員たち——トラックスラウイムです、とスリー・シーグラスが説明した、会計士です、いつも集団で移動するんです——が渦巻く広場を横切った。その下にある駅から宮殿を出てシティそのものへ入る列車が出ているらしい。だれかが地下鉄の入口の壁に政治的なポスターのようなものを貼っていた。それはテイクスカラアンの戦旗で、星空を背に扇状にならんだ槍が生々しい赤色で描かれ、その槍がグラフィティ・スタイルの絵文字の一部にもなっていたため、マヒートは解読するために目をこらさなければならなかった。どうやら〝腐敗〟を意味する単語のようだが、確信はなかった。〝腐敗〟の絵文字に使われる線は六本よりも少なかったはずだ。

「わたしたちが戻るころには撤去されているでしょう」スリー・シーグラスはマヒートの袖をつまんで階段をくだるよう誘導した。「だれかが補修のために通報するんです。いつものように」

「あなたのお気に入りの……政党ではないと？」マヒートはたずねた。

「わたしは情報省の不偏不党のオブザーバーですから、反帝国のプロパガンダポスターを公共の場に貼りまくっておきながら、そのあとでためらいもなく地方政治に参加したり試験を受けて公務員になったりする人びとについては、なんの意見も持ち合わせていません」

「そういうことはよく起きているの？」

「そういうことはいつでも起きています。ポスターが変わるだけです。このポスターはホログラフではないので、まだありがたいです――ポスターの中を歩いてとおり抜ける必要がありませんから」階段の下には列車のこぎれいなホームがあり、その壁を飾っているのは――もうポスターはなかった――白色から金色、さらにショッキングピンクまで、たくさんの色のモザイクタイルで描かれたバラだった。

「ここがパレス・イースト駅です」スリー・シーグラスは説明した。「宮殿には六つの駅があります――コンパスの方位基点に合わせてあるのです」彼女は地下鉄のマップの、宮殿が六つのとげがある星として表現されている部分を身ぶりでしめした。「実用的というよりは象徴的なものですね。皇室の住居へ行くにはパレス・アースで降りるのですが、天文学的観点からすればパレス・スカイになるはずですから」

「パレス・スカイにはなにがある？」マヒートはたずねた。やってきた列車は宇宙港と同じように質実剛健ですっきりしていて、白い服を着たテイクスカラアン市民がぎっしりと乗り込んでいた。そのほとんどは絵画や写真で見るテイクスカラアン市民に似ていた――肌は茶色で背が低く、頬骨が張っていて胸が広い――が、様々な民族的背景をもつ、さまざまな惑星系の出身者が交じっていた。長い四肢に、劣性でも優性でもない共優性の青白い肌と赤い髪をもち、重力下で直立するための外骨格スーツを着けた、無重力育ちのミュータントさえ一人いたような気がした。それでも、地下鉄に乗る人たちはみな同じ服を着ていて、クリーム色の袖についている公務員としての所属をしめす色だけがちがっていた。

全員が宮殿の、シティの職員なのだ。マヒートがどれだけ詩をおぼえていようと、全員がそれ以上にテイクスカラアン人なのだ。列車が動き出し、マヒートは金属製のポールにつかまった。暗いトンネルを抜けると、そこは屋外の高架線の上だった。窓の外をシティが流れ過ぎ、建物がかすんで見えた。

「公文書館、軍事省、帝国検閲局」スリー・シーグラスがさっきの質問にこたえた。

「まちがっていないね、天文学的には」

「わたしたちが宇宙へ送り出すものについてどのように考えているのですか」

「文学、征服、禁制品。これでまちがいない？」

　扉がシュッとひらき、テイクスカラアン市民の半数が降車した。代わりに乗ってきたのはもっと色鮮やかな服を着た人びとで、その中には子供たちもいた。小さな子供たちはあからさまにマヒートを見つめていたが、その付き添いの人たち――親なのかクローン親族なのか保育士なのかはわからない――は、彼らの注意をそらそうとはしなかった。車内は混雑していたのに、だれもがマヒートとスリー・シーグラスから離れて立っていて、マヒートは接触タブーや異国人嫌悪があるのだろうかと思った。イスカンダーがここにいたときには――イマゴのイスカンダーがここにいた、十五年まえのことだが――外国人との身体的交流が露骨に避けられることはなかったし、マヒートが知っているテイクスカラアンの文化的状況のどこにもそんな要素はなかった。

見知らぬ相手に感じる快適度の変化は不安をあらわす。マヒートはすべてのルスエル市民が適性検査の一環として受けた心理的反応の基礎訓練でそれを教わっていた。シティでなにかが変わったのだが、それがなんなのかわからなかった。

「いまはパレス・イースト線でプラザ・セントラル・ナインに向かっています」スリー・シーグラスは、それでマヒートの質問への回答になるかのように肩をすくめ、車内の壁に掲示されている入り組んだ地下鉄の路線図を指差した。地下鉄はガラス板の上の氷の結晶のように市内に広がっていた。複数の路線がフラクタルに交錯する、ありえないほどの複雑さ。駅のホームには正確に調整されたカウントダウン時計が設置されており、列車がいつ到着するかを知らせていたが、その時計はたしかに正確だった。


　プラザ・セントラル・ナインにはマヒートが見たことのないほど大勢の人がいた。〝世界の宝石〟の規模を理解したと思うたびに、自分がまちがっていることに気づかされる。ルスエルとの比較に役立つポイントがないのだ。ルスエルは十あるステーションの中でもっとも大きいが、支えられる人口は最大でも三万人。その四分の一の数のテイクスカラアン市民がこの広場ひとつを行き来し、通路のラインや重力場の強さの変化に支配されたり導かれたりすることなく、どこでも好きなところへ向かっていた。彼らの動きに組織化原理があるとすれば、それは流体力学にまつわるなにかであり、マヒートが専門教育を受けた分野ではなかった。

スリー・シーグラスは模範的なガイドだった。常にマヒートの左肘のあたりで、好奇心旺盛なテイクスカラアン人が野蛮な外国人に不適当な質問をしようと近づいてくることがないくらいには間を詰めていたが、マヒートがささやかな個人空間を確保できるくらいには距離を置いていた。建築物の特徴や歴史的に興味深い点を指摘するときには、うっかりすると自然に多音節二行連句になっていた。マヒートはそういう力みのない指示語の流動性がうらやましかった。

広場の中央では、建物の明るい鋼鉄と金とガラスが花びらのように外へ反り返り、青々と輝く大気圏の空があらわになっていた。マヒートは真ん中でスリー・シーグラスの足を止めさせ、上半身全体をうしろへかたむけてそれを見あげた。目のくらむ、果てしない円天井は、回転しているように見えた。マヒートは世界の中心にいて――

――彼女の手から流れる真っ赤な血が儀式用の鉢の黄金の太陽へこぼれ落ち（彼女ではなく、彼の手、イスカンダーの手だ）、空はまさにこのような形をしていて、彼は太陽神殿の花びらが爆発したような屋根をとおして円天井にきらめくたくさんの星を見あげ、空のとげとげしく目のくらむ回転をとおして告げる。「われわれはある目的のために誓う、いま、きみとわたしの——きみの血とわたしの血を——」

マヒートが強くまばたきをすると、その記憶のフラッシュは消えた。曲がった背骨が痛かったので、上体をまっすぐに戻した。スリー・シーグラスがほほえみかけていた。

「太陽にやられましたか」

(イマゴにやられたんだ)

「あなたを神殿へ連れて行って聖職者に黄金と血をかけてもらうべきですね。惑星を訪れたことがないのですか?」

マヒートは唾をのんだ。喉がからからで、銅のような過去の血のにおいをまだ嗅ぎ取ることができた。においの残像だ。「これまで訪れたどこの惑星でも空はこんな色をしていなかった」なんとか声を出す。「人と会うんじゃないの? 宗教官僚のところへ寄り道したらまちがいなく遅刻するけど」

スリー・シーグラスは表情豊かに肩をすくめた。「太陽神殿はどこにも行きません。毎時に連禱《れんとう》がおこなわれています。シティの外へ出かけるとか軍隊に入るとかで、運気をあげて星ぼしの寵愛を得たいときなら、なおさらです。でもレストランはすぐそこですよ、セントラル・ナインの真ん中に突っ立っているのをやめさえすれば」彼女は腕をまっすぐ伸ばして指差した。

　そのレストランは開放的で明るく、花びらの多い淡い青色の花々を浮かべてきらきらと輝く水の入った浅い鉢が、白い石のテーブルのそれぞれにセンターピースとして置かれていた。マヒートの目にはひどく仰々しい光景だった。そんなに大量の水をむだにするのは批判されてしかるべきことだとスリー・シーグラスは気づいているのだろうか。

　フィフティーン・エンジンは隅のテーブルで二人を待っていた。中年で、肩幅が広く、腹はでっぷりしており、スチールグレーの髪を貴族のように低い生え際からうしろへなでつけて金属のリングでまとめてあった。彼のクラウドフックはマヒートの記憶にあったとおりのもの——イスカンダーの記憶にあったとおりのもの——で、頬骨から眉骨まで左の眼窩全体を覆う特大のブロンズのフレームだった。スリー・シーグラスが彼の名前を口にしただけでわきあがったあの強烈な感情のこだまが届く——かすかな好意、かすかないらだち。だがぼんやりして、うろおぼえだ。実際にはそんなことはまったく感じなかったのかもしれない。幻の記憶であって、イマゴがマヒートになにか有益な情報をもたらしたわけではない。

　マヒートはフィフティーン・エンジンはもっと若くて自分よりせいぜい五歳か十歳くらい年上だと思っていた。だが、彼がイスカンダーの文化案内役をしていたのはイスカンダーがここへやってきた、いまから二十年まえのことで、しかもごく短期間だった。マヒートのイマゴは若いかもしれないが、十五年も時遅れであり、フィフティーン・エンジンが彼について知っていることも同じように古びていた。

それでも、マヒートは彼にあいさつするために両手をあげた。指先のあいだの圧力は電気的で、腕の中の神経をすべて感じ取れるような気がした。イスカンダーがこの動作をおこなったすべての過去のこだま。まるでイスカンダーが彼女のもとへ戻ってきたかのようだ。

フィフティーン・エンジンは両手をおろし、マヒートを見て皮肉っぽく言った。「やれやれ、イスカンダー、この女性はきみの四分の一の年齢だぞ。どんな感じがするんだ？」

「やっぱり！」スリー・シーグラスがマヒートの肩をこづいて言った。「あなたもあの機械を入れているんですね。当然、前任者の脳があなたの頭に詰まっていて──」

「しーっ」マヒートはそう言って腰をおろした。十八歳のときにしていたように、ぎこちなく、いかにも女の子らしく、長すぎる手足を椅子の上で折りたたみ、フィフティーン・エンジンの期待に満ちた表情が不安に変わっていくのを見守った。

「イスカンダーは引き継ぎの程度についてやや誇張していたかもしれません」マヒートはきびきびと言った。

「だが、きみはそこに――」

「いま現在はいません」マヒートはそう言いながら、スリー・シーグラスがこの発言を聞いて、これが根本的な欠陥ではなくイマゴマシンが意図的に起こしたことだと理解してくれることを期待した。「それともうひとつ、わたしは前任者が専有技術であるはずのものの共有に積極的だったことを知っておおいに興味をそそられています」

「きみの案内役はきみから同じ情報を聞き出すのに約三十六時間かかったようだな」

「やむをえない面はあります、イスカンダーが亡くなったことを考えると」

「そうなのか」フィフティーン・エンジンの声はそっけない。

「あなたが知っていた男は、そうです」

「では、きみと話す理由はないな。わたしはここ二十年ほどは星間政治とほぼ無縁で過ごしてきた。情報省を辞職したのはもう十年以上まえのことだ。中央政府の騒動から離れて、静かに暮らし、自分の仕事を追求している」フィフティーン・エンジンは椅子をテーブルから押し下げて立ちあがった。花と水の入った鉢が揺れ、へりからあふれた水が石の上を流れてレストランの床にしたたり落ちた。

　マヒートはあまりの浪費に愕然としながらも、「イスカンダーはあなたを信頼していたはずです」と言ってなんとか話をつなごうとしたが、フィフティーン・エンジンは水たまりを巧みに避けて一歩あとずさり——とたんに世界が轟音と共に真っ白な閃光を発した。

マヒートは地面に横たわり、こぼれた水で頰を濡らしていた。刺激のある濃厚な煙とテイクスカラアン語の叫び声があたりに渦巻いている。テーブルの一部——でなければ壁の一部の、重くて動かしようのない大理石——が腰の上に倒れ込んでいて、動こうとすると刺すような痛みが走った。見えるのはアーチ状の一部だけだった——椅子の脚や瓦礫で視界がさえぎられていた——が、そのアーチの中には炎があった。

テイクスカラアン語の〝爆発〟という単語は知っていた。戦争詩ではそれ抜きでは始まらない単語で、ふつうは〝粉砕する〟や〝炎を咲かせる〟のような形容詞で飾られているが、いまマヒートが叫び声からの推測で学んだのは〝爆弾〟を意味する単語だった。短い単語だ。とても大きな声で叫ぶことができる。なぜ見当がついたかというと、人びとが「助けて」と叫んでいないときにその言葉を叫んでいたからだ。

スリー・シーグラスの姿はどこにも見えない。

マヒートの顔に、こぼれた水と同じように湿ったものが、反対側からしたたり落ちてきた。したたり、こめかみのくぼみにたまり、そこからこぼれ、頰と目を横切る、赤いもの、それは血だった。マヒートは頭をまわし、首を弓なりにした。血が下向きに、口に向かって流れくだってきたので、急いで口を閉じた。

　血の出所は椅子にあおむけに倒れ込んだフィフティーン・エンジンだった。シャツのまえの部分——胴体のまえの部分——がぱっくりと裂けて、喉には金属片が突き立っていた。その顔は傷ひとつなく、ひらいた目がうつろに虚空を見つめている。爆弾は近くにあったにちがいない。ここから見える破片の角度からすると、彼の右側だろう。

　〝イスカンダー、ごめんなさい〟マヒートがどれだけフィフティーン・エンジンをきらっていようと——ついさっきまで、彼女はむきだしの強い嫌悪感をつのらせていた——この男はかつてイスカンダーと共にあったのだ。マヒートはある程度はイスカンダーだったので喪失感をおぼえていた。失われた機会。彼女が充分に守れなかったなにか。

　目のまえに煙で焦げたクリーム色のズボンを穿いた膝があらわれたかと思うと、スリー・シーグラスが手のひらでマヒートの顔についた血をぬぐっていた。

「なんとしても生きのびて」スリー・シーグラスが言った。マヒートには叫び声がうるさくてよく聞こえず、その叫び声さえ空気自体がイオン化しているかのような電気的な雑音でかき消されかけていた。

「あなたは運がいい」マヒートは言った。声は出た。顎も動いた。スリー・シーグラスがせっせとぬぐってくれていたのに、口の中には血が入り込んでいた。

「良かった」スリー・シーグラスが言った。「すばらしい！　あなたの死を皇帝に報告したらとてつもない屈辱だしわたしのキャリアは終わるかもしれないしおまけにわたしは動揺しているみたいだし――あなたの上に倒れた壁の破片を動かしたらあなたは死ぬのかしら、わたしはイクスプラナトルではないし、儀式以外での失血のことなんか人の血管から矢を抜いてはいけないこと以外はなんにもわかっていないし、それを知ったのだって劇場用に脚色された『皇帝秘史』で見ただけで――」

「スリー・シーグラス、興奮しすぎ」

「はい」スリー・シーグラスは言った。「わかっています」そしてマヒートを地面に押さえつけている瓦礫を腰から地面に落とした。圧力が消えて痛みの種類が変わった。空気中の雑音が大きくなり、スリー・シーグラスとマヒートのあいだの空間が、まるで日暮れが近づいているかのような繊細でぞっとする青みを帯び始めていた。レストランの大理石の床が網目模様の感知回路で照らされて、全体が青く輝き、空気を光で彩っていた。マヒートは炉心が流出して青い閃光を発しながら肌を焼く様子を思い起こした。どこかで読んだ空を走る雷光を思い起こした。あれがイオン化した空気なら二人ともとっくに死んでいる。マヒートは身をよじって両肘をつくと、スリー・シーグラスの腕に飛び付いてそれをつかみ、なんとか上体を引き起こした。

「この空気はどうしたの？」

「爆弾が破裂しました」スリー・シーグラスが言った。「レストランは燃えています。空気がどうかしましたか？」

「青い！」

「それはシティが気づいて——」

レストランの屋根の一部がぐらつき、耳をつんざく轟音と共に落下した。スリー・シーグラスとマヒートは同時に首をすくめて、額を肩に押し付けた。

「ここを出ないと」マヒートは言った。「爆弾はほかにもあるかもしれない」その言葉はなぜか言いやすく、唇もなめらかに動いた。イスカンダーもその言葉を口にしたことがあるのだろうか。

スリー・シーグラスはマヒートを足もとに引き寄せた。「以前にもこういう経験があるのですか？」

「まさか！」マヒートは言った。「初体験だよ」最後にルスエルで爆破事件があったのは彼女が生まれるまえだった。ある破壊活動家たちが——革命家と名乗っていたが、実際は破壊活動家だった——焼夷弾を爆発させて真空を招き入れたのだ。その後、犯人たちは宇宙空間へ投じられ、彼らのイマゴラインはすべて断絶となった。十三世代にわたるエンジニアリングの知識がその最古の世代と共に失われた。ステーションは罪のない人びとを宇宙空間にさらそうとする者を維持したりはしない。そんなふうに堕落したイマゴラインは保存する価値がないのだ。

惑星上では事情がちがう。たとえ煙のにおいがしても、青い空気は呼吸できる。スリー・シーグラスに肘を支えてもらい、マヒートはプラザ・セントラル・ナインに出た。空は相変わらずありえない色をしていて、なにも問題など起きていないかのようだ。逃げていくテイクスカラアン市民の流れは、広場を横切って安全なほかの建物や暗い地下鉄の中を目指していた。

「フィフティーン・エンジンが爆弾を持ってきた可能性はありますか？」スリー・シーグラスが言った。「あなたはなにか見て――」

「彼は死んだ」マヒートは口をはさんだ。「あれがなんらかの――自己犠牲だったとでも言いたいの？」

「もしもそうだとしたら、へたなやりかたでしたね。あなたは死んでいない。わたしも死んでいない。それにフィフティーン・エンジンに関する記録のどこを見ても、オーダイルとのつながりの有無にかかわらず、国内のテロリストや自爆犯やポスターでは満足できない活動家との関係を示唆するものは――」

「わたしたちを殺してなんの意味があるの？　フィフティーン・エンジンはわたしと――というかイスカンダーと――話したがっていたし、そもそもわたしのために彼を朝食に誘ったのはあなただった」

「わたしはいま把握しようとしているのです」スリー・シーグラスは言った。「自分がどれほどひどく状況を読みちがえていたのか、そしてあなたは実際にどれほどの危険にさらされているのか――あるいは単に運が悪かっただけなのか――あるいは何者かがまたもや爆弾テロを引き起こしたのか」

「またもや？」マヒートがたずねると、スリー・シーグラスは返事をする代わりにぴたりと足を止めた。身を硬くしたまま、手をマヒートの肘に置いて、彼女も同じように立ち止まらせる。

広場の中心部が目のまえに広がっていた。さっきそこを横切ったときにタイルと金属の象眼細工だと思っていたものは、ある種の電機子で、地面からせりあがって金とガラスの壁の内側に群衆を囲い込み、あの青い光を放ちながらパチパチと音を立てていた。二人が近づくと透明な側面で言葉がスクロールし、煙で汚れて呆然としているテイクスカラアン市民の小グループの中心にマヒートとスリー・シーグラスを足止めした。その言葉は道路標識や地下鉄のマップと同じグラフィックな絵文字で表示されていた。何度も繰り返され

る四行連句。マヒートはそれを読んでみた。〈静穏と忍耐が安全を生み、世界の宝石はみずからを守る〉

「シティにふれてはいけません」スリー・シーグラスが言った。「サンリットがここに到着するまでこれがわたしたちを監禁します。皇帝の警察です」口の両端が下向きに曲がった。「わたしは貴族なので本来は監禁の必要はないのですが、これはまだそのことに気づいていないのかもしれません」

マヒートは動かなかった。壁に金色の詩と青く揺らめく光が這っていた。

「この文字を読めない人たちはどうなるの？」マヒートは言った。

スリー・シーグラスはこたえた。「市民ならだれでも読めますよ、マヒート」なにか理解不能なことを言われたような口ぶりだ。彼女はクラウドフックに手をのばし、左目にかぶさったフレームを叩いて位置を直した。眼窩を覆う透明な薄いプラスチック板が、袖の貴族色を反映したように赤色と灰色と金色に光っている。「ちょっと待ってください――これでいいはずです」

スリー・シーグラスが群衆をかき分けて前方へ進んだ。マヒートはあとを追った。歩くと痛かった。打撲の痛みが腰から下腹部全体に広がっている。スリー・シーグラスは広場の囲われていない部分にまっすぐ近づき、ガラスのすぐそばに鼻を近づけた。「スリー・

シーグラス、二等貴族、アセクレタ。情報省への身元確認を要請する、シティ」

ガラス壁の一部とスリー・シーグラスのクラウドフックの両方に、相手の反応に合わせて次々と言葉が流れ始めた。交信しているのだ。スリー・シーグラスがほとんど声を出さずになにかつぶやいた。マヒートは数列ではないかと思ったが、はっきりしたことはわからなかった――するとガラスにはっきりと読み取ることのできる単語がひとつ表示された。

それは〈承認〉と読めた。スリー・シーグラスが手を突き出して、マヒートにするなと言ったとおりのことをした。壁にふれたのだ――目のまえでそれがドアのようにひらくと思ったかのように。とてもさりげない、感覚としては気楽な身ぶりだったので、スリー・シーグラスが殴られたような音を立て、四肢を硬直させてうしろへ倒れ込んだとき、マヒートにはなにが起きたのかわからなかった。青い炎の線がスリー・シーグラスの伸ばした指先とシティとを結んでいた。

マヒートはスリー・シーグラスを受け止めた。彼女はとても小柄だった。テイクスカラアン市民はみんなそうだが、スリー・シーグラスはステーショナーの育ちきらないティーンエイジャーくらいの背丈で、かろうじてマヒートの胸骨までしかなく、こんなに何枚も重ね着しているにしては不条理なほど軽かった。マヒートは地面にすわり込んだ。彼女の膝の上におさまったスリー・シーグラスは、気絶して苦しげにあえぎ、白目をむいていた。

群衆は二人から離れてあとずさりした。

シティはドアをひらくことなく、まだ〈承認〉と表示していた。マヒートは鮮明で恐ろしい空想を思い描いていた――あらゆる下水道、エレベーター、コードロックされたドアなど、〝世界の宝石〟を運営している人工知能全体が、イスカンダーがとてもひどく怒らせてしまっただれかによって、マヒートと彼女に同行する不運な人を無差別に殺すというただそれだけの目的でプログラムされたのではないかと。バカげた考えだ。たとえイスカンダーの計画すべての継承者であるとしても、マヒートは一人の人間でしかなく、シティには巻き添えになりかねないテイクスカラアン市民が大勢いる。とても大勢の市民が。帝国が一人の野蛮人のために犠牲にするには生身の人びとの数があまりにも多すぎる。とはいえ、現にマヒートはガラスの中に閉じ込められ、文化案内役は通常の行動をとっただけで感電させられた。あまりにも多くのことがこれほど急激に悪い方向に進むと、バカげた可能性のひとつひとつに筋がとおってくる。

「だれか水を持ってない？　この人のために」マヒートは顔をあげて呼びかけた。まわりにいるテイクスカラアン市民の表情に変化はなかった。涙を流していようがやけどをしていようが無傷のままであろうが、だれひとりマヒートのように動揺している様子はなかった。マヒート自身の顔は感情でくしゃくしゃになった仮面のように感じられた。ふいに、まちがった言語で話しかけたのではないかと不安になってきた。自分がどの言語で考えているのかわからなかった。どちらか片方、あるいは両方か。「水を」マヒートはどうすることもできず繰り返した。

一人の男がマヒートを、あるいはまだぐったりして反応がないスリー・シーグラスを不憫に思ったのか、そばへやってきて腰を落とした。太く編んだ髪がほどけて、ほつれ毛が汗で額に張りついている。スーツの左襟には紫色の花をつけた小枝のような形の大きくて俗っぽい飾りピン。「どうぞ」男は大きな声でゆっくりと話しながら、プラスチック製のボトルを差し出した。「水を」

マヒートはそれを受け取った。「わたしはマヒート・ドズマーレです。大使です――なにが起きているのかわかりません」わたしは孤立無援だ。ボトルの上部をぱちんとひらき、手のひらに水を注いで、スリー・シーグラスの顔に振りかけようか口の中にしたたらせようかと迷った。「ありがとう。アセクレタの一人が怪我をしていることを宮殿に伝えてもらえますか？　送ってください……医者の車を」もっと適切な言葉があるはずだったが思い出せなかった。

「彼女はアセクレタなのか？」男はたずねた。「きみは待つべきだ。サンリットがすぐにここへ来る――シティが通報してくれる。彼らに処置してもらうほうがいい」

マヒートは、この男が言う〝処置〟とは〝殺人をすませる〟という意味なのだろうかと考えた。それは問題ではなさそうだ。彼女は逃げるつもりはなかった。どこにも逃げ場はなかった。「水をありがとう」

「きみはどこから来たんだ？」

マヒートは笑い声をあげようとしてむせた。「宇宙から」彼女は言った。「ステーションのひとつから」

「そうなのか。気の毒に。心配しなくていい。だれもあの爆発がきみのせいだとは思わない。ここはそういう土地じゃないんだ」男は手をのばして彼女の前腕を軽く叩こうとしたが、マヒートは身を引いた。

「だれのせいなんですか？」マヒートは男にたずねた。

返事がもらえるとは思わなかった。ところが、男は肩をすくめて「シティにいるだれもがシティを愛しているわけではない」と言うと、水のボトルを残してふたたび立ちあがった。

〝シティにいるだれもがシティを愛しているわけではない。世界にいるだれもが世界を愛しているわけではない。文明は既知の宇宙と同格とはみなされないんだ、民間人の死を気にしない爆弾を持っただれかにとっては……〟

水はマヒートの指を抜けてスリー・シーグラスの口にしたたり、その頬を流れ落ちた――フィフティーン・エンジンの血がマヒートの頬を流れ落ちたように。とても見ていられなかった。マヒートはナイフを返すように、持ち手を先にして、こぼさないよう気をつけながらボトルを男に手渡した。スリー・シーグラスが喉の奥でかぼそいハミングのような音を立てた。死なずにすむかもしれない。

テイクスカラアン市民に囲まれて、マヒートは自分がだれにも見えなくなっているような気がした。ここには、マヒートがもっとイスカンダーになっているべきだったとか、イスカンダーがやったかもしれないことや、やらなかったかもしれないことを知っている者は一人もいなかった。ただの一人も。爆破犯が交じっているなら話は別だが、だとしてもマヒートにできることはなにもなく、ただ待つしかなかった。

サンリットはステーションのむこうにのぼる惑星のように到着した。ゆっくりと、それから一気に、人びとを封じ込めたシティの壁をとおして遠くほのかな金色の揺らめきがあらわれ、それがじわじわと近づいてきて、きらびやかなボディアーマーを着用した帝国兵士の小隊へと姿を変えた。マヒートが子供のころに夢中になったテイクスカラアンの叙事詩や、迫り来る帝国の恐怖を描いたステーショナーのディストピア小説のような光景だ。

スリー・シーグラスに衝撃をあたえた壁が兵士たちのために下降して、広場へ継ぎ目も残さずに吸い込まれたとき、マヒートはさっき水をくれた男が「シティが通報してくれる」と言っていたことを思い出した。

マヒートは立ちあがり、スリー・シーグラスを腕の下にかかえて腰で支えた。意識のぼやけた頭がごろりとマヒートの肩にもたれかかった。左右の手があがって指先を合わせようとする。その無意識の身ぶりは、スリー・シーグラスの精神に指示されたというより、もっと本能的な、あるいは――もしもそんなことが可能であるなら――イマゴによって制御された行動のように思えた。神経のあやつり人形だ。

サンリットの隊長はその中途半端なあいさつに形式どおりの完璧なあいさつを平然と返した。兵士たちの顔は、どの部隊でもそうであるように、髪の生え際から顎までを覆う大きさのクラウドフックで隠されていた。光を反射する不透明な金色の盾。それぞれの顔の特徴を見分けるのはむずかしく、マヒートはそれが狙いなのではないかと思った。

「マヒート・ドズマーレですか？」隊長がたずねた。マヒートの背後では、水をくれた男やいっしょにいた人びとが全員姿を消していた。一瞬、あの男たちが犯人で法執行機関から身を隠したのではないかと思った。シティにいるだれもが――

「はい」マヒートは言った。「わたしはルスエル大使です。案内役が怪我をしたので宮殿の自室に戻りたいのですが」

　サンリットの隊長が、好意的であれその逆であれ、なにか反応を見せたとしても、マヒートにはわからなかった。「テイクスカラアン帝国を代表して、われわれの領土内であなたがたを肉体的な危険にさらしたことを申し訳なく思います。爆発物の出所とその目的についてすでに調査が始まっていることをお伝えすればきっとご安心いただけるでしょう」

「もちろんです」マヒートは言った。「しかし、治療を受けてわたしの外交領域に安全に戻ることができればもっとありがたいのですが」

　隊長はマヒートがなにも言わなかったかのように続けた。「安全のために、大使にはわたしたちといっしょに来てシックス・アウトリーチング・パームズの保護下に入っていただきます。そこで、光輝なる星のごとき皇帝シックス・ダイレクションのヤオトレックをつとめるワン・ライトニングと、軍事大臣であるナイン・プロパルジョンが、あなたに適切な保護を提供します」

　シックス・アウトリーチング・パームズはテイクスカラアンの軍事組織だ。六本の指がすべての方向にのびて既知の宇宙からさらにその最果てを目指している。その名称はほとんどが古い時代から引き継がれたもので、テイクスカラアン市民でさえ〝艦隊〟について話したり、軍団をまとめる最高司令官、ヤオトレックの偉業に代表される特定の連隊や師団の名前を付けたりしていた。いまサンリットの隊長がそれを使ったことで、マヒートは自分が正式に逮捕されたのだと思った。適切な手続きを経て、シティと皇帝だけではなく、軍事省によっても逮捕されたのだ。

　逮捕されたのではない。身の安全のために保護されたのだ。

　このふたつの説明にどれほどのちがいがある？　だれがマヒートを逮捕したにせよ、たいしたちがいはない。

　マヒートはカルチャーショックを受けたみじめな精神の泥沼からできるだけ堅苦しい話し方を引っ張り出し、いかにも辛辣な、嘘でもすべてを把握しているような口調になっていることを願った。「尊敬すべきヤオトレック、ワン・ライトニングの保護下というのは、ルスエルの外交領域ではありません。もしもわたしが危険にさらされているのなら、人を配置してわたしの居室のドアを監視させることができるはずです」

「我々はもはやそのような手段で充分だとは考えていません」隊長は言った。「あなたの前任者の身に起きた不幸な事故のことがありますから。いっしょに来てください」

　マヒートには脅しとしか思えなかった。「さもなければ？」

「いっしょに来るのです、大使。あなたの案内役は病院に運ばれるでしょう。もちろん、このシティとの気の毒な接触のあとでクラウドフックを調整してもらうためです。心配はありません」サンリットの隊長が一歩まえに出ると、それに呼応してほかの兵士たちもあとに続いた。ぜんぶで十名で、ひとりひとりの見分けはつかない。マヒートは一歩も引かなかった。スリー・シーグラスが目を覚ましていて、この場を切り抜けられるくらい頭がはっきりしていたらいいのだが。教えてほしかった――ワン・ライトニングというのが取るに足らない軍事官僚なのかそれともひとつの政治勢力なのか、サンリットはふだんから軍事省に雇われているのかそれとも高級レストランで起きたテロ行為だから例外的に動いているのか。

マヒートはこんなに情報源を奪われていなければと繰り返し考えていたが、それは時間のむだだった。考えてもどうにもならない。現実になんの知識もないのだ。わかっているのは絶対に保護されたくないということ。テイクスカラアン軍が彼女は逃げられないと確信していること。逃げるならスリー・シーグラスを見捨てていくしかないが、マヒートにそんなつもりはないということ。

ほかにどうすればサンリットを止められる?

「残念ですがあなたがたといっしょには行けません」マヒートは時間稼ぎをするために言った。その数秒を使って、もっとも公的な形式である外交専門用語を思い出し――真空スーツの酸素残量を確認せずにエアロックの外に踏み出そうとしているような気分で――不可侵権を主張するための準備をした。「わたしは事前の申し合わせにより、本日の午後、その優雅なありさまがナイフの刃の輝きのように部屋を照らす、エズアズアカット・ナインティーン・アッズとの約束を守ることを余儀なくされています。もしもわたしがその義務を優先的に履行することなく、多くの尊敬と賞賛を集めるワン・ライトニングとの会合に出席した場合、ナインティーン・アッズは非常に気分を害するでしょう。レストランで起きた悲劇的なできごとによってあなたがたの政府の機能やわたしとの交渉が阻害されることを許してはなりません」

　マヒートは添え名が合っていますようにと祈った。

　サンリットの隊長は「少々お待ちください、大使」と言って、ほかの兵士たちのほうへ向かった。兵士たちのフェイスプレート形クラウドフックは、表面の金色をした反射鏡の下で青と白と赤に輝き、専用回線でやりとりをする彼らの顔を隠していた。

　一人がマヒートのところに戻ってきた。さっきまで話していた隊長と別人なのはほぼまちがいなかった。「エズアズアカットのオフィスと連絡をとります。待っていただけるなら」

「待ちます」マヒートは言った。「ただ、わたしの案内役のために救急車を呼んでもらえるとありがたいのですが」急にその単語を思い出したのだ。たとえすすで汚れ、乾きかけた血で覆われていようと、長年にわたる言語学習と外交訓練が必要なときに役立つことがわかったのは良かった。あとはナインティーン・アッズが、シティの警察を動かす軍司令官を差し置いてまでマヒートを――というかイスカンダーを、もっと正確に言うなら、イスカンダーが彼女に渡すと約束したなにかを――ほしがってくれることを祈るだけだ。

　爆弾の手配をしたのがナインティーン・アッズだったのかどうかは考えないほうがいいだろう。いまはまだ。問題はひとつずつ片付けないと。

　第二のサンリットが仲間たちの中へ吸い込まれていった。もうどれがだれなのかわからなかった。マヒートはじっと立っていることに、スリー・シーグラスの体を支えることに、無表情をたもつことに集中していたが、イスカンダーがマヒートの目のひらきかたを変えるだけで彼女の口もとに帝国式の容赦ない冷笑を浮かべさせることができたのを思い出したら急に不愉快になった。マヒートは待った、そして自分は不死身なのだと想像した。惑星を飛び出した最初の皇帝や、スリー・シーグラスが敬愛する、エイリアンたちの中で哲学を説いたイレブン・レイズのように。マヒートはまさにそれをやっていた。いまここで。数分がのろのろと過ぎた。サンリットはフェイスプレートを通じておたがいに言葉をかわしていた。スリー・シーグラスが、なに？　と言っているように聞こえる音を出して、マヒートの肩に顔をうずめた。愛しさすら感じるしぐさだった。

最初のサンリット、あるいはそれと区別がつかないサンリットが、ほかの者に向けて身ぶりで指示を出した。兵士たちは残った群衆の中に散らばり、その場に居合わせた人びとに低い声で話しかけて調書をとっていた。マヒートはそれを良い兆しとみなした。暴力で制圧するつもりはないようだ。

「救急車を呼びました」サンリットが言った。「それが到着するまで待ってから、エズアズアカットとの約束を守ることにします」

間があった。マヒートはフェイスプレートの下でサンリットがかなりいらだった顔をしているさまを想像し、その想像に満足感をおぼえた。

「そうしてください」サンリットは言った。「そのあと、我々がエズアズアカットのオフィスまでお送りします。いま大使が公共交通機関を利用するのは不適切です。多くの地下鉄は閉鎖されていますし、我々が調査しているあいだこの地区での運行は一時停止中です」

「あなたが個人の時間を費やしてくれることに感謝します」マヒートは言った。

「我々は個人の時間を持ちません。なにも不都合はありません」

サンリットが一人称複数を使うのは珍しく、少し違和感があった。最後の〝我々〟は文法的には〝わたし〟で、単数形の所有動詞が続く。だれかが言語学の論文を書いたらいいんじゃないだろうか、ステーションで夜勤につく少女たちが話し合えるように——

どうでもいい。そんなことは起こらないのだ。やってきた救急車はつるりとした灰色の気泡のような車両で、白いライトを点滅させ、つんざくような高音を繰り返してサイレンを鳴らしていた。中から出てきたのは緋色のチュニックを身につけた医療イクスプラナトルたちだった。イスカンダーの遺体安置所の係員は交じっていなかったので、マヒートはほっとした。彼らはやさしい手つきでスリー・シーグラスを引き取り、回復の見通しについて心強い言葉をかけようとしていた。シティによる傷害事故はよくあることだ、と彼らは言った。数年まえよりも増えている。ただの神経ショックであり、配線ミスであり、シティの自律機能を制御する膨大なアルゴリズミックＡＩの数値がゆらいだだけだと。

「大使、出発してかまいませんか？」サンリットが言った。

マヒートはナインティーン・アッズにメッセージを伝えたかった。〝到着は警察の護衛つきになります、ほんとうに申し訳ありません。どうか政治的な混乱を楽しんでください、もしもわたしがあらわれなければ消されたということです〟といったようなことだが、それを実現する手段はなにも思いつかなかった。

「遅刻はしたくないです」マヒートは言った。

第５章

テイクスカラアン市民が大挙して軌道を離れるまえ——当時のわたしたちが縛り付けられていたのは資源の減少した単一の惑星で、草原や砂漠や塩分を含んだ水の中でなんとか維持している都市が点在するだけでしたが、それでもわたしたちが生まれ育った殻でした——最初の皇帝がわたしたちを暗黒の世界へ連れ出し、のちにシティとなる楽園を見つけてくれるまえ——男たちと女たちのリーダーは、もっとも親しい仲間の中から血の犠牲によって結ばれた〝誓いの一団〟を選ぶのがふつうでした。だれよりも信頼のおける最高の友人を、けっして欠くことのできない同胞を、必要とあらばみずからの血流すべてを皇帝の手のひらに注ぐことのできる者を選ぶのです。こうして誓いを立てた仲間たちはエズアズアカットと呼ばれ、今日では、その手で皇帝の意志を星の世界の隅々まで広げています。最初の皇帝に仕えた最初のエズアズアカットはワン・グラニットと呼ばれ、その人生は次のように始まります。彼女は槍と馬と共に生まれ、都市も宇宙港も知らず……
――『皇帝秘史』第十八版、保育学校用に要約されたもの

……評議会は六名以上の評議員で構成され、各評議員は決定すべき事項について一票をあたえられる。同点の場合は〈操縦士〉代表評議員の投票により決定されるが、これはその評議員がステーションをバーズラヴァンド・セクターへ導いた最初の船長兼操縦士の象徴とされていることによる。それぞれの評議員は以下の方法で任命される。〈操縦士〉代表評議員は、現役操縦士と引退した操縦士の投票による選挙で任命される。〈水耕〉評議員は前任の〈水耕〉評議員によって任命されるが、該当者が亡くなっている場合はその遺言によって、遺言がない場合はルスエル・ステーションの人びとの一般投票によって任命される。〈遺産〉評議員は、前任の評議員のイマゴの継承者が……

――ルスエル評議会の規約より

だれもマヒートを消したりはしなかった。
サンリットの車両の助手席に乗って宮殿に戻るまでの道のりは、朝のできごとのあとで

はあっけないほど平穏で、マヒートにはアドレナリンの消耗により震えと疲労を感じるだけの時間があった。目を閉じて、薄くパッドの入ったシートに頭をあずけ、考えるのも、反応するのも、一生懸命になるのもやめたくてしかたがなかった。だがそんなことをしたら、このサンリットは――おそらくどのサンリットでも同じなのだろうが、機会があったらトウェルブ・アゼイリアか、奇妙な医学的事実を収集しているほかのだれかに彼らのことを聞いてみなければ――彼女がそうしていることを知るのだろう。だからマヒートは背筋をのばしてすわり、車両がシティの階層を垂直方向へのぼっていくあいだ窓をとおして行く手をながめていた。建物がまばらになり、より精巧さを増して、金色に輝くガラスと鋼鉄でできた橋でより緊密に結ばれるようになって、いよいよ宮殿の中まで戻ってくると、マヒートにもどこにいるのかだいたいわかるようになった。道案内ができるほどではないが、一人でも完全に迷子になることはなさそうだ。

　パレス・ノースで最大の建物の中にあるふたつの広場と入り組んだ通路を抜けていくあいだ、サンリットはずっとマヒートの脇に張りついていた。建物は光り輝く要塞のようにうずくまるローズグレーの半透明の立方体で、あわただしく行き交うテイクスカラアン市民のグレースーツは、象徴的な理由によりピンクあるいは白の陰影がついていたが、その理由はイマゴの助けなしでは完全にはわからなかった。市民たちは困惑した表情でマヒートをじろじろ見ていたが、それはむりからぬことだった。彼女はまだフィフティーン・エンジンの血にまみれていたのだ。完璧な白装束に身を包んだナインティーン・アッズがこれをどう思うか、マヒートにはまったくわからなかったが、特に気にもならなかった。

エズアズアカットのオフィスは――マヒートの居室がシティの建築様式の典型だとすれば、やはり住まいと兼用なのだろう――同じローズグレーのコードロックされたドアを抜けた先にある、広くて明るい部屋から始まっていた。マヒート・ドズマーレが会合のために来ていますとサンリットが告げると、ドアはすぐにひらいた。その皮肉っぽいイントネーションのゆがみは聞き逃しようがなかった。マヒートの計画は実にあからさまだった。巧妙な計画はもっと考える時間があるときに立てるものだ。ドアのむこうの床はスレート張りで、巨大な窓にローズ色の陰影が入っているのは、ナインティーン・アッズの幅広い弧の形をしたワークスペースに浮かんで彼女をぼんやりした光輝で包んでいるたくさんのホログラフスクリーンに、外の光が強く映えすぎないようにするためだ。ナインティーン・アッズの服装はやはり白一色だったが、コートはどこかに置いて、袖を前腕の途中までまくりあげていた。室内にはほかにもテイクスカラアン市民がいたが――使用人か助手か職員だろう――彼女はそのど真ん中で光を放ち、人目を集めていた。いったい何歳くらいからそういう服を着始めたのだろうと興味がわいたので、スリー・シーグラスにたずねようとしたが、そこでスリー・シーグラスがシティのどこかの病院にいることを思い出した。倒壊したレストランの壁がぶつかった腰の痛みをこらえながら、マヒートはなんとか直立姿勢をたもとうとした。

ナインティーン・アッズが手首をひらりと動かして三つのホログラフを消した。テキストがふたつ、上から見たプラザ・セントラル・ナインの縮尺モデルらしきものがひとつ。残像の輝き。「ありがとう」彼女はサンリットに言った。「よくぞドズマーレ大使をぶじにわたくしとの会合へ送り届けてくれました。あなたの小隊は必ずや表彰されるでしょう。さがってけっこうです」

サンリットは抗議することもなくドアを抜けてするりと引きあげていき、マヒートはエズアズアカットのなわばりの中に一人残された。プロ意識をかき集め、両手をあげて正式にあいさつをする。

「おやおや」ナインティーン・アッズは言った。「たいへんな午前中を過ごしたのにずいぶん折り目正しいのですね」

マヒートは忍耐力が尽きたことに気づいた。「無礼な態度のほうがいいですか？」

「もちろんだめです」ナインティーン・アッズは、ならんだディスプレイとスクロールする透明なウインドウの対応を助手たちにまかせて、マヒートのそばへ近づいてきた。「ここへ来たことについてはよくやりました。あなたがこの地に着いてから初めてとった賢い行動でした」

　マヒートはむっとして口をひらいた。「ここへ来たのは侮辱されるためでは——」

「そのようなつもりはありません、大使。心配しないで、賢い行動をとったのが初めてだというだけです。あなたはかなり利口です」

　その言葉の区別はむずかしかった。〝利口〟というのは、詐欺師や、行商人や、動物的な狡猾さにふさわしい言葉だ。「野蛮人ならだれでもそうであるように、ということですか」

「野蛮人ならだれでもではありません。特に騒がしい時期に宮廷に到着したほかの若者たちがやったことよりはましです。少しくつろいだらどうですか？　あなたが他人の体液を身にまとっているあいだは尋問する気にはなれません。それに、あなたは避難所を求めてここへ来たのでしょう」

「求めてはいません」マヒートは言った。

「それはここにあります、あなたが望むなら」ナインティーン・アッズはクラウドフックの白いスモークガラスの奥で目をぴくりと動かし、助手の一人をかたわらへ呼び寄せた。

「ファイブ・アゲート、ドズマーレ大使をシャワーへ案内して、背丈に合った服を着せてあげなさい」

「かしこまりました、閣下」

　降参する以外になにかできることがあるか？　少なくとも身ぎれいな人質にはなれそうだ、とマヒートは思った。

　シャワーは豪華でもなければ派手でもなかった。落ち着いた黒と白のタイル張りで、壁の棚はヘアケア用品でいっぱいだったがマヒートはさわらなかった――ナインティーン・アッズの私物なのか？　それとも、ここは彼女の助手たちが共同で使うシャワーなのか？彼女は使用人といっしょに住むタイプに見えたが、いや、それは文学的な比喩であって、テイクスカラアン市民はやはり人間なのだ、どんなにそうではないふりをしようが――そしてシャワーは熱かった。マヒートはその下に立ち、フィフティーン・エンジンの残滓が両腕から排水口へ流れ落ちていくのを見つめた。

　マヒートはソープを――ステーションのシャワー室で使われる液体ディスペンサーではなく、ケーキのようなソープを――取ろうとした。指を広げた手が、ごくふつうの動きで視界に入ってきた瞬間、その手が自分の手ではない、もっとごつごつした、もっと大きな、爪が平らで四角くてきれいに磨かれた、イスカンダーの手になって、このシャワーの中で、このソープにむかってのびていった。お湯はマヒートの肩よりも低い彼の肩の高さに当たっていた——四インチの身長差でそういうことになるのだ。彼の胴体の形や腰ではなく胸の高さにある重心が、マヒート自身の感覚に優先していた。そういえば二人が最初に統合されたときも、ほんの短時間とはいえ、マヒートではなくイスカンダーの体の形が重ね合わされたことがあった——それにしても、なぜイスカンダーがエズアズアカット・ナインティーン・アッズのシャワー室に入ったことがあったのか？

〝イスカンダー？〟マヒートはまた呼びかけてみた。沈黙。彼女のものではない筋肉の痛み、強い疲労感のようなもの。

するとそこには自分自身が、自分の体があり、二重の記憶のフラッシュは消えた。シャワーの中でただ一人、あるのは打撲を負った腰の痛みだけで、他人の体の形はどこにもない。ナインティーン・アッズがイスカンダーを友人と呼んでいたことや、死んだ彼の顔に不思議なやさしさでふれていたことが思い出される。

自分を〝ナイフの刃の輝き〟と呼ぶ女と寝たというのはいかにもイスカンダーらしかった。マヒート・ドズマーレとの新しい組み合わせに身をゆだねたあの直情的な野心家は、自分がどんな悪事をはたらいた可能性があるかと問われて、扇動だな、おそらく、とこたえるような人物だ——たしかにあの男ならやりそうなことだ。

それはナインティーン・アッズが避難所を提供してくれたことの説明になるかもしれなかった。ひょっとするとマヒートは、体内のイマゴマシンの電気信号がほとばしってこの肉体はイスカンダーの肉体であると告げる神経障害の瞬間を、たったいま経験していることに重ね合わせているのかもしれない。イマゴがいま見せてくるものはなにひとつ信用できない可能性がある――もしもマヒートとイスカンダーが損傷を受けているのなら（あるいは妨害工作か――彼女はシャワーを浴びながら身震いした）。

マヒートはソープで腕をこすってきれいに洗い流した。シャワー室全体にダークウッドとバラの香りがただよっていて、彼女はその香りを知っているか、少なくともおぼえているような気がした。

そのあと、ファイブ・アゲートが置いていった服を、下着以外はすべて身につけた。他人のパンティを使うくらいなら、それまで履いていたので充分だったし、用意されていたブラは、マヒートよりずっと切実にブラを必要としている女性むけのサイズだった。ほかの服はズボンもブラウスもやわらかくて白くて作りもきちんとしていた。その上に自分のジャケットをはおりたいところだったが、それは取り返しがつかないほど汚れていた。このまま裸足で、ナインティーン・アッズ自身のものと思われる服を着て出ていくしかない。

人質だが、身ぎれいではある。

中央オフィスに戻ってみると、だれかがお茶の用意をしていた。

ナインティーン・アッズは自身のワークスペースで作業に没頭し、周囲のホログラフや投影像を流れるようなリズムで再配置していたので、マヒートはお茶の置かれた低いテーブルのかたわらで腰をおろして待った。お茶は花のような軽い香りで、かすかに刺激臭があった。ふたつしかない茶碗は、浅い磁器で、両手におさめるのに適した大きさだった。ルスエル・ステーションのお茶はこんなに形式張ってはいなかった。お茶を飲む者はティーバッグとマグカップと水を温める電子レンジを持っていた。マヒートが刺激のあるものを飲むときはコーヒーだったが、ティーバッグの代わりにフリーズドライの粉末コーヒーを使うだけでやることはいっしょだった。

「来ていたのですね」ナインティーン・アッズがマヒートの向かいにすわり、茶碗にお茶を注いだ。「気分は良くなりましたか？」

「おもてなしありがとうございます」マヒートは言った。「心から感謝します」

「ショックから立ち直るまえに話ができるとは思えませんでしたから。プラザ・セントラル・ナインから届いた知らせによると、あなたはトラウマになりそうな朝を過ごしたようですね」ナインティーン・アッズは茶碗を取りあげてひと口飲んだ。「お茶をどうぞ、マヒート」

「毒や薬の心配をしてあなたのもてなしを貶めるようなことはしません」

「良かった！　どちらも入っていないと言ってあなたを安心させる時間がはぶけますし、イスカンダーがここへ来たあとでルスエルのほうで人間の概念が大きく変わったりしていないかぎり、生理的にはまったく無害なはずです」

「わたしたちはいまでもあなたと同じ人間です」マヒートはお茶を飲んだ。すがすがしい味わいで、ほろ苦い葉の風味が喉の奥にずっと残った。

「たしかに、二十年では遺伝子に大きな変化が起こることはないでしょう。それ以外のあらゆる定義はきわめて恣意的で、文化によって変わるものです」

「テイクスカラアンがなにをもって非人間的と判断するのか質問してほしいのでしょうね」

　ナインティーン・アッズは人差し指で茶碗の側面を叩いた。指輪の金属が磁器に当たってカチンと鳴った。「大使、わたくしはあなたの前任者の友人でした。唯一の友人だったのかもしれませんが、それはわたくしの思いちがいであることを願っています。彼のために、わたくしはあなたと話をしています。しかしあなたが共通の基盤を築く過程を省略したいのであれば、結論まで飛ばしてもかまいません」彼女のほほえみは、その添え名のとおりナイフの刃の輝きを放っていた。「わたくしはイスカンダーと話をしたいのです。マヒート・ドズマーレのふりをするのをやめるか、彼に話をさせるかしてください」

〝まさにナイフのようだ〟とマヒートは思った。

「失礼ながら、エズアズアカット、それはどちらもむりなのです」マヒートは言った。「ひとつ目は不可能です。わたしはマヒートのふりをしているわけではないので。ふたつ目はあなたが言うほど簡単なことではありません」

「そうなのですか」ナインティーン・アッズは唇をきゅっと合わせた。「なぜあなたは彼ではないのですか？」

「ルスエルならあなたは哲学者になれますね」マヒートは言ったが、すぐに後悔した。彼女が使った堅苦しい敬語の〝あなた〟でも、テイクスカラアンではなれなれしい呼びかけになってしまう。だが、マヒートの知っているほかの表現は、スリー・シーグラスがイレブン・レイズを選んだと言われていたように、引喩や模倣のための手本を選んでいると思われかねないものばかりだった。

　ナインティーン・アッズは言った。「お世辞が上手ですね。さあ説明してください、マヒート・ドズマーレ——あなたがまとう肉体はかつてそう呼ばれていたようですから、わたくしとしてはあなたが呼ばれたい名前であなたを呼ぶことにやぶさかではありません——なぜあなたがわたくしの友人ではないのか説明してください」

マヒートは茶碗をおろし、借りたズボンの白いリネンの上に両手を置いた。イマゴ理論に関するナインティーン・アッズの理解は驚くほどゆがんでいた――イスカンダーがマヒートの体内をうろついていて、彼女の自我は押し出されるか消されるか殺されるかしていて、その肉体に名前だけが残っていると思っているのか？　ステーションは子供たちをそんなふうに使い捨てたりはしない。考えただけで吐き気がした――そしてシャワーを浴びていたときの記憶がひどく鮮明によみがえってきた。あのときは自分が自分でないような気がした。マヒートでもないし、彼女とイスカンダーがなるはずだった合体した人格でもない。「わかりました」マヒートは言った。「でもそのまえに教えてください。プラザ・セントラル・ナインの爆弾はわたしを狙ったのですか、それともイスカンダーを狙ったのですか」

「どちらでもなかったと思います」ナインティーン・アッズは言った。「フィフティーン・エンジンが狙われたとすれば最悪ですが、そのような憶測にはあまり意味がありません。国内テロの犠牲者は、ほとんどの場合、まちがった時間にまちがった場所にいたことで被害にあうのです。フィフティーン・エンジンとオーダイルの反乱とのつながりのような些細な政治的不満くらいでは、彼を爆殺する理由にはなりません。この地の爆弾犯はむしろ反乱を支持する傾向がありますし」

マヒートは今朝スリー・シーグラスにしようと思っていた質問をのみ込み――〝オーダイルの反乱？　いったいオーダイルでなにが起きているの？〟――どうやらエズアズアカットは話をそらそうとしているようだと考えた。いまはまだそれに付き合うわけにはいかなかった。オーダイルやこの地の爆弾犯のことだったら別の機会に質問できる。シティの大きな問題を相手にするより先に、ナインティーン・アッズがマヒートになにを求めているのかを知る必要があった。

ナインティーン・アッズはマヒートを見つめて、その沈黙の意味を理解した。そして続けた。「この返事では、わたくし以外にステーションのイマゴマシンについて知っている者がいるのかどうかという疑問にはこたえていませんね。わかっています」

鋭い。ほんとうに老獪だ。どれくらい宮廷で過ごしてきたんだろう？　数十年か。イスカンダーよりも長い。少なくともその半分の期間は危険な皇帝の側近集団にいたのだ。ミスディレクションや誘導尋問など通用するはずがない。

ナイフのように、とマヒートは自分に言い聞かせ、鏡になりきろうとした。

「イスカンダーは自分が死んだらどうなると言ったのですか？」マヒートはたずねた。

「彼のイマゴを持った次の大使を派遣しないというのは、ルスエルとしては考えられないことだと。そんなことをしたら――彼の言い方ですが――想像を絶する浪費だと」

「イスカンダーらしいですね」マヒートはそっけなく言った。

「そうですよね？　傲慢な男」ナインティーン・アッズはお茶をひと口飲んだ。「では、あなたは彼を知っているのですね」

マヒートは片方の肩をすくめた。「わたしが望むほどではありませんが」嘘っぽい言葉だったが、それは本音だった。「イスカンダーは次の大使はどんな人物になると言っていました？　彼のイマゴを持ってシティにやってくる女性は」

「若くて、完全には事情を知らされていない。野蛮人にしては並はずれてテイクスカラアン語に堪能である。友人と再会して仕事に戻れるのはうれしいと」

「わたしたちに言わせれば〝時遅れ〟です。わたしが知っているイスカンダーはあなたが知っていたイスカンダーとはちがいます」

「それが問題なのですか？」

マヒートはゆっくりと息をついた。「いいえ。それはわたしたちがかかえていた可能性のある問題のごく一部です」

「問題を解決するのがわたくしの仕事なのです、マヒート・ドズマーレ。しかし問題がなんであるか知っているほうが、より簡単に解決できる傾向があります」

「問題はわたしがあなたを信用していないことです」

「いいえ、大使。それはあなたの問題です。わたくしたちの問題とは、わたくしがまだイスカンダー・アガーヴンと話をしていないことと、彼が明らかに死んだにもかかわらず、わたくしのシティが同じ不穏な状況にあることとです。イスカンダーを取り巻いていただけではなく、フィフティーン・エンジンのようなつながりの薄い関係者にさえ影響をおよぼし、あなたをも同じように取り巻いている状況に」

「ほかの爆弾については、たとえそんなものがあるとしても、なにも知りません。フィフティーン・エンジンと爆弾を仕掛けた人びととの関係についても、彼に対して爆弾を仕掛けた人びとの正体についても」同じ不穏な状況。イスカンダーはなにをやったのか？　もっとも、それがわかれば、だれが彼を殺したのか、あるいは、少なくとも彼が死んだ理由がわかるかもしれない。それが民間人の犠牲者が何人も出るような報復を必要とすることだったのかどうかということも。どうも違和感がある——消えるまえのイスカンダーに、あなたはなにをした可能性がもっとも高いかとたずねたとき、彼は扇動とこたえていたが、扇動と無意味な死は別物だ。彼が政治的行動の妥当な副作用として気軽なテロ行為を容認するような人物だったとしても、マヒートがその人物から作られたイマゴを受け入れる適性を持ち合わせているとは思えなかった。

「シティの中心部にある高級レストランで爆破事件が続くとすれば、状況はエスカレートしていると思われます」ナインティーン・アッズは言った。「ほかの似たような事件はもっと遠方の州にとどまっていました。フィフティーン・エンジンはその種の人びととかかわりをもち、なにかまずいことになってばらばらに吹き飛ばされたのかもしれません」

　マヒートはいまのはジョークだったのだろうかと考えた。なんとも言えない——たとえユーモアだったとしても、そのユーモアは切れ味が鋭すぎた。相手に痛みを気づかせることなく皮を剝ぐことができるジョークだ。

「あなたとイスカンダーはただの巻き添えだったのかもしれません、マヒート」ナインティーン・アッズは続けた。「しかしイスカンダーを知っている身としては、疑問に思わずにはいられません」

「わたしが疑問に思うのは」マヒートは慎重に言った。「このレベルの国内テロがエスカレートしてきた、そのおおもとはなんだったのかということです。地域の不穏な状況という点で。ほかにどれだけの爆弾テロがあったのですか？」

　ナインティーン・アッズは直接には返事をしなかった。マヒートも返事がもらえると本気で思っていたわけではなかった。「あなたが〝時遅れ〟だからですか？」

「はい。わたしが受け入れたイマゴは」——これはマヒートにとって二十四時間で二度目の扇動行為になるわけだが、こんなにたやすくできるとすれば、結局のところ彼女とイスカンダーはお似合いだったのかもしれない――「大使になってまだ五年目のイスカンダーから作られました」

「それは問題ですね」ナインティーン・アッズの口ぶりは同情的で、それがかえってきつかった。

「ですがわたしたちの問題ではありません」マヒートは続けた。「閣下、あなたはイマゴがなんであるかを理解していないと思います」

「教えてください」

「イマゴは〝再創造〟ではありません。複製でもない。それは――言語とプロトコルプログラムのマインドクローンと考えてください」

残像のように、心の奥でイスカンダーの声がささやいた。〈そうだといいな〉

マヒートは必死に呼びかけた。〝そこにいるの?〟

なにもない。沈黙。またエズアズアカットが話をしていたが、マヒートにはそちらに注意を割く余裕がなかった。どのみちいまのささやきは彼女の想像で、幽霊や予言のように心に浮かんだだけなのだろう。

「――それはイスカンダーの説明とはちがいますね」ナインティーン・アッズがしゃべっていた。

「イマゴは生きた記憶です」マヒートは言った。「記憶には人格があります。というかそのふたつは同じものです。わたしたちはそれをかなり早いうちに発見しました。最古のイマゴラインは、わたしがルスエルを離れた時点で十四世代で、いまは十五世代に達しているかもしれません」

「採鉱ステーションで十五世代にわたって保存する価値のある役割とは？　統治者？　イマゴマシンを作り続けるための神経生物学者？」

「操縦士ですよ、エズアズアカット」そう言ったとたん、マヒートは自分がステーションに誇りを持っていることに気づいた。自分の感情の引き出しに含まれているとは思っていなかった、湧き上がるような愛国心だ。「わたしたちも、同じセクターにあるほかのステーションも、そのエリアに植民してからは惑星に縛り付けられたことがありません。わたしたちのセクターには住むための惑星はなく、採掘するための惑星と小惑星があるだけです。わたしたちはステーショナーです。常に操縦士の保護を第一に考えています」

　ナインティーン・アッズは顔をしかめ、人間味のあるしぐさで首を横に振った。短い黒髪が額にかかり、茶碗を持っていないほうの手でそれをかきあげる。「なるほど。操縦士。気づいていてしかるべきでした」彼女は口をつぐんだ。マヒートには単に効果を出すためとしか思えなかった。喜ばしい相互発見の瞬間を明確にし、その後、両者のあいだにできたつながりを切り捨てるためのひと呼吸。「記憶には人格がある。そこは認めましょう。それでますます興味がわくのは、わたしがいまイスカンダーと話していない理由をあなたがいまだに教えてくれないことです」

「理想はふたつの人格が統合されることです」

「理想は」

「はい」

ナインティーン・アッズが二人のあいだの低いテーブルを越えて手をのばし、マヒートの膝に手を置いた。その感触は重く、しっかりしていた。重力で落ちてくる惑星の質量全体で押さえつけられたかのようだ。「でも、これは理想ではないのですね」ナインティーン・アッズの言葉に、マヒートはうなずいた。ええ、ちがいます。

「なにがうまくいかなかったのか教えて」ナインティーン・アッズは続けた。最悪だったのは、それが要求だったことではなく、彼女の声が果てしなく、とてつもなく同情的になっていたことだ。マヒートはみじめな気分で思った——この女は尋問の技術についてなにか学んでいるらしい。腹を立て、疲れ果て、文化的に孤立した相手には効果てきめんだ。

「彼はここにいました」マヒートはとにかくこれを片付けてしまいたかった。「あなたのではない、わたしのイスカンダーです。わたしたちはここにいたんです。そのあと彼がいなくなりました。すっかり閉じこもってしまい、連絡が取れません。だからあなたの要望にはこたえられないのです、閣下。いまはこたえられればと思います。わたしの前任者がわたしたちの国家機密をどれほど徹底的に暴露してしまったかを考えたら、そのほうがずっと簡単ですから。いまさら隠す理由はありません」

ナインティーン・アッズは言った。「ありがとう、マヒート、情報提供に心から感謝します」そしてマヒートの膝から手を離し、その動作で関心の重みも取り除いた。意図的な圧力はすべて彼女の身のうちのどこかへ消えていった。マヒートは感じた……安堵のようなものを。そして自分が安堵したことに怒りをおぼえた。これでテーブルをはさんで安堵できるスペースができた。あえて穏やかに、彼女は二回息をついた。

「イマゴが二人の望みどおりに存在していたとしても、わたしはマヒート・ドズマーレだったでしょう」マヒートは言った。「ペアは常にいちばん新しい人の名前になりますので」

「ステーション文化の習慣はステーショナーにふさわしいものです」ナインティーン・アッズが言った。マヒートが聞いたこともないような却下の言葉だった。

マヒートはちがうやりかたを試してみた（鏡、身ぎれいな人質）。「フィフティーン・エンジンを吹き飛ばせば敵対行為をうまくエスカレートさせられると考える人がいる理由を知りたいです。あなたがもっとも評価できる意見は、エズアズアカット？」

「テイクスカラアン人であることを好まない人びとは常に存在します」ナインティーン・アッズは辛辣に言った。「大気圏を突破せず、ジャンプゲートを通じて星系から星系へ手を伸ばしたりせずここにとどまっていればよかったのにと願う人びと……まあ、輝く星ぼしに導かれるシックス・ダイレクションのような男が支配する国家ではそんな状態が続くはずはありません。彼らの望みはテイクスカラアンが共和国になること、あるいは、たとえ望まれようが新しい星系を併合するのをやめること——ほかにもありますが、表面的にはまともでも、よく見るとそうではないことばかり。そうした人びとの一部は大臣になったり、皇帝になって自分の思いどおりにすべてを変えられると考えたりします。あなたも気づいているでしょうが、テイクスカラアンは常にその種の問題をかかえています。あなたが自分で主張しているとおり後継者としてイスカンダーに似ているのであれば、いずれわたくしたちの歴史を知ることになるでしょう」

　マヒートは知っていた。無数の物語、詩、小説——詩のできの悪い映画化作品——どれもテイクスカラアンの太陽の槍の王座を奪おうとした人びとの物語で、ほとんどが失敗に終わっていた。成功して皇帝と認められた場合でも、それは前皇帝が暴君で、太陽と星に好かれておらず、王座にふさわしくないと宣言したせいでしかなかったので、新しいバージョンの自分自身に当然のごとく取って代わられた。たとえ皇帝が生きのびられなくても、帝国は権力の移譲を生きのびたのだ。

「ちょっと思ったんですが」マヒートは言った。「その別の種類の人たちはなんなんでしょうね？　ふつう、国内テロというのは理想的な統治への輝かしい復帰をもたらすのには役立ちません。ほとんどの国民にはそのあとで新しい皇帝を好きになるだけの時間があたえられないのですから」

　ナインティーン・アッズが声をあげて笑い、マヒートは大きな満足感をおぼえた。この女性を笑わせることが、長く求めてきた、苦労して勝ち取った勝利で、そのひとつひとつが貴重な賞品であるかのように。おそらくイスカンダーはナインティーン・アッズの恋人だったのだろう。たとえイスカンダーの声や記憶が失われているとしても、まだ彼の内分泌系の反応はマヒートの中に残っているのだ。

「その別の種類の人たちは」笑いがおさまると、ナインティーン・アッズは言った。「権力を欲していません。彼らはいまそこにある権力を破壊したいだけなのです。彼らが問題になることはめったにありません。しかし、いまは問題になっていて、それが数年にわたって続いています。近年、テイクスカラアンは非常に大きな帝国となって、平和が続いているために、男性にも女性にも気に入らないことについて考える時間がたっぷりあるのです」彼女は立ちあがった。「インフォグラフのところへ来てください、大使。仕事は待ってくれませんよ——あなたのようなおもしろい野蛮人の若者や、わたくしたちのイスカンダーにとってさえ」

わたくしたちの？　マヒートは驚いたが、質問はしなかった。ただ見ていた。

ナインティーン・アッズの使用人たちが、合図を待っていたかのように再登場した。一人はお茶を片付け、もう一人——マヒートをシャワー室へ案内した、ファイブ・アゲート——は自身のまわりにホログラフをアーチ状にならべていた。上司が人質から機密情報を聞き出し終えたので、仕事に戻っているのだ。ナインティーン・アッズが「要約して、ファイブ・アゲート、それと生存者の事情聴取をおこなったサンリットの報告書を」と言うと、ファイブ・アゲートは上品に簡略化した承諾の身ぶりのひとつを返した。

「マヒート」ナインティーン・アッズは使用人の一人を相手にするように話を続けた。弟子と言うほうが、より正確で、だいぶましかもしれない。「あなたはフィフティーン・エンジンと会ってなにを質問するつもりだったのですか？　彼があんなふうに公の場に出てきたのは引退してから初めてのことでした。宮殿を離れて、遠方の地区に事実上姿を消していたのです。それからは静かに暮らしているように見えました。たとえ光輝なる陛下《ヒズ・ブリリアンス》がわたくしたちを導いていく方向に不満をもっていたとしても」

さっきオーダイルについて話していたときにナインティーン・アッズが言っていたのはそういうことだったにちがいない――フィフティーン・エンジンは、オーダイルの反乱がどんなものであれ、その処理のしかたに不満を持っていたのだ。マヒートは言った。「イスカンダーがどんなふうにして死んだのかをきくつもりでした」

「アレルギーによるアナフィラキシーです」

「ほんとうですか」

「疑いをいだくことはきっと宮廷であなたの役に立つでしょう」ナインティーン・アッズは真顔で言った。あわただしいスクリーンの列のむこうで、ファイブ・アゲートが忍び笑いをもらしていそうだった。

「わたしたちはここまでとても率直に話し合いをしてきました」マヒートは少し大胆に言った。「言ってみる必要があったのです」

ナインティーン・アッズは手首をひらりと動かしてひと組のホログラフを消し、別のを呼び出した。「イスカンダーの命を奪った正確な生理学的プロセスはわかりません。イクスプラナトルの報告書にはアレルギーと記されていました」

「この宮廷で輝かしい経歴をもつ閣下のことですから、わたしよりもっと疑いをいだくのではないかと思っていました」

ナインティーン・アッズは声をあげて笑った。「わたくしはあなたが好きです、大使。イスカンダーもそうだったのでしょう」

そのことを考えたら、思いもよらないかたちで胸が痛んだ。知り合いのイスカンダーを失ったことで、マヒートは予想外の喪失感に襲われていた。イマゴラインにあるすべてのリンクが前任者を個人的に知っているわけではないが、もしも知っていたら——その人が単に適性検査と実技試験で合格とされたのではなく、選ばれたのであれば——それはある種の名誉とみなされていた。マヒートは気にしていないつもりだった。彼女はいつか大使になるつもりだったし、彼女は重要で必要な人材だし、テイクスカラアンからルスエルに戻ってくる人はほとんどいないのだから、彼女との個人的なつながりがないのは当然だし、彼女のあらゆる適性は、だれのイマゴを受け入れるのか、そもそもイマゴを得られるのかどうかすらわからないうちから、彼女をシティに連れて行くためにあったのだ。

それでもマヒートは、かつてここで生身の肉体をもち、いまは死体となったイスカンダーとじかに会えていればと思った。そして故郷を、ステーションでながめる惑星の出を、なつかしく思い出した。賢くて野心にあふれてはいたがまだ責任がなく、第九層のバーでシュルジャ・トーレルやそのほかの友人たちと語らい、自分たちがこれからやるかもしれないが実際にはやらなくてもかまわないことを夢想していたあのころを。

マヒートはこれだけ言った。「はい、わたしたちは前任者との融和性を慎重に考慮して選ばれています」

「では、フィフティーン・エンジンもあなたのことが好きだったのですか？」ナインティーン・アッズがたずねた。「あなたにそれほどの融和性があるのだとしたら」マヒートは、この人は楽しんでいるのかもしれないと思った。あるいは、その興味があまりにも娯楽に近すぎて、ふたつが本質的に区別がつかなくなっているのか。

「いいえ」マヒートは言った。「わたしはたくさんの質問をしましたが、彼がまだ現役だった二十年まえにいっしょに働いていた人間にはなれませんでした。あなたはフィフティーン・エンジンが好きだったのですか？」

「フィフティーン・エンジンは秘密主義で、闘争心が強く、わたくしにあまり好意を持っていないいくつかの貴族家系と深くつながっていました。情報部に在籍していたあいだは、しばしばわたくしの親指を刺す棘のような存在でした。彼が引退したときは喜びましたが、本気かどうか疑っていましたし、いまでもそれは変わりません――しかし引退後の彼はおとなしくしていました。少なくとも表面上は。わたしが彼の追悼式に出席するのは、好敵手であり、かつての飲み仲間であり、わたくしの友人のかつての友人だった、前ルスエル大使に敬意を表してのことです」

ナインティーン・アッズは言葉を切り、暗いガラスの壁のような表情のない顔でマヒートをまっすぐ見つめた。その目にはクラウドフックが光っていた。「ルスエルでは、これも〝好き〟に入るのですか？」

「充分に近いですね」マヒートはこたえた。もちろん、イスカンダーくらい魅力がある男なら、割り当てられた友人と惹かれてきた友人の両方を集めて、おたがいが好みに合わないときでも両方をキープすることができただろう。「フィフティーン・エンジンの死で得をするのはだれなのですか、エズアズアカット？」

「あなたにイスカンダーの旧友と知り合ってほしくないと思った人ならだれでも」ナインティーン・アッズは新しいインフォグラフを呼び出し、指先を小刻みに素早く動かして注記を加え、空中に絵文字でリストを作りあげた。「しかし、より可能性が高いのは、帝国が反乱を鎮めるやりかたに反対の声をあげる人びとの口をふさぐことを望んでいるだれかでしょう。あるいは、大衆の恐怖をあおろうとしているだれかですが、このような事件と犯行声明を出す反帝国活動家たちの後押しにより、そういう輩は最近とても増えています。となるとだれが得をするのか――とてもおもしろい言い方ですね、マヒート。追加するならエズアズアカットの半数、特にサーティ・ラークスパーは、彼の一族が経済的利益を有する星系以外との貿易をすべて閉鎖したいと考えていて、それを実現するために異国人嫌悪を利用するでしょう。異国人嫌悪は昼食中にティクスカラアン市民が吹き飛ばされたりすると簡単にかき立てられるので……ああ、それとあなたですね。もしもあなたがテイクスカラアンとルスエルとの外交関係について根本的に新しい立場をとろうとして前任者の味方を排除したいと考えたのなら」

「あの爆弾を仕掛けたのはわたしではありません」マヒートは、オーダイルとサーティ・ラークスパーについて記憶し、大衆の恐怖も記憶した――いま記憶にとどめておけば、あとでパズル全体を頭の中に広げて、それをひねくりまわし、どうすればうまく組み合わさるか考えることができる。

「あなたがやったと考えているなどと言いましたか、マヒート?」ナインティーン・アッズが言うと、ふたたびあの関心の重みがのしかかってきた。同情にあふれた絶対的な親密さのほのめかし。マヒートはナインティーン・アッズとイスカンダーがベッドの中にいる場面を想像した。ただの願望だったのかもしれない記憶のフラッシュ。肌と肌のふれあい。政治的な友情を超えたなにか(たとえそうでも、それが問題になるのか? マヒート自身にはそんな気はなかった――先のことはわからないとはいえ、ナインティーン・アッズは――)。

「失礼します、閣下」ファイブ・アゲートが割り込んできて、マヒートはかなりの安堵感をおぼえた。「プラザ・セントラル・セブンからの映像を見ていただけませんか」

ナインティーン・アッズは両方の眉をあげた。「では、こちらへよこしなさい」彼女がそう告げると、ファイブ・アゲートは手のひらでさっと払うようにしてインフォグラフの後縁をとらえ、ナインティーン・アッズのワークスペースめがけて飛ばした。ナインティーン・アッズは手と目の動きの組み合わせでそれを受け止め、位置を決めて、空中に浮かぶ窓のようになるまで境界を拡大した。マヒートはナインティーン・アッズに近づき、その右側に立っているファイブ・アゲートと同じように、すぐ左側に張りついた。

どこか高い位置にあるカメラで透過撮影されたプラザ・セントラル・セブンは――ナインティーン・アッズのエージェントが仕掛けたのか？　皇帝か？　サンリットか？　それともシティがみずからを監視しているのか？――プラザ・セントラル・ナインによく似ていたが、桁違いに規模が大きかった。やはり花びらがひらいた形をしているのは、マヒートもいまでは知っているが、バリアウォールに展開できるようになっているからだ。広場には商店やレストランがならび、大きさや正面に配された彫像から見て政府の建物か公共の劇場と思われるものもあった。そこにはテイクスカラアン市民も大勢いた。

一部の市民はプラカードを持っていた。

彼らは叫んでいた。映像をとおして聞こえるその音は、不明瞭な遠い咆哮のようだった。

「できれば――」マヒートは言いかけた。

「はい、音量をあげます」ファイブ・アゲートが言った。「少しだけ。どれだけはっきりするかは、彼らがなにを叫んでいるかにもよりますが――」

「その人たちは〝ワン・ライトニング〟と叫んでいるのですよ」ナインティーン・アッズが言った。「まちがっていたら、今週の皇帝の晩餐会のために新しいスーツを買ってあげますよ、ファイブ・アゲート。とにかく音量をあげなさい」

彼らはたしかに〝ワン・ライトニング〟と叫んでいた――マヒートを逮捕しようとしていたサンリットが口にしたヤオトレックの名前だ。いまシティのもっとも近くにいる艦隊の指揮官をつとめるヤオトレックだ。人びとは彼の名前と、マヒートにはもっぱらリズムだけが伝わってくる四行の弱強狂詩《ドガラル》の断片を叫んでいて、その中心では詩を締めくくる「テイクスカラアン！　テイクスカラアン！　テイクスカラアン人！」という興奮した繰り返しが続いていた。

「喝采を送ろうとしているのですか、軍事的な勝利もおさめていないのに？」ファイブ・アゲートが不思議そうにたずねた。

「いまはまだ」ナインティーン・アッズが手の指を爆発する星のように広げると、映像がズームインしてデモ参加者の顔がアップになった。何人かは赤い塗料で額に水平の筋をつけていた。マヒートはさまざまな叙事詩の中で帰還するテイクスカラアンの将軍たちが身につけていた生贄の冠を思い浮かべた。この惑星間遠征の時代には、完全に象徴的なものでしかなかった。

「そのようなことは違法だと思っていました」マヒートは言った。

「無効ですが、違法ではありません」ナインティーン・アッズが言った。「ファイブ・アゲート、軍事的喝采の目的を。大使の啓発のために」

ファイブ・アゲートが咳払いをして横目でマヒートの視線をとらえた。なんだか申し訳なさそうな顔をしている。「テイクスカラアンの皇帝候補に正当性をあたえるときは、血縁や前皇帝の任命による場合を別にすると、軍事的喝采がその人物の価値を公にしめすものとなります——つまり、永遠に燃える星ぼしの支持を受けていることを公にしめすものです」

「その支持とは具体的にどのようなかたちで？」ナインティーン・アッズがうながした。

「伝統的には、軍事的な大勝利です。あるいは勝利の数が多いこと。数が多いほうがより望ましいです」

ナインティーン・アッズはうなずいた。「そのとおりです。数多くの勝利が証明となるのです。それ以外はただの叫び声であり、まともな官僚や少しでも知性のある市民なら—

—わたくしたちはその両方に恵まれています——単なる叫び声からすべての正当性を奪うことができます」

「なぜ市民たちがそれでもワン・ライトニングの名を叫んでいるのかという質問をしてほしいのでしょうね」マヒートは言った。「なにしろ彼には皇帝になれるだけの軍事的業績がありません。少なくとも、ルスエル・ステーションのある遠くて無知な地域には、そのような業績は届いていません」

ファイブ・アゲートは少しショックを受けたような、少なからず興味をそそられたような顔をしていた。「ワン・ライトニングは野心家です」彼女はそう言って、ナインティーン・アッズがうなずくと、話を続けた。「チャンスを探し求めているのです。いくつかの荒涼としたセクターで小競り合いに勝利をおさめていますし、それ以外に小規模な作戦行動で不穏な地域を鎮めたり帝国外からの侵略を阻止したりしたことも一、二度あります——彼の部隊の士気は目を見張るものがあります。オーダイルにはいなかったのですが、この指揮官は彼から訓練を受けたスリー・スマックで、彼女はニュースフィードに出るたびに忘れずに彼に感謝を伝えています。ワン・ライトニングは重要な軍事的業績を求めていて、彼の指揮下にあればそれを手にする機会を得られると兵士たちに保証できるだけの充分な裏付けをもっているのです」

「未来を信じることを前提とした喝采ですか」マヒートはそっけなく言った。〝戦争が必要になることを前提とした喝采というわけだ〟「わたしはワン・ライトニングが最大の成功をおさめることを願っています。なにしろ、今日プラザ・セントラル・ナインにひとつしか爆弾を設置させなかったという手柄をあげた以外、彼はなにも重要な軍事的業績をあげていませんから」

「人によってはあなたが外交官であることに疑いをいだくかもしれませんよ、大使」ナインティーン・アッズが言った。

「人によってはそうかもしれません」

「しかもその疑いは正しいようです。ただ、外交官であろうとなかろうと、あなたが見逃している重要な要素がひとつあります――それを見逃したのは、ここで過ごした最初の四十八時間があまりにも波乱に満ちていたせいでしょう」

　マヒートは侮辱されたという気持ちとおもしろがっている気持ちとのバランスをとろうとして、結局は皮肉にたどり着いた。「では教えてください、エズアズアカット。もしも結論まで飛ばしてもかまわないのであれば」お茶を飲みながらの会話のあとだけに、皮肉に対応するのはむずかしかったはずだ――だが、それもナインティーン・アッズのひとつの特徴なのかもしれない。気の効いたやりとりをしたくなる華麗な話術の政治家でありながら、会話の要点がすぐに伝わるので「この人はわかってくれた」と泣きたくなるような人物。

マヒートはあらためてスリー・シーグラスにここにいてほしいと思った。気晴らしになったり盾になったりしてくれる人ならだれでもいい。友人がほしいのだ。イスカンダーの幻の感情の友人ではなく、マヒート自身の友人が。

ナインティーン・アッズはカメラの映像をズームアウトしていた。喝采するテイクスカラアン市民の集団が三人の真ん中で空中に浮かんでいて、彼女が手首をひねって指示するとその場でゆっくりと回転を始めた。「皇帝シックス・ダイレクション、宝石よりもまばゆく寛容な、光輝なる星のごとき支配者、わたくしは彼に誓いを立て、彼のためにみずからの血を最後の一滴まで流すでしょう。その皇帝は八十四歳で、生物学的な子孫がありません。それこそあなたが見逃していることです、大使」

「後継者の問題があるんですね」マヒートは言った。〝あなたがすぐに友人を失うことになるのはお気の毒です〟とは言えなかったからだ。それはなんだが——思いやりに欠けていた。必要ないことだ。本題からはずれている。それに、エズアズアカットがほんとうに皇帝の友人なのか、それとも象徴的な友人でしかないのか、どうすれば知ることができる？　これは取り憑かれたようにみずからの古典文学を再現しようとする社会全体の問題であり、マヒートとしては二週間まえに自分にそのことを説明しておきたかった。あるいはイスカンダーと話しておきたかった。彼ならなにか言うことがあったはずだ。

「ワン・ライトニングに喝采を送る人びとはたしかに問題だと考えています」ナインティーン・アッズが言った。彼女が映像に向かって手を振ると、それは縮んで消えた。「わたくし自身は判断を保留しています。しかしあなたはずいぶん興味深いときを選んで宮廷にきたものですね、大使」

「わたしは選んでいません」マヒートは言った。「呼び出されたのです」

ナインティーン・アッズは首をかしげた。「緊急に？」

「不適切なほど緊急に」マヒートとイスカンダーは、ステーションの大使となるために、希望的観測と三カ月間の瞑想だけで強引にくっつけられたのだ。

「わたくしがあなたでしたら、だれがあなたの入国許可を出したのかを突き止めるでしょうね。いろいろなことが明らかになると思います」

いまのは誘導の質問だったのか？　マヒートになにか面倒な調査をさせて、このエズアズアカット、ナインティーン・アッズという答へたどり着かせようとしたのか？　ちがう、とマヒートは判断した——この女性はつないだ綱の先でマヒートがもがくのを見て楽しむには利口すぎる。そういうたくらみは陳腐な悪役がメロドラマでやるものだし、テイクスカラアン人が取り憑かれている物語は、ほとんどの場合、すぐれた物語だ。これはそんな良いものではない。これはナインティーン・アッズが、使用人たちにするように、マヒートに任務をあたえているのだ。〝調べて、わかったことを教えなさい〟と。まるでマヒートが彼女のものであるかのように（まるでイスカンダーが彼女のものであったかのように――だが、マヒートは彼はそうではなかったのではないかと思い始めていた。たとえナインティーン・アッズとベッドを共にしていたとしても、完全に彼女のものだったわけではなく、それが二人のあいだにあった問題の一部だったのではないかと）。

マヒートは言った。「興味深いお話ですね。自分の居室の、自分の作業場に戻ったら、必ず調べてみます」

「そんなに長く待つことはありません」ナインティーン・アッズは言った。「比較的安全な場所へやってくるためにたいへんな苦労をした人を、わたくしが一人で宮殿へ送り返すと思いますか？　いまはまだ、だれがあなたのとなりにいる罪のない市民を吹き飛ばすつもりでいるかわからないのですよ？」

「わたしの文化案内役が――」マヒートは自分は一人ではないと反論しようとした。

「すぐに退院できるでしょう。インフォグラフのディスプレイはたくさんあるのでひとつ貸してあげます。セブン・スケールに臨時のオフィスを用意させましょう」

〝ルスエルの外交領域ではない、こんなところで〟とは思ったが、マヒートは両手を合わせて正式な感謝の身ぶりをした――そして、茶器を片付けた若い男があらわれて彼女をナインティーン・アッズの領土のさらに奥深くへ案内しようとしたときも、おとなしくいっしょについていった。

　オフィスは――マヒートはそこを独房と思わないようせいいっぱい努力して、なんとか成功していた――張り出し窓から射し込む午後遅くのピンク色の光で満たされていた。その曲線の内側に幅の広い低めのカウチがおさまっていた。セブン・スケールは、マヒート専用のインフォグラフ・ディスプレイのひらきかたを教え、あたりさわりのない灰色をした空のインフォフィッシュ・スティックをどっさり用意してくれた。彼は物静かで、無関心で、てきぱきしていて、そのすべてがナインティーン・アッズのあとでは安心感をもたらしてくれた。おそらく意図的だったのだろう。ナインティーン・アッズは手練れの尋問者のように慰めをあたえてはまた奪い去り、マヒートはそうした感情の揺れにすっかり疲れ果てていた。セブン・スケールが部屋を出て、ドアを閉めると、彼女はカウチに横たわり、窓の下の壁に顔を向けて、あざのできた腰が痛くなるまで両膝を胸元へ引き寄せた。

　真っ白なペンキをじっと見つめ、片手を頭の上にのばしてカウチのてっぺんあたりにある湾曲した窓枠にふれると、ステーションの自分の部屋にいるような気持ちになれた。安全な三×三×九の筒型の部屋、やさしい卵の殻のような壁のくぼみ。だれにもじゃまされないちっぽけな彼女の部屋は、ほかのみんなの部屋といっしょにならんで浮かんでいた。防音で。ロックもできて。友達と背中を合わせて体を丸めてもいいし、恋人とおなかを合わせてもいいし、あるいは——あそこは閉じていた。安全だった。

マヒートは上体を起こした。窓の外に見えるパレス・ノースの中庭は、池や星形の小道に青い蓮がびっしりと浮き、テイクスカラアン人の仕事で行き来するテイクスカラアン人の足が忙しく行進していた。初めは自分で窓の外に出てみたいという衝動をおぼえ、次に自分がどう感じているかを十五音節の詩にしたいという同じように不適切な衝動をおぼえた。

〝ねえ、イスカンダー〟マヒートは池の暗い水中に石を投げ込むように考えた。〝故郷のどんなことを一番なつかしく思っていた?〟

それからインフォグラフのディスプレイを起動して、指示されたとおりにサインインした。そして、スリー・シーグラスにドアを開けてもらうのではなく、自分でクラウドフックに相当するものにサインインしたのはこれが初めてだと気づいた。なんともおかしな話だ。自分の居室——自分の外交領域——で要求していたのと同じだけの自由を、とてもややこしい種類の囚人となっているこの場所で手に入れることになるとは。ナインティーン・アッズにほぼ確実にすべての行動を記録されていることを完全に承知のうえで、マヒートは仕事にとりかかった。

インターフェイスは、基本通信の解読を試みたりしないかぎりは、マヒートが予想していたよりも直感的に使えるものだった。身ぶりでインフォグラフが反応する――両手を広げて手首をひねると複数の透明な作業スクリーンが表示され、自分用の情報の光輪を作ることができる。ナインティーン・アッズが事前に設定していたカメラフィードがいくつかあったので、まだワン・ライトニングを支持するデモをとらえている映像を呼び出し――マヒートの継続的な関心事について、エズアズアカットには好きなように考えさせておこう――自分の右側に配置した。左肩の上にはタブロイド紙の見出しが次々と流れるウインドウを置き、日常的な言葉や侮辱的な言葉の語彙を増やすことにした――ついでに、反帝国活動家やサーティ・ラークスパーについて、あるいはレストランでの爆破事件をテイクスカラアンのタブロイド紙がどう考えているかについて、なにかわかることがあるかもしれない。中央には基本的なテキスト入力用ウインドウがあったので、メッセージを作成し、ルスエル大使としてのアクセス経由で送信することにした。

おそらく例の賛美詩で暗号化しておく必要があるのだろう。真剣に対応してもらいたいと思うなら――

いや。そのままにしておこう。野蛮なままに。見苦しくあわてて緊急に書いたのだ、本来のオフィスから離れて（おかしな話だが、いま彼女の居室でバスケットからあふれているはずの未回答のインフォフィッシュ・スティックがなつかしかった）まだシティには不慣れな女性が。鏡はひとつ以上のものを映すことができる――ナインティーン・アッズを映したとき、マヒートはナイフだった。いまの彼女はごつごつした石だ。逃げられず、無遠慮で、野蛮な石。あたりまえのことだが、マヒートがイスカンダーになると予期していた人びとにとってはちがうだろう。いまこそ、それがだれなのか見つけられるのではないか？

最初のテイクスカラアン語の適性検査のあとは使っていなかった平易な言葉で、マヒートは生きているイスカンダーと最後に会った男に手紙を書いた。科学大臣のテン・パールだ。マヒートは面会を求めた。関係を正常化したいという願望を伝え――そこで思い直して〝正常化したい〟を削除し、〝おたがいのオフィスが将来にわたり良い関係にあることを願う〟と入れた。願望なら未来時制にする以外に特別な文法は必要ないが、〝正常化する〟は再述動詞なので、語り手に時制の一致や仮定法について最低限の知識が求められるからだ。

テイクスカラアン語はひどく扱いにくい言語になることがある。たとえ十五音節の詩では美しく聞こえるとしても。だが、そのメッセージには、マヒートが前任者の死の調査に興味を持っていることを示唆する部分はなかった――彼女が政治的策士として少しでも有能であることを示唆する部分もなかった。

彼女の頭の奥深くにいる、新任のルスエル大使。聞こえた？　わたしは逮捕されないためにナインティーン・アッズ閣下に泣きつくはめになったんだよ。

マヒートはくすくすと笑った。その音は部屋の中で大きく響き、デモの現場をとらえた映像の抑えられた音声さえかき消した。みっともない姿を見つかったかのように、マヒートは帝国らしい表情のない顔をつくった。

ほかのメッセージの作成は簡単だった。一通はトゥェルブ・アゼイリア宛で、スリー・シーグラスの様子を見てくれと頼んだ――あの男なら友人のリードが入院していることは気になっているはずだし、案内役が神経障害から回復する見込みについてマヒートに知らせたいと思っているかもしれない。もう一通は自分宛で、先の二通のメッセージを転送しておくことで、安全性の限られる電子的アクセスだけではなく、わずかながら物理的な安全性があるルスエルの外交領域に届けられたという記録を残した。最後のメッセージは情報省宛で、名宛人を特定せずに、だれがマヒートの入国許可を承認したのか説明を要求した。

ナインティーン・アッズに彼女がなにをしたか見てもらおう。

マヒートは、支給されたインフォフィッシュのスティックにそれぞれの手紙をおさめ、あけたらメッセージが流れ出すことを確認したあと、ホットワックスで封印した。ワックスはオフィスのドアのそばにあるエンドテーブルに置かれた封印キットで見つけたもので、手持ちのエタノールライターで溶かさなければならなかった。マヒートは注ぐときに親指をやけどした。光で作られて詩で暗号化されたメッセージ、しかも礼儀として物体で届けなければならないとは、まさに申し分なく帝国的だ。

なんという資源のむだ遣いだろう。時間もエネルギーも物資も。

こんなことが楽しくなければいいのに。

第６章

クリサンセマム・ハイウェイで発生した事故の後処理は早朝の時点でまだ完了していません。通勤者は渋滞に注意してください……セントラル・ラインの遅延は今後も続くと予想されます。セントラル・ナイン駅はサンリットによる爆破事件の調査で閉鎖されたままです。セントラル・ナインを越えてセントラル・シティの各駅へ向かうにはノース・グリーン・ラインを経由してください。追って通知があるまで、宮殿や娯楽施設に入る際には検問所で余分に時間がかかることを考慮してください……サーカムポラー磁気浮上鉄道《マグレブ》は冬期の観光客に対応するため、第２６０日から三日に一本の割合で臨時便を運行します。チケットはシティ全域の公営鉄道駅で購入可能で……

——メトロと地下鉄の閉鎖とサービス変更について、第２４８日（Ｙ３－Ｉ１１）

……テイクスカラアンの軍艦五隻が許可証を提示することなく我々のセクターを通過している。これは彼らだけの過失ではなく、当時の大使イスカンダー・アガーヴンの過失でもあり、適切な許可証がただちに再発行されるだろうが、〈遺産〉評議員であるわたしはひとつの情報としてこの報告書を評議会に提出する。我々のセクターの安全対策は我々の船のみを対象としていて、こうしたテイクスカラアンの艦船には罰金を科すことしかできないが、彼らはなんの苦もなく喜んでそれを支払っているらしく……

——新規事業として〈遺産〉評議員よりルスエル評議会に提出された報告書の一部、248・3・11（テイクスカラアン暦）

メッセージの送付にともなう問題は相手がそれに返事をしてくることであり、それはすなわち返信としてさらにメッセージを書かなければならないということを意味する。

地平線からするするとのぼる太陽は、シェードのない窓ガラス越しに明るく寒々しく輝き、のがれようがなかった。それはマヒートがやっと得たわずかな眠りを奪い取った。まだ夜が明けたばかりだったが、閉ざされたオフィスのドアの下に置かれたバスケットには、新しいインフォフィッシュ・スティックが三本おさまっていた。ナインティーン・アッズは夜中でも一時間ごとに郵便物を配達するのか？　マヒートは羽毛の詰まった特大の上掛け――前日の日暮れどきに有能きわまりないセブン・スケールが用意してくれた――を両肩に巻きつけた。目は覚めていた。覚めてはいたが、彼女はまだ心の中に閉じこもっていた。その状態は永遠に変わらないように思えた。

体を起こすと痛みがあった。腰は夜のあいだにますますこわばっていて、借りていたパジャマのズボンをおろすと、そこにできたあざ――黒ずんだ紫色で端の部分が薄れて病的な緑色になっている――が、広げた手と同じくらいの大きさになっていた。この新しい手の込んだ監獄に鎮痛剤はあるのだろうか。届けられたものといえば、例の上掛けと、昨夜トレイに入っていた食べられるが特においしくはない野菜のスライスとスリー・シーグラスが朝食に出してくれたのと同じ繊維質のペーストだけ。それ以外、ナインティーン・アッズはマヒートを放置していた。新しいペットが落ち着いて、手を出してもかみつかれたりしなくなるのを待っているのかもしれない。

上掛けに身を包んだまま立ちあがり、腰を動かすたびにたじろぎながら、マヒートはインフォフィッシュ・スティックを取りに行ってそれを開けた。

最初のスティックはマヒートが送ったのと同じように匿名だった。本体は灰色で、無着色のワックスで封印されていた。ぱちんとひらき、さっと振って光で紡がれた絵文字を吐き出させる。

あなたの友人は囲いについて慎重に文をしたためている
境界線、区分、ナイフの刃
だが孤独に包まれているあなたのことも考えている
そしてあなたが必要とするなら約束として十二本の花を送る

それは詩だった。特に良い詩ではなかったが、それは〝なんてこったナイフの刃の輝きエズアズアカットがきみを監獄に放り込んでしまったなにかできることはあるか？〟という意味の引喩であるらしかった。

署名はなかった。

署名する必要があったわけではない。マヒートは三通のメッセージを送っただけだが、科学大臣や情報省の小役人たちがあからさまな暗号で返事をすることはない。これはトゥエルブ・アゼイリアの仕業であり、マヒートが必要としているなら救出したいという真摯な思いと、楽しくてしかたがないという気持ちがごっちゃになっているのだろう。暗号化されたメッセージ！　部署の境界を越えた匿名の通信文！　テイクスカラアン文学における政治的陰謀のジャンルの慣例に異様な愛着をもっているのはマヒートのほうだと思っていたのだが。

自分がその文化の中で暮らしていても、やはり異様なことなのか？　そうだ、とマヒートは判断した。慣例のためだけにそれを再現するのはふつうではない。だがテイクスカラアン市民はそんなことは考えないだろう。

だれもトウェルブ・アゼイリアを吹き飛ばしてはいないし、そんなことを試みようとする者もいない。友人は入院しているかもしれないし、新しい政治方面の危険な知人は極上の監獄から彼に手紙を書いているかもしれないが、彼自身は『サーティ・リボンに赤い花のつぼみを』とかそういった宮殿ロマンス小説から抜け出してきたようにふるまう権利をいまでも完全に有しているのだ。

マヒートは、自分なら少なくとも彼と同等、おそらくはもっとましな詩を書けると思って、二行連句で返信した。〝わたしを囲むのはわたしが選んだもの／求めるのはあなたに頼んだもの――情報〟そしてインフォフィッシュを封印したとき、マヒートも署名をしたりはしなかった。だれかは楽しい時間を過ごしているべきだ。それがトウェルブ・アゼイリアだとしてもかまわない、彼にそれが続けられるかぎりは。

二本目のインフォフィッシュ・スティックはどう見ても匿名ではなかった。内部の電子部品以外は透明なガラスで、封印の深緑色のワックスには太陽の車輪の白い絵文字が押印されていた。科学省だ。マヒートがひらくと、気品あるへりくだった小さな手紙が姿をあらわした。テン・パールは彼女の大使就任を祝福し、イスカンダーの不幸な死に対して型どおりの遺憾の意を表していたが、あまりにも型どおりだったので、実践的文章作法マニュアルからコピーしたものだとすぐにわかってしまった。たぶんマヒートが書き方を学んだ、まさにそのマニュアルだろう。テイクスカラアン人的観点からは引喩で手抜きをされて侮辱されたと感じたが、次の瞬間には、非常に個人的な感慨として、教養ある市民に匹敵しようと懸命に努力しているのにぶざまで哀れなまがいものにしかなれない野蛮人を演じることに成功している自分に満足感をおぼえた。

手紙の締めくくりに、テン・パールは社交の場で喜んでルスエル大使にごあいさつしたいと提案していた――よければ一日後にひらかれる皇帝の晩餐会で。

公の会合というわけか。そのほうがいろいろな意味で安全だ。もしもテン・パールがイスカンダーを殺したと少しでも疑われていると思っているなら、イスカンダーの後継者と公の場で会えば、その後継者も同じように抹殺しようとしているのではないかという下品な世間の疑念をやわらげることができるだろう。宮廷全体が見ているところで外国の高官がひそかに暗殺されることはありえない！　そのほうがテン・パールの評判にとっても

(彼がほんとうにイスカンダーの死に責任があるとしたらマヒートの身にとっても)安全だし、政治的にも安全だ。ルスエルと科学省とのあいだにはなにも悪い感情がないと全員にしめすことができる。

そういえば。マヒートはすでに晩餐会に出席するとこたえていた。このままでは解決しなければならない政治的危機がひとつ増えてしまうのでは? それに、テン・パールが求めている公の場でのお辞儀と笑顔をすませたあとで、彼を二度目の、より率直な会合へ引き込むことができればかえって好都合だ。マヒートは彼のメッセージを脇に置き、最後の郵便物に目を向けた(ここで手に入る最後の郵便物だ——彼女の居室のほうではスティックが手つかずの仕事の吹きだまりの中で積みあがっているにちがいない)。

最後のインフォフィッシュ・スティックは灰色のプラスチック製でやはり匿名だった——ただ、これには黒い星野が描かれた赤いタグが付いていた。惑星外からのメッセージは、パレス・イーストにあるマヒートのオフィスとパレス・ノースにあるナインティーン・アッズのオフィスを経由して彼女のもとへ届けられていた。これが初めてではないが、マヒートは自分はシティに監視されているのだろうかといぶかり、プラザ・セントラル・ナインできらきらと上昇してきた囲い壁のことをまた思い出した。それからインフォフィッシュをぱちんとひらき、シティのことはただちにきっぱりと考えるのをやめた。

中に入っていたメッセージは、ホログラフの光で表現されるテイクスカラアン語の表意文字ではなかった。スティックにぐるぐると詰め込まれていたのは、機械印刷された半透明のプラスチック片で、引っ張り出して広げて読んでみたところ、そこに記されていた文字はアルファベットだった——彼女の国のアルファベットだ。このメッセージはルスエル・ステーションから届いたのだ。

ただ、マヒート宛ではなかった。ルスエルからテイクスカラアンへやってきた大使宛でもなかった。宛先はイスカンダー・アガーヴン、日付は２２７・３・１１——皇帝シックス・ダイレクションの第十一インディクティオの三年目、二二七日。およそ三週間まえのことだ。

それは〝〈操縦士〉代表評議員デカケル・オンチュから、アガーヴン大使へ〟と始まっていた。

きみがこのメッセージを受け取っているとすれば、新しい大使を求める要請がルスエル・ステーションに届いたあとできみが電子データベースを個人的に照会したからだ。このメッセージは、かつてきみの揺りかごであり故郷であったステーションにおいていまでもきみの味方である人びとからの二重の警告だ。第一に、だれかが宮廷できみに取って代わろうとしている。第二に、きみの後任には妨害工作がおこなわれている可能性がある。彼女が着けているきみの初期のイマゴ記録については、〈操縦士〉代表評議員も〈水耕〉評議員も統合以前の状態を確認することができなかった。彼女の後援者は〈遺産〉評議員――それと〈鉱夫〉代表評議員だ。用心したまえ。〈操縦士〉代表のオンチュは、もしも妨害工作が現実におこなわれていてルスエルに由来するとしたら、その背後に〈遺産〉評議員のアムナードバットがいるのではないかと疑っている。このメッセージは破棄すること。可能であればまたメッセージを送る。

このメッセージは、マヒートが前日の夜に自分のメッセージを作成していたときに、ルスエル大使の電子データベースにアクセスしたことが引金となって送られたにちがいない。

マヒートはそれを二回読んだ。三回目は暗記するために読んだ――長年にわたってテイクスカラアン語の文章を学んできた中で身につけた無意識の習慣であり、集めたフレーズや単語を熱で圧縮されたダイヤモンドのように頭の中に詰め込んでいくのだ。〝もしも妨害工作が現実におこなわれていてルスエルに由来するとしたら。状態を確認することができなかった。きみの揺りかごであり故郷であった――〟

マヒートはいつしか考えていた――考えるなと考えながら、自分の感覚を取り戻しショックと苦痛を越えて自分を存続させようと考えていた。現実的な問題は薄いベールのようなものだった。胃がきりきりと痛むこと、心の中にあるはずなのにそうではないイマゴの慰めに無意識に手をのばして、まためまいが起きてしまったこと。じきにイスカンダーの死体を燃やさなければならないこと。マヒートは考えながらプラスチック製のシートをこまかく裂き、インフォフィッシュ・スティックの封印ワックスを溶かすのに使った手持ちのライターでそれを溶かした。死体を燃やすならだれが彼を殺したのかを完全に把握しておきたかった。それは奇妙な、淡いかたちの正義になるだろう——だが、たとえイスカンダーが二度と戻ってこないとしても、マヒートは彼にそれだけの恩義がある。ほとんどの後継者はイマゴの前任者がどのようにして死んだかを知っている。高齢、事故、病気など、ステーションが人を殺す方法はいくらでもある。癌やエアロックの故障に正義を行使することはできない。そんなことをしてもなんの意味もない。だが、自分が持っているすべての知識を最後に持っていた人物がどのようにして死んだのかを知ることには意味がある——ミスを修正して自分のイマゴラインをもう少し長く、もう少しましなかたちで存続させることができるのであれば。記憶の連続性をほんの少しでも先へのばすのだ、それが暗黒の中へ薄れて消えていく人類宇宙の外縁で。

マヒートは寝ていたカウチの足元で上掛けをていねいにたたみ、昨日と同じ借り物の白いズボンとブラウスを着て——脚を反対側のふくらはぎよりも高く持ちあげるのがしんどくて痛みがあった——自分はいつからルスエルの倫理哲学をこんなに強く意識するようになったのだろうと考えた。おそらくイマゴに見捨てられてからだ。もしも詩的な表現をするならば。彼女が長い長い記憶の列のひとつから解き放たれてからだ。

マヒートと前任者はけっして敵同士ではないはずだ。それなのに、いまでもオンチュのメッセージが（あれはいつ送られたんだろう？　いつからイスカンダーに——死んだイスカンダーに——読まれて処理されるのを待っていた？）最高の詩のように響くのが聞こえてくる。もしも妨害工作が現実におこなわれていてルスエルに由来するとしたら——もしもマヒートがイマゴを失ったのがアクネル・アムナードバットの妨害工作のせいだとしたら——だがアムナードバットはマヒートが新しい大使になることを望んだのではなかったのか？　アムナードバットは彼女を後押しし、彼女がテイクスカラアンにいることを望み、彼女を助けるためにイスカンダーの時遅れのイマゴをあたえるべきだと主張したのではなかったのか？　マヒートからイマゴを奪って、帝国で孤立させ、あらゆるものから切り離すつもりなら、なぜそんなことをしたのだろう？　彼女が送り込まれたのはイスカンダーに危害を加えるためだったのか、それとも彼の方針を正すためだったのか？　どちらでもなかったのか？

きつい。あまりにもわからないことが多すぎる。あまりにも孤独すぎる。故郷からの声を聞けば、たとえそれが〈操縦士〉代表評議員の辛辣な声であったとしても、気持ちが楽になりそうなものだったが、マヒートはいつしかカウチの端にすわり込み、まだめまいがする頭を両手でかかえていた。心の中にイスカンダーがいないことが世界にあいた穴のように感じられた。そしていまは――もはや自分自身を信じることができず、自分の動機を信じることができず――

〝鏡になれ〟もう一度自分に言い聞かせる。〝ナイフと出くわしたときは鏡になれ、石と出くわしたときも鏡になれ。できるだけテイクスカラアン人らしく、できるだけルスエル人らしく、そして――ああ、くそっ、息をしないと。それも忘れるな〟

マヒートは息をした。ゆっくりとめまいは消えていった。太陽がちょうど窓枠を越えてのぼってきたところだった。胃がごろごろと鳴った。わたしはまだここにいる。オンチュのメッセージを読むまえと比べると、（テイクスカラアンの大使として、自分がなにをすることになっていたのかについて）知っていることが少し減り、（自分の身にどんなことがされた可能性があるのか、その理由や、その出所について）知っていることが少し増えた。それをおぎなわなければ。

返信をおさめたインフォフィッシュのスティックを発送用のバスケットに入れて、迷路のようなナインティーン・アッズのオフィスビルの中へ裸足で踏み出した。ほとんどのドアはマヒートにとっては閉ざされていた——なんの表示もないパネルはクラウドフックなしで身ぶりをするだけでは動いてくれなかった。ドアを開けてくれるスリー・シーグラスさえいれば、と考えて、その必要性に対する自分の感覚が一日で変わってしまったことに寒々としたおかしみをおぼえた。十五分ほどさまよって昨日見たフロントオフィスまでたどり着いたが、夜明けの光以外はもぬけのからで、インフォグラフもすべて静止していた。そこをとおりすぎ、左へ曲がって新しい廊下を進み、見慣れないエリアへ深く入り込んだ。この施設のどこかで——少なくともここはビルのひとつのフロアだろう——ナインティーン・アッズが眠っている。マヒートは彼女が猫科の肉食獣のように巣穴にこもっている姿を想像した。大きすぎて鉤爪が引っ込まないやつだ。脇腹はゆるやかな息づかいに合わせて大きく上下し、その両目は眠っていてもうっすらとひらいている。

いやいや、マヒートは詩人になるためにシティに来たわけではない。

（ではなぜ来たのか——だれの支配下にあるのか——わからない。いまはまだ）

シティへやってきたのはエズアズアカットの家に閉じ込められるためでもなかったわけだが、現実にこうなっている。

廊下が終わると、幅広いアーチの先に部屋があらわれた。朝の光の薄暗い、やわらかな広がり具合からすると、ビルの中でフロントオフィスとは反対側に位置しているのだろう。そこは明らかに書庫だった。壁一面、星図が掛かってるところ以外はすべて、冊子本《コーデックス》とインフォフィッシュで埋め尽くされていた。中央の広いカウチの上で、ファイブ・アゲートがあぐらをかいてすわっていた。膝の上ではシティのある太陽系の色鮮やかなホログラフが回転していて、それぞれの軌道が光り輝く金色の弧でしめされ、惑星にはマヒートが部屋の反対側からでも読み取ることのできる絵文字でラベルがついていた――そのホログラフのまえに立っていたのは、小さな手でせっせと惑星を引き離してはそれが本来の重力圏に戻っていくのをながめている、どう見ても六歳を越えているとは思えないひとりの子供だった。

「おはよう」マヒートは自分がいることを知らせるために呼びかけた。

ファイブ・アゲートがのっぺりした顔をあげたが、驚いた様子はなかった。「大使」そう言って、少年に顔を向ける。「マップ、ルスエルから来た大使にごあいさつしなさい」

子供はマヒートをまじまじと見て、ちんまりした両手を胸のまえで合わせた。「いらっしゃい。どうして朝食のまえに書庫にいるの？」

マヒートはアーチの中から進み出た。自分が不格好で背が高すぎる気がした。「眠れなかったの。すてきな太陽系ね。とてもきれい」

　子供は動じることなくマヒートを見つめていた。その年ごろのテイクスカラアン人が無表情でいると、見ているほうはかなり居心地が悪かった。

「さあ、すわってください」ファイブ・アゲートが言った。「威圧感があるので」

　マヒートはすわった。少年はホログラフの中心に手を突っ込んで太陽をつかみ、全体をファイブ・アゲートの膝から引き離した。「これはぼくのだ」少年は言った。

「マップ、軌道の計算をしてみたらどう?」ファイブ・アゲートが言った。「少しのあいだだけ。モデルを持っていっていいから」

　マヒートは少年が言うことをきかないのではないかと思った——幼いころの彼女はおとなたちの会話から締め出されるのがきらいだった——が、彼はうなずいてカウチの反対側へおとなしく移動した。

「この子はツー・カートグラフ」ファイブ・アゲートは言った。「失礼しました。ふだんはこの時間の書庫にはだれもいないので」

　ツー・絵入り地図《カートグラフ》、それで愛称がマップ。マヒートはほほ笑んだ。「別にかまわない」彼女は言った。「ルスエルでは、ふつうは同い年くらいの保育所仲間の大きなグループで子供たちが走りまわっていて、わたしもその年ごろのときにはいろいろなことに巻き込まれていた。だから気にはならない。あなたの子なの？」

「わたしの息子です」ファイブ・アゲートは少し誇らしげに付け加えた。「わたしの体で産んだ息子です」

　それはテイクスカラアンでは珍しいことだった――ルスエルでは前代未聞だ。人工子宮ではなく自分の子宮で子供を育てるというのはステーションではありえない贅沢だ――女性はそのせいで死んだり、自身の代謝や骨盤底を壊したりすることがあるが、女性は立派な働き手なのだ。マヒートは九歳のときに避妊インプラントを投与された。テイクスカラアン市民が自分の体で子供を産むことがあると知ったときには、あのプラザ・セントラル・ナインのレストランの花鉢からあふれる水について考えたようなことを考えたものだった。それだけのお金を簡単に使えるというのは不快ではあるが感動的でもあった。

「たいへんだった？」マヒートは純粋な好奇心からたずねた。「出産は」

　ファイブ・アゲートは気取った感じに目を見ひらいて、テイクスカラアン風の笑みをたたえた。「事前に二年かけて体調を生涯最高の状態にととのえました。それはやはりたいへんでしたが、わたしは息子にとって良い家でしたし、彼は人工子宮を使った場合と同じように健康に生まれました」

「きれいな子」マヒートは心から言った。「しかも賢いんだ、その若さで軌道力学を勉強しているんだから」政治的に辛辣なやりとりに突入することなく、テイクスカラアン市民とおしゃべりができるのはうれしかった。しかもここはナインティーン・アッズのオフィスなのだ。「ここに住んでいるの、二人とも?」

「最近はそうしています。閣下はわたしたちにとても良くしてくれています」

「あの人がそうしないなんて想像もつかない」マヒートは言った。それは本心だった。

「あなたは彼女の部下なんだ?」

「もうかなりたちます。マップを産むずっとまえから」

マヒートはファイブ・アゲートにだんだんと踏み込んだ質問をしてみたかった。まず初めに〝あなたは彼女のためになにをしているの?〟、それから〝彼女はどうやってあなたを部下にしたの?〟、さらには〝彼女があなたが子供を産むことを望んだの?〟だが実際にたずねたのは、「なにか変化があったの? 最近、あなたが引っ越してくるまえに」

ファイブ・アゲートの顔にほの見えていた率直さに、シャトルの展望窓を覆うアンチグレア被膜のようなシャッターが降りた。「最近はみんな遅くまで働くようになりました。通勤時間がとても長かったんです。わたしは息子をあまり一人にしたくありません。それで閣下が考えてくださったのです、マップのためには——より良いのではないかと。ここに。近くにいるほうが」

より良い。マヒートの耳にその言葉はより安全と聞こえた。地下鉄での長時間の通勤。爆弾は地下鉄の客車も昨日のレストランと同じくらいあっさりと破壊するかもしれない。

　マヒートの表情に考えていることがあらわれていたのか、ファイブ・アゲートは話題を変えた。「あなたはただ書庫を探していたのですか、それとも……」

「眠っていない人を探していたの」

「ツー・カートグラフが太陽と共に起きるので、わたしもそうしています」ファイブ・アゲートは片方の肩をすくめた。「なにか必要なものはありますか、大使？　お茶？　お探しの本でも？」

　マヒートは膝の上で両手を広げた。ファイブ・アゲートを使用人のように扱いたくはなかった。それに忘れてはいけない――同じように裸足で普段着姿でいるとしても、この女性はナインティーン・アッズが重用する助手なのだ。となれば、少なくとも主人の半分くらいは危険な存在と言える。「いいえ。でも皇帝陛下のことは教えてほしい。昨夜はずっとニュースフィードを見ていたんだけど、あれは地元の政治的感情になじみがあることを前提としていて、シティの外から来た者にはわからないことがあるの――ましてやテイクスカラアン人以外には」

「わたしが知っているどんなことを知りたいというのですか？　わたしは貴族ですらない

のですよ、大使」ファイブ・アゲートの話し方は——息子のことを話しているときを別にすると——ひどくへりくだっていて、ユーモアはほとんど見当たらなかった。彼女は貴族ですらないとしても、エズアズアカットの使用人だ——たとえ宮廷での地位が低かろうと、それはより重要なポストだ。

「昨日のことを踏まえて、わたしはあなたに分析官になってほしいの。そのためには貴族でないほうが有利だと思う」マヒートは言った。フェンシングのようなものだ——それでもナインティーン・アッズを相手にするよりはやりやすい。これまでのところは。

「わかりました」ファイブ・アゲートは目を見ひらくテイクスカラアン風のほほえみをかすかに浮かべた。「わたしが分析官だとしましょう。あなたはわたしが知っているどんなことを知りたいのですか？」

〝それをこれから話してもらうのよ〟とマヒートは思った。「シックス・ダイレクション陛下にはなぜ決まった後継者がいないの？　たとえ血を分けた子供がいなくても、遺伝子を分けた子供はもてるはず。親族以外の後継者を指名することだってできるでしょう」

「できます」ファイブ・アゲートはこたえた。「実は、やりました」

「皇帝が？」

「陛下によって皇位継承権をあたえられた者は三人います。彼らは皇帝の地位の共同後継者であり、だれもほかの者より優位に立ってはいません——全員が共同皇帝なのです。ステーションでは中央放送が流れないのですか？　最後に陛下がサーティ・ラークスパーを指名したときには、何カ月ものあいだその式典のことしかニュースで流れませんでした」

「わたしたちはティクスカラアン人ではないから」マヒートは話を聞きながらサーティ・ラークスパーのことを考えていた。ナインティーン・アッズの話では、彼女と同じエズアズアカットで社会不安によって利益を得ているらしい。社会不安をあおり、輸出入貿易の支配をもくろむことで、自身の一族の惑星上の保有地へ利益を誘導しているのだ。「中央放送が流れるはずがないでしょう？」

「それでも。あなたが船で二カ月暮らしていたからといって——」

マヒートは辛辣に言った。「わたしたちは独力でやっているの」そしてファイブ・アゲートが口をすべらしたことに気づいて唇をすぼめるのを見守った——宇宙にいるすべての人びとがティクスカラアン人とまったく同じものを望むだろうという無意識の思い込み。マヒートは彼女が少し気の毒になった。「でも、なぜサーティ・ラークスパーに皇位継承権をあたえられるだけの価値があったのかという点については、わたしたちはいまでもなにも知らない」

「いちばん最近に皇帝のエズアズアカットの一員になったのがサーティ・ラークスパー閣

下です。彼が宮廷でとても速く出世しているのは、その頭の良さと――」ファイブ・アゲートは片方の手をあいまいにかしげながら続けた。「帝国のウエスタン・アークにある各惑星出身の貴族たちとのあいだにある強い家族のつながりのおかげではないかと」

「なるほど」マヒートは言った。実はそうではないかと思っていた。シックス・ダイレクションによって皇位継承権をあたえられたとき、サーティ・ラークスパーはウエスタン・アーク星系の裕福な住民たちからの支援を強化していた。彼の一族はウエスタン・アークを構成するほかの貴族の一族と共に――資源と生産力に富む遠方の一連の星系はすべてジャンプゲートで緊密に結ばれている――現在の政府だけではなく次の政府でも発言権を保証されるだろう。そして――もしもマヒートがテイクスカラアンの歴史でもよく知られているような簒奪《さんだつ》の試みがもつ求心性を理解しているとすれば――皇帝もまたそれらの裕福だが遠方の貴族がサーティ・ラークスパー以外のだれかを支援するのを妨げていた。ヤオトレックが率いる反乱は（シティでその名が叫ばれている、ワン・ライトニングによる現在進行中の反乱のように）帝国の遠い外縁部で起きるものであり、そこでは人びとは遠い宮殿にいるだれかよりも自分たちの指揮官に忠実だった。彼らは多くの場合、まさにウエスタン・アークの住民たちのような人びとから資金援助を受けていた。皇帝がサーティ・ラークスパーに権力をあたえたことで、サーティ・ラークスパーの一族はその権力を彼にあたえた男、すなわちシックス・ダイレクション陛下に忠誠を誓うようになったのだ。

「あなたもサーティ・ラークスパーに会えばわかりますよ、大使」

「ほかの後継者は？　三人いると言ったよね」

「司法大臣のエイト・ループ――彼女は陛下とほぼ同い年で、保育所仲間でした――」

マヒートはシックス・ダイレクションの初期の人生を描いた小説をさんざん読んでいたので、エイト・ループのことは知っていた。血縁でも感情面でも皇帝の妹であり、シックス・ダイレクションの軍事的才覚と太陽の恩寵の裏にいる残忍な政治家だ。マヒートはうなずいた。「なるほど、エイト・ループ」

「それとエイト・アンチドートですが、こちらはわたしのマップとほとんど歳が変わりません」ファイブ・アゲートは続けた。「しかしシックス・ダイレクションの遺伝子を分けた子供です。九十パーセントのクローンです」

「ずいぶんばらばらな組み合わせだね」

二人の背後でナインティーン・アッズが言った。「結局のところ、光輝なる陛下の代わりになれるのはだれかということです」

マヒートはあわてて立ちあがった。「三人がかりですか？」彼女は見つかってしまったと感じないようにしながら言った。

「少なくとも」ナインティーン・アッズは言った。「わたくしの助手を尋問していたのですか？」

「穏やかに」マヒートは言った。自覚をもって話を進めるほうがよさそうだ。

「知りたかったことはわかりましたか？」

「いくつかは」

「ほかに知りたいことは？」

それは果てしない重みをもつナインティーン・アッズからの関心という甘く心地よい餌を使った罠だったが、マヒートはとにかくそこへ踏み込むことにした。「いかにして理想的な時期、理想的な場所で継承を実現させるか。閣下、歴史は刺激的な変種を重視する傾向があるようです」

マヒートが申し分のない返答をしたかのように、ナインティーン・アッズは笑みを浮かべた。「皇帝に血か遺伝子を分けた子供がいて、その子供が年齢でも精神面でも成熟を迎えたとき、皇帝はその子供を共同皇帝にします。従って、皇帝が亡くなるときには、星ぼしが知り、愛し、重んじる新しい皇帝がすでにいるのです——血で生み出され、太陽の光に認められた皇帝が」

「そういうことはよくあるのですか」マヒートはひややかに言った。

「十万人の忠実な兵士に支えられた軍の指揮官が宇宙からの指名により皇帝になると宣言するよりは少ないですね。大使、歴史は刺激的であると同時にきわめて厳密なのです」

〝では皇帝が自分の後継者として三人の統治評議会を任命することはどれくらいあるのだろう？　それほど多くはなさそうだ。なにか問題が起きた場合だけだろう。適切な後継者がいないとか。まったくいないとか。たとえサーティ・ラークスパーとエイト・ループが九十パーセントのクローンのために摂政をつとめることになるとしても、それは長くて争いの絶えない摂政期になりそうだ〟

「政治にあきたのなら」ナインティーン・アッズが言った。「お茶をどうぞ。それとあなたに来客があるようですよ。フロントオフィスに」

「わたしに？」マヒートは驚いてたずねた。

「会いに行きなさい」ナインティーン・アッズはそう言って、手首をさっとひねった。マヒートがまちがった場所に置かれたインフォグラフであるかのように。

　スリー・シーグラスはひどい姿をしていたが、マヒートが最後に見たときの、シティに誘発された発作でなかば硬直状態にあったときと比べれば改善されたひどさだった。顔は真っ青で、目の下にあざがあったが、ちゃんとまっすぐ立って、情報省のスーツを完璧に着こなし、髪を額からうしろへかきあげて飾り気はないが機能的にまとめて垂らしていた。神経にかなりの損傷を負ったのだから、分別ある人なら退院したら自宅に帰るはずなのに、いったいなにが彼女をここへ連れてきたのか、マヒートにはさっぱりわからなかった。

とはいえ、スリー・シーグラスがナインティーン・アッズのフロントオフィスの真ん中に立っているのを見て、マヒートは安堵が押し寄せてくるのを感じた――この新しい監獄／避難所に、少しだけなじみあるものが、ある種の連続性がもたらされたのだ。しかもスリー・シーグラスは自宅へ帰る代わりにどうやらマヒートを探しに来てくれたらしい。それがどれほど無分別な行動であろうと。

「死んでなかったんだ！」マヒートは言った。

「いまのところは」スリー・シーグラスは言った。「でも時間の問題です」

マヒートはぴたりと足を止めた。「ほんとに？　じゃあ病院に戻らないと――」

「マヒート、わたしは死の必然性について悪趣味な冗談を言っているだけです」スリー・シーグラスはむりに明るい声を出しているようだった。「あなたはテイクスカラアン語が堪能だと言っていたはずですが」

「ユーモアは第二言語では最後に学ぶものだから」マヒートは言ったが、自分が恥ずかしさで赤面していることはわかっていた――言葉のことでヘマをしただけでなく、あからさまに心配してしまったせいで。「ここでなにをしているの？」

「病院に迎えに来たトウェルブ・アゼイリアが、あなたが意志に反して拘束され、宮殿の郵便受けを経由して署名のないインフォフィッシュのメッセージを送ることを強制されているとほのめかしていました。だからあなたを――救出しようかと。わたしはあなたの世話役ですし、昨日はあやうくあなたを吹き飛ばすところでしたから」

「トウェルブ・アゼイリアは少し誇張して話したのかも」

「少しだけですか」スリー・シーグラスは全身真っ白なマヒートの借り物の服をとがめるような目で見ていた。

マヒートは抗議した。「わたしはフィフティーン・エンジンの血にまみれていた。これは別に――」

「宮廷でもっとも危険な女性と一夜を過ごしたのに、その女性の服を着ているんですね」

マヒートは眉間に指を二本当てて笑いをこらえた。「あのね、スリー・シーグラス、あなたの不謹慎なあてこすりとトウェルブ・アゼイリアの無署名のメッセージのせいで、わたしはほんとうに自分が『サーティ・リボン』の登場人物になったような気がするよ」

「そんなものがどうやって帝国の検閲を通過してルスエルに流出したのかわからないとい

う点は置いておきましょう」スリー・シーグラスはそっけなく言った。「それに、わたしは外国の高官を利用しているからといってエズアズアカットを非難することはありません。少なくとも、そのエズアズアカットのフロントオフィスの記録範囲内にとどまっているかぎりは。それがわたしの個人的に尊敬するエズアズアカットであればなおさらです――閣下はあなたを帰そうとしないのですね？」

　スリー・シーグラスの頬の、目の下のあざになったあたりに消耗性の赤みが見えた。マヒートは彼女にすわってほしかった。だが、スリー・シーグラスは部屋の中央に立ったままで、トゥェルブ・アゼイリアが彼女の愛称にしていた葦《リード》のように、かぼそく、風にあおられながら、それでも自分の務めを果たしていた。彼らがほぼ確実に監視されていることをマヒートに警告していたのだ。マヒートは言った。「プラザ・セントラル・セブンでデモがあったから。喝采が聞こえていた」

「あなたを街に出さないための口実ですね。異議をとなえているわけではありませんよ、マヒート。たしかに……今朝のシティは妙な感じがします、これほど中心部の近くでも。爆破事件があったせいだと思います」

　マヒートはまえの晩に尋問されたときと同じカウチに腰をおろし、スリー・シーグラスをいっしょにすわらせようとした。彼女がそうしてくれたときはほっとした――同じ動作で共感をしめすことができたし、ぼろぼろの姿でひどく静かに立っている彼女を見る必要がなくなった。ほかならぬシティに攻撃された後遺症があるのかもしれない。肉体的な、あるいは心理的な後遺症。スリー・シーグラスの体の動かしかたからすると、おそらく両方だろう。

「妙な感じって、どんなふうに？」

　スリー・シーグラスは片手を空中で前後にかしげた。「歩行者が少ないんです。まるで集団で神経過敏になっているかのようです。セントラル・ナインはもちろん封鎖されていますし、地下鉄も走らせることができませんから――」

　走らせる。マヒートは遠く離れた場所からのこだまを聞いた。電気火花のような感覚が肩から肘をとおっていちばん外側の指まで走り、そこでうなりをあげた。

「――新たに統合された地下鉄をオペレータなしで昼夜を分かたず走らせる」イスカンダー・アガーヴンが話している。彼が両肘をついている象眼細工の木製テーブルは、テン・パールが――就任したばかりの科学大臣テン・パールは、自分の名前にひっかけて指の一本一本に真珠《マザー・オブ・パール》層の指輪をはめていた――自分のオフィスに設置したものだ。「路線が分かれていたときにシティが使った方法論があるはずだし、いまはきみのなにか新しい方法論もあるだろう。それをぜひとも知りたいものだ」

テン・パールはテイクスカラアン人特有の無表情をみごとな芸術にまで高めている。彼はかすかなため息できっぱりと拒絶を伝えるが、イスカンダーはこういう人たちをよく知っている——ほんとうの望みは自分のプロジェクトを誇示することにある。テン・パールのプロジェクトは、地下と地上の両方の鉄道について、惑星全土に広がるシティの中継地をすべてつなぎ、途切れない自律的な運用を実現するものだった。それによって彼は自分の省を勝ち取った——いまは科学省のトップを務めている。

「大使」テン・パールが言う。「ルスエル・ステーションに地下鉄が必要になる理由が想像できません」

「必要はない」イスカンダーはあっさり認めた。「だが、何十万もの人びとをまちがいや争いを起こすことなく確実に移動させられる自動システム——それは、きみも想像がつくだろうが、惑星《プラネットレス》をもたないわたしたちのように、とても完璧とは言えない自動化システムによって生活している者にとっては非常に興味深いものなのだ。シティの既存のＡＩに精神を埋め込んだのか？　ボランティアの集団が、ちょうどサンリットのように、全員でこのシステムを監視しているのか？」

テン・パールはその話題に引き込まれる。イスカンダーは彼がじわじわと打ち解けてくるのを見守る。イスカンダーが彼に言ったことは、ほぼ正しいのだが、野蛮人に知識をあたえて教育したいという彼の自然な欲求が新しい技術を安全に隠しておきたいという分別ある思いを凌駕するくらいにはまちがっている。テン・パールの目がほんの少しだけ見ひらかれる。イスカンダーは待つ。飢えた動物を巣穴からおびき出すように。

「サンリットのようにはいきません」テン・パールはようやく口をひらく。「シティは集合精神ではないので」

その発言はサンリットがそういう集合体だと暗示しているので、それだけでも興味深いものだ。しかし、イスカンダーが最近会った若いテイクスカラアン市民は、帝国警察に入ることをとても楽しみにしていたが、きわめて個人的な人物だった。となるとひとつのプロセスが、サンリットの製造過程が見えてくる。イスカンダーは、それはイマゴのプロセスと似たようなものなのだろうか、神経強化に全面的に反対している帝国はそれについてどのように考えているのだろうかと思いをめぐらす。だが質問するだけの価値はない。どれも彼の関心事をあからさまに暴露してしまうからだ。そこでイスカンダーはたずねる。

「集合体でなくても、精神はあるということか？」

「人工の、アルゴリズム駆動の知性を精神と考えるなら——ええ、シティには精神があります。その精神は地下鉄の紛争を監視しています」

「驚いたな」イスカンダーの口調はほんの少しだけ芝居めいていた。「完全無欠のアルゴリズムか」

テン・パールは「期待は裏切られていません」と言って、その成果により自分は科学大臣になったのだとほのめかす。そしてイスカンダーは考える――〝たしかに期待は裏切られていないな、いまはまだ〟

マヒートの手の指はまだ電気でしびれたようになっていた。鼻孔に充満しているのは記憶の中のオゾンのにおいで、シティのアルゴリズムがひどいまちがいをおかして放った青い閃光がスリー・シーグラスに不意打ちをくらわせて――

イスカンダーが十年以上まえに交わした会話の再現が終わり、マヒートはふたたび自分の体で一人きりになっていた。

スリー・シーグラスはまだ話し続けていた。マヒートは聞き逃したのはおそらく半秒ほどだろうと思った。半秒で数分にわたる記憶が一気に再現されたのだ。「――それに民衆の集会はプラザ・セントラル・セブンでの喝采だけではなく、リング・ツーでは古風な生贄の儀式が行われていると、今朝の情報省の公報に載っていましたし――」

「それは病院で確認したの?」

「暗号解読は自分のすべての高次脳機能がまだ健全な状態にあることを確認するのにちょうどいいのです」スリー・シーグラスが言った。プラザ・セントラル・ナインの一件で彼女にとって最大の恐怖がなんだったのかが明らかになってきた。マヒートにもそれはよく理解できた。イマゴフラッシュの余波がまだ彼女のもっとも小さな二本の指をしびれさせていた。尺骨神経の損傷、あるいはその再現か。

「それで退屈していたときに、ペタルがあなたの署名のない通信文を持って来たんです」スリー・シーグラスは締めくくった。

「あの人は楽しんでいると思う」マヒートは言った。

「わかります」スリー・シーグラスはため息をついた。「彼はわたしに菊の花《クリサンセマム》を持ってきたんですよ」

　マヒートは菊の花がテイクスカラアンでどんな象徴的な意味をもつか思い出そうとしたが、ほとんどなにも浮かんでこなかった――永遠の命？　星の形をしているから？――そのとき、戸口から突然あらわれたナインティーン・アッズが言った。「あなたのお友達はとてもやさしい人なのですね、アセクレタ。昨日の不幸な事故をぶじに生きのびられたようでなによりです」

　スリー・シーグラスが立ちあがろうとしたので、マヒートは彼女の前腕に手を置き――個人空間の基準を無視して――その動きを制した。「わたしが閣下の客人だとしたら」マヒートは二人に言った。「スリー・シーグラスはわたしの客人ですから、わたしがいる場所では歓迎されます」

　ナインティーン・アッズは短くほがらかに笑い、マヒートに向かって言った。「もちろんです、大使、わたしが客人の客人にそんな失礼なことをするはずがないでしょう」そして二人の向かいにすわり、スリー・シーグラスの顔をまっすぐ見つめた。「三日で大使の信頼を得たのですね。あなたのことはおぼえておきますよ」

　スリー・シーグラスは立派だった。たじろぎもせず、マヒートの手から腕を離したりもしなかった。「あなたにおぼえていただけるのは光栄です」

　マヒートは、会話の主導権を取り戻すために、自分もなにか言うべきだと思った。もしもナインティーン・アッズとスリー・シーグラスの二人が部屋にいる状況でそんなことが可能ならば。「生贄の儀式のどこが古風なのですか？」

　まるで無知な野蛮人の台詞だったが、それについてはどうしようもなかった。ここではむりだ。いまは。

「だれかが死んだのです」スリー・シーグラスが言った。

「だれかが死ぬことを選んだのです」ナインティーン・アッズが訂正した。「市民のだれかが手首から肩、膝から太ももまでを切りひらき、太陽神殿で血を流したのです。永遠に燃える星ぼしに呼びかけ、それらが望むものと引き換えにみずからを迎え入れてもらうために」

マヒートの口はからからになっていた。フィフティーン・エンジンの動脈が彼のシャツの前面や彼女の顔に鮮血を振りまいたときのことを思い出した。特別な理由のない生贄。テイクスカラアン市民ならそんなふうに表現するだろう。みずから選んだわけではない死。生贄の浪費。「市民は命と引き換えになにを得るのですか？」

腕をまだマヒートの手の下に置いているスリー・シーグラスがきっぱりと言った。「記憶に残ります」

ナインティーン・アッズが見せている表情は、遺体安置所でイスカンダーのまわりに集まった人びとのまえでマヒートが声に出して前任者との歓喜の再会を願ったときに見せたそれと同じだった。マヒートには説明のつかない感情の乱れだった。「アセクレタの言うとおりです。そのような市民は太陽神殿で生贄の名前が呼ばれるかぎり記憶に残ります。あなたも礼拝に出席して名前の連禱を聞いてみるべきですね、マヒート。文化を体感できる機会になりますから」彼女はカウチに腰をおろした。「記憶に残るという目的はさておき、神殿で死ぬのは流行ではありません。脅威を感じたときの過剰反応です」

「国内テロは差し迫った脅威です」スリー・シーグラスが言った。

「いまにも起こりそうな戦争の噂もそうです」ナインティーン・アッズが言った。

スリー・シーグラスはうなずいた。「オーダイルの状況――最近の部隊の動き――だれでも艦隊に知り合いがいますし、艦隊のだれもが艦隊が動員されていることを知っています」

「それにしても」マヒートは口をはさんだ。またもやオーダイルのことを考え、帝国は見た目よりも不安定なのだと考えながら。「あなたがワン・ライトニングの名を叫ぶパルチザンをそんなに高く評価していたとは知りませんでした」ナインティーン・アッズがその指摘を認めてうなずくと、マヒートは猛烈にうれしくなった――そして、うれしくなった自分に怒りをおぼえた。ナインティーン・アッズはマヒートを利用していた。二人を利用し、声に出して政治についてじっくり考えさせていた。二人は彼女の従者ではないのに。

マヒートたちはナインティーン・アッズの客人だ。人質だ。テイクスカラアン文学においては、人質であれ客人であれ、帝国以前ならある宮廷から別の宮廷へ、帝国内でならある星系から別の星系へ、取引の材料にされた子供たちの運命を描く物語が、テイクスカラアン人がうんざりするほどたくさん生み出され、のちに政治的な都合で破棄された。マヒートだってエズアズアカットを感心させようとするのはやめるべきだ。そこに意味はない。あるのは彼女が利用されているという物語であって――

スリー・シーグラスにはそんな葛藤はなかった。「神殿で血を流して死ぬのは、戦争の成功を確実にするための手段だったのです、マヒート。すべての連隊から一人の死者を、ヤオトレックがみずから選んだのです。もうそんなことはしていません。何百年もまえから。それは恐ろしく身勝手な行為です。星ぼしに恩恵を求める責任を一人の市民がほかの全員から奪うのですから」

マヒートならそれを表現するのに〝身勝手な〟とは言わない。彼女がテイクスカラアン人の宗教行為をわかりやすい言葉で説明しようとするなら〝野蛮な〟と言うだろう。

「わたしが知りたいのは」マヒートは言った。「スリー・シーグラスが言ったそれらの部隊の動きから考えて、戦争がどこで起こるのかということです」そうした部隊の動きの一部は最初に処理したインフォフィッシュの山にあった無署名で封印のある文書の中にくわしく記されていた――テイクスカラアンの軍艦がどこかへ向かう途中でルスエルのジャンプゲートを通過するための要請。

「疑問に思っているのはあなただけではありません。陛下はその件をどう考えているかについて不思議なほど口を閉ざしています」ナインティーン・アッズはスリー・シーグラスに鋭い視線を送った。彼女が情報省の保有するすべての秘密をあらわす比喩的存在で、なにか意見をもっているのではないかと言わんばかりに。

「閣下、たとえわたしがテイクスカラアンの次の進出先にまつわる陛下の判断を知っていたとしても、ここでは言えません。わたしはアセクレタなのです」

ナインティーン・アッズは両手を大きく広げ、天秤ばかりのように、片方の手のひらを上に、片方の手のひらを下に向けた。「しかし帝国は拡大します。それは第一原理です、アセクレタ、根拠など必要ありません。ですから必ず目的地があるはずです」

「目的地はいつでもあります、閣下」

目的地と、なぜいまなのか。マヒートはなぜいまなのかわかった気がした——シックス・ダイレクションの後継ぎをめぐる不確実な状況のせいだ。三人の同等の皇位継承者がいて、それぞれが独自の意図をもっている——しかも一人は意図をもつには若すぎる子供だ——というのは安定した統治状態とは言えない。なにかを曲げるしかないのだ。サーティ・ラークスパーかエイト・ループのいずれかが権力の大半を掌握するか、あるいは二人で九十パーセントのクローンのために摂政をつとめると宣言するか、あるいは——

あるいは、ワン・ライトニングが征服と民衆の喝采で得た権限により自分が皇帝であると宣言するか。

（その最中のどこかで、イスカンダーは介入しようとしていた——彼のことはよく知っているので、これを放っておくとは思えなかった。マヒートは口の中で石をころがすように何度も考えをめぐらせたが、イスカンダーは彼女よりも政治的だった。より政治的で、よ

り死んでいた。イマゴラインの継承者は前任者のあやまちから学ぶことを期待されていた)

「明日の晩餐会でわかるかもしれません」マヒートは言った。

「なにかはわかるでしょう」スリー・シーグラスは、マヒートがさっきも耳にしたむりに明るくしているような声で言った。「今度はあなたが吹き飛ばされるような事態にならないかぎり――」

ナインティーン・アッズが声をあげて笑った。「もちろん二人とも出席するのですね」

「はい、閣下」スリー・シーグラスは言った。「大使は招待されました。わたしはこれをのがすつもりはありません」

「そうでしょうね。作品を披露するのですか？」

「わたしの作品はツー・カレンダーのような方のそれとはレベルがちがいます」スリー・シーグラスは、今月の郵便物の解読用符牒を提供している詩人を引き合いに出し、わざとへりくだった言い方をしていた。「より重要なのは、わたしが朗詠者としてではなくマヒートの文化案内役として晩餐会に出席するということです」

「仕事には犠牲がつきものです」ナインティーン・アッズは言った。マヒートにはそれが冗談なのかどうかわからなかった。

「会場で会えるのですか？」スリー・シーグラスがたずねた。

「もちろん。明日の夜はいっしょにパレス・アースまで歩いていきましょう」

マヒートは、ナインティーン・アッズの連れとして晩餐会に出席したらどんな政治的声明とみなされるのかを想像し、口をひらいて抗議しかけたが、ナインティーン・アッズは身振りでそれをさえぎった。「大使、シティはとても騒がしくなっています。わたくしには客人用のスペースがたくさんあります。あなたはほんとうにここを離れられると思っていたのですか？」

幕間

　ふたたび、はるか遠方の宇宙。虚空とピン先のようなきらめく星ぼし。地図は無視しよう。どんな地図もここ、ルスエル・ステーションの宙域にあるアンハメマット・ゲートで起きたことにはふさわしくない。ジャンプゲートの存在をしめす不連続性――目に見えない小さな空間、目でも計測器でもとらえられない場所――を、残骸が取り囲んでいる。ここで何隻かの船が操縦士といっしょに死んだ。中にはここで殺された船もある。

　船を殺したものは巨大で、車輪の中の車輪の中の車輪のような形をしている。三本のリングを持ち、つやのあるダークグレーの金属光沢を放ち、ある種の知性を有している。少なくとも飢えを感じる知性。死んだ船がそれを証明している――飢えと暴力。だがそれでは話しかけたり交渉したりできる知性の証明にはならない。いまはまだ。とりあえず、ルスエル・ステーションがアンハメマット・ゲートのむこうにいる捕食者から学んだのは逃げ方だ。直近にそいつを見た船は、はるばるステーションまで帰り着き、しかも追跡されることはなかった。そいつは狩りをするとしても、巣穴まで獲物を追いかけることはない。あっさり船を殺すときはなにか別の目的があるのだ。

〈操縦士〉代表評議員のデカケル・オンチュは、医療施設の中でその狩るものを目撃した操縦士の向かいにすわっている。彼は医師によって徹底的な検査を受けているところだが、自分が見たものを正確に、しかも三度話すだけの意欲はある。オンチュは男にそれを三度繰り返させる。すべての言葉をおぼえておく必要があるのだ。それだけでなく、男の顔に浮かぶ恐怖を、その目の下に広がる影がどれほど深い淵になっているかを。オンチュはこの操縦士、ジルパーツのことを、彼が一人前になるまえから知っていた。彼に組み込まれているイマゴ、ヴァルドザ・ンダンという勇敢な女性のことも知っていた。ヴァルドザ・ンダンは亡くなるまえにオンチュを訓練し、自身の記憶をジルパーツが受け継いだイマゴラインにあたえたのだ。オンチュは、一部とはいえヴァルドザ・ンダンで作りあげられた操縦士がこれほど怯えているということがうまく想像できず、そのことで彼女自身も怯えている〈オンチュのイマゴも同じように怯えている。ずっとまえに吸収されてかすかな残響のようなぬくもりとなったイマゴを、オンチュは自身のより良い自我が、より良い内省がもたらす声とみなしている。飛ぶことではなく宇宙を駆けることを教えてくれた男、自分の船を自分の体のように知り尽くした男、そしてその技術を彼女にあたえてくれた男。

いまオンチュはその男を、痙攣として、はらわたがねじれる痛みとして感じている——重力がおかしいような、なにかの周期がずれているような）。

　それ以上にオンチュを怯えさせているのが、彼女のデスクに今朝届いたばかりのある貨物船の船長からの問い合わせだ。その船長は燃料を補給して貨物のモリブデンを引き受けるためにルスエルに一時的にドッキングしていて、時間に余裕があったので、このセクターでも三本のリングを持つ大型船が集団で移動しているという報告がなかったかどうか控えめにたずねていた。彼がやってきたジャンプゲート三つ先のセクターでも、その船団は同じように——まるでひとつのかたまりのように——移動していたという。

　ルスエル・ステーションだけの問題ではないのだ、と思いながら、オンチュは自分の手をジルパーツの手に重ね、感謝を込めてぐっと押し付けた。この貨物船の船長にも三本のリングを持つ貪欲な船と話をする方法はわかっていなかった。船長はそいつらには話ができるような人間らしさは皆無だと断言していたが、オンチュには話がまったく通じないほど非人間的な存在などあるのだろうかという疑問があった。

　ほかの評議員の中に、この情報を伝えて対応を決めるまで秘密にしてくれそうな者は一人しかいない。オンチュとしてはできれば避けたいところだが、ここはダージ・タラッツと話すしかなさそうだ。どんなに疑わしい相手であろうと、とにかく味方が必要なのだ。

デカケル・オンチュは陰謀論者ではない。もう五十歳を越えた現実的で経験豊富な女性で、彼女以前の十人の操縦士の記憶で満たされており、たとえダージ・タラッツがテイクスカラアンを相手にゲームをしていようと、自分なら対処できると思っているし、実際に何十年もそうしてきた。タラッツは帝国に大使を送り込み、アガーヴンはそれに報いた——そう、ルスエルを豊かにした貿易の自由化だ——そして帝国文化がジャンプゲートを通じて自由に流入するようになったことで、ルスエルはかつてないほど帝国と足並みをそろえるようになってきた。だが、タラッツは——一人きりだと、あるいはほろ酔いで一人きりだと——テイクスカラアンに対する悪意に満ちた、哲学的な根拠に基づく憎しみをむきだしにする。あの男はずっとまえからある種のゲームを続けていて、オンチュはそれにはかかわりたくない。とはいえ味方は必要だ——〈操縦士〉と〈鉱夫〉はルスエル評議会の発足時から伝統的に同盟関係にある。〈操縦士〉、〈鉱夫〉、そして〈遺産〉。宇宙飛行と資源採掘を司る最古のイマゴラインの代表者たち、そしてイマゴラインとルスエル文化全般の保護を目的とする代表者。

　最近になって、アクネル・アムナードバットを代表とする〈遺産〉で再編がおこなわれた。哲学的ではないな、とオンチュは思う。医療施設を出て自分のオフィスへ向かって歩いていくあいだ、ステーションの外周に沿ったいちばん長いルートをとるのは、体にかかるかすかな重力を味わうためだ。哲学的な再編ではない。アムナードバットはオンチュがこれまでに会っただれにも劣らぬルスエル派であり、それを厳しく守っている。イマゴの割り当てについても、あやしい選択や異例な選択をしたことはない。オンチュが彼女に関して発見したのは、イデオロギーや哲学のちがいよりも悪いことだ。

〈遺産〉はそれが保護するはずのものを傷つけようとするべきではない。オンチュにはこの信念があり、それゆえイスカンダー・アガーヴァンに警告を送っていた。彼がまだ警告を受け取れる状況にあるとすればの話だが。わたしたちがきみに送ったものはきみに向けられた武器かもしれない。

　だが、アガーヴァンが返信にゆっくり時間をかけているそのあいだにも、オンチュはアンハメマット・ゲートをとおり抜けて来るものに対処するための協力者を必要としている。もしも〈遺産〉が信用できないのであれば、帝国とゲームをしていようがいまいが、タラッツに頼むしかないだろう。

第７章

我々の星ぼしの芯は腐っている
重みをかけてはいけない
オーダイルと連帯を！

——プラザ・セントラル・ナインで２４７・３・１１に起きた事件のあとで清掃活動の一環として集められた、汚された帝国戦旗のイラストが描かれたチラシ。他のすべての扇動的な文献と共に破棄される

……テイクスカラアンの文学とメディアが十五歳〜二十四歳の年齢層で娯楽の主役であり続けているいっぽうで、今回の調査では、ルスエルの若者の多くがルスエルまたはステーショナーの作家による作品を主に読んでいることも報告されている。特に注目すべきは散文やグラフィックの短篇フィクションで、パンフレットあるいはきちん

と製本された冊子本《コーデックス》のかたちで配布され、どの層にもあるプラスティフィルム・プリンタで簡単に作ることができる。これらのパンフレットや冊子本《コーデックス》は、多くの場合はそれらを娯楽として消費しているのと同じ人びと（すなわち十五歳～二十四歳の年齢層）によって、文学遺産委員会の承認や介入なしに製作されている……

――「メディア消費の傾向」に関する報告書、アクネル・アムナードバットが〈遺産〉のために依頼したもの、抜粋

パレス・アースの舞踏場の扇天井は流れる光で満たされていた。肋材が半透明の素材で作られていて、その中を金色の火花が川のように流れている。涙滴型のシャンデリアがそれぞれの頂点から星の光を吊るしたように下がっていた。床の黒い大理石は磨きあげられて鏡のような光沢をはなっていた。そこに映るマヒートの姿は、まるで星野に埋め込まれているかのように見えた。

ほかのだれもがそうだった。部屋の中で照明と同じくらいひしめき合っている貴族たちは、会話でつながるたびに集まったり離れたりを繰り返し、一匹のテイクスカラアンの巨大生物がその形状だけを変えているかのようだ。マヒートのすぐ脇で、スリー・シーグラスが――クリーム色と炎の色のアセクレタのスーツを一分の隙もなく着こなしているが、

部屋の広さとそこにいる人びとの輝きの中でわざと職員らしい地味な雰囲気を出している――問いかけてきた。「準備はいいですか？」

マヒートはうなずいた。両肩をうしろに引き、背筋をのばし、着ているグレーのフォーマルジャケットのカフスを振り出す。その日の朝、ナインティーン・アッズがだれかにマヒートの荷物の中から取ってこさせたものだ。マヒートが持っている唯一の国家機密がスーツケースの中に隠されているのではなく彼女の体の中にあるのはありがたいことだった。テイクスカラアンの宮廷に氾濫するメタリックな色彩と鏡の中では味気ないが、少なくともルスエルの大使のように見えたし、ほかのなにかには見えなかった。たとえ氷のように白く輝くナインティーン・アッズやその取り巻き全員といっしょにここまで歩いてきたとしても――たとえスパイや噂好きの連中が記憶にとどめるのがナインティーン・アッズ一行の姿であって、いまこうして宮廷の来賓たちの中へ踏み込んでいくマヒートの姿ではないとしても。

「ルスエル・ステーションのマヒート・ドズマーレ大使！」

スリー・シーグラスはその気になればほんとうに大きな声を出す。両足を踏ん張り、顎をあげ、歌の一節でも始めるかのようにマヒートの名前を叫んだ――長く、はっきりした、かん高い声で。〝雄弁家だな〟とマヒートは思った。〝彼女はもしもわたしがいなかったら今夜は詩を読んでいただろうと言っていた〟集まった廷臣たちのあいだから、興味津々な、威圧感のあるざわめきがあがった――注意が移り、クラウドフックで隠れた何百もの視線が集まってくる。マヒートは全員に見てもらうまでその場でじっとしていた――第一印象を植え付けられるまでじっくりと。背が高く、細身で、野蛮人の異質なスタイルのズボンとコートを身につけ、赤褐色の髪を低重力風に短く刈り込み、広い額をあらわにしている。同族の前任者とはちがって、女性で、未知で、予測がつかない。そして若い。ほほ笑んでいるのは、大使なりになにか理由があるのだろう。

(死んでいない、というのも大きなちがいだ)

マヒートは高い位置にあるエントランスを抜け、階段をくだってフロアまで降りた。スリー・シーグラスが約束どおりすぐ右前を先導している。舞踏場の奥の中央付近、皇帝が姿をあらわすはずの場所を確認する。夜が終わるまでにあそこへたどり着かなければ。社会的、地政学的なミスをおかすことなく、このきらびやかな空間を横断するのだ。どこかで科学大臣のテン・パールがマヒートたちとのとてもひらかれた出会いを待っている。大臣のことを考えるたびに、あのイスカンダーのイマゴフラッシュを思い出す。彼がテン・パールを相手にシティとシティの精神――もしもそんなものがあるなら――の性質について議論し、語り合い、交渉していた姿を。記憶があふれだし、割り込んでくることが、もう何度もあったのだ。集まった大勢のテイクスカラアンの廷臣たちのまえで、あれをふたたび起こさせるわけにはいかないが、どうやって防げばいいのかはまったくわからなかった。

背後のエントランスにナインティーン・アッズが白い炎の柱のような姿をあらわすと、部屋中の注意がそちらへ移っていくのが感じられた。マヒートはほうっと息を吐いた。

マヒートはパーティーが好きだった——ある程度の外向性と社交性はイスカンダーとの相性を判断する適性検査では基本要件のひとつだった——が、ひと息ついて自分で選んだやりかたでアプローチする機会が得られたのはやはりありがたかった。これまでよりもっと目に見えるかたちでなにかがうまくいかなかったときに、全員の視線が自分に集まってしまうのは避けたかった。

「どちらへ？」スリー・シーグラスがたずねた。

「あなたが好きな詩を書いている人をだれか紹介して」マヒートは言った。

スリー・シーグラスは声をあげて笑った。「本気ですか」

「本気。もしも彼らがわたしたちの尊敬すべきエズアズアカットのホステスを公式にきらっているなら、それはかえって好都合」

「文学的メリットと政治的選択肢の多様化。わかりました。楽しいことになりそうですね」

「あなたを退屈させないよう努力する」マヒートはそっけなく言った。

「ご心配なく。病院旅行で充分に退屈を解消できましたし、これは本来わたしの仕事ですから」スリー・シーグラスの目は明るく、ナインティーン・アッズの刺激系のお茶を飲みすぎたかのように、少しぎらついていた。マヒートは彼女のことが心配で、それをなんとかするための時間と余力がほしかった。「こちらへどうぞ、ナイン・メイズの姿が見えたような気がします。もしもナイン・メイズが今夜新しい風刺詩《エピグラム》を披露するなら、サーティ・ラークスパーがそれを聞きにいくはずです。政治的多様性なら好きなだけありますよ」

スリー・シーグラスの友人たちは貴族とアセクレタが混在していて、情報省のクリーム色の服を着た者もいれば、マヒートに解読できる特定の所属がしめされていない艶やかな宮廷服を着た者もいた――まさにこのために彼女はイスカンダーを必要としていたのだ。たとえ十五年ほど昔のファッション知識であっても、〝みんなきらきらしてる〟と思いながら紫色の花を装飾用の図柄として身につけた人を見て首をひねるよりはましだろう。そういう人はとても多かった――肩帯に刺繍として入れたり、真珠層や水晶で作ったものを宝石をちりばめたヘアピースや襟の飾りピンにつけたりしていたが、どれもセントラル・ナインであの見知らぬ親切な人がつけていたものより洗練されていた。きっとなにか意味があるのだ。スリー・シーグラスはそれについてはコメントしていなかったが、そのことが手掛かりになるわけではなかった。

　スリー・シーグラスがマヒートを正式に紹介し、マヒートはそろえた指先の上でお辞儀をして、とてもきちんとした野蛮人を演じた――野心に満ちた若者たちの切れ味鋭いおしゃべりのただなかで、礼儀正しく、ときには賢く、たいていは静かに。会話の中にまぎれ込むさりげない引喩や引用は半分くらいしかわからなかった。そのせいで自分でも子供じみていると思う嫉妬心がわきあがった。非市民が市民として認められたいという愚かなあこがれ。テイクスカラアンが作られたのはそのあこがれを植え付けるためであり、それを実現して満足させるためではないということはわかっている。それでも、舌をかむたびに、単語が出てこなかったり成句の言外の意味がわからなかったりするたびに、その思いは心の中にもぐり込んでくるのだった。

　ナイン・メイズは、顎ひげを細く生やした頑健な男で、たいていのテイクスカラアン市民よりも肌の色が薄く、間隔のひらいた両目が平らな広い頬の上にならんでいる。マヒートはシティでこの民族集団の人びと――北方、寒冷地に適応、ブロンド――をあまり見かけていなかった。地下鉄に数人、セントラル・ナインに数人いただけだが、人口調査によれば八番目に多い――ここへ来るまえに調べたのだ。ナイン・メイズのような外見の人は、ここシティで生まれたのかもしれないし、もっと気候が涼しくて亜熱帯的な暑さと縁遠い惑星からやってきたのかもしれない——あるいは彼の両親がそうだったのかもしれない。あるいは彼の遺伝物質にその要素があり、どこかのシティの住民が子作りをしようと考えたときに、なかなか興味深いし自分たちの遺伝物質と親和性があるということで選んだのかもしれない。スリー・シーグラスはナイン・メイズを一等貴族と紹介していた——肌が白かろうがそうでなかろうが、彼はテイクスカラアン人なのだ。

「今夜新作を朗読するというのはほんとうですか？」マヒートはたずねた。

「噂はとても速く流れる」ナイン・メイズはマヒートではなくむしろスリー・シーグラスのほうを見ながら言った。そのスリー・シーグラスは、おまえが犯人かというほのめかしがまったく通じていない顔でナイン・メイズを見つめていた。

「外国の大使たちのあいだにまで」マヒートは言った。

「なんともうれしいことだ」ナイン・メイズは言った。「新作の風刺詩はある、それはほんとうだ」

「どのような題材でしょうか？」別の貴族が熱心に問いかけた。「わたしたちはぜひエクフラシスを——」

「古くさい」スリー・シーグラスの声は小さかったが、相手に聞こえるくらいには大きかった。貴族のほうは聞こえなかったふりをしていた。マヒートはその努力をだいなしにしないように、外国人らしく、純粋に楽しんでいるような満面の笑みをたたえた。エクフラシスとは、対象物や場所を詩的に描写するもので、たしかに古風に思えた。最近ルスエルに届いていたテイクスカラアンの詩でそんな形式のものはひとつもなかった。

　ナイン・メイズは両手を広げて肩をすくめた。「シティの建築物はわたしよりもすぐれた詩人たちによって描写されてきた」マヒートの耳には、それはスリー・シーグラスの発言を少しだけ思慮深くした言葉に聞こえた。「きみは詩が好きなのかね、大使？」

　マヒートはうなずいた。「大好きです。ルスエルでは帝国から新しい作品が到着するとお祝いになります」それは嘘ではなかった――新しい芸術作品は祝われ、ステーションの内部ネットワークを介して伝えられる。マヒートも友達といっしょに夜更かしをして最新の帝国叙事詩の新しいシリーズを読んだものだ。テイクスカラアンの詩を好むのは教養を身につけるということでしかない――特に、まだ成人したばかりで言語適性試験の準備に明け暮れているようなときには。それでも、マヒートはナイン・メイズのわけ知り顔の笑みと、そのうなずきにほの見える、自分の新作が僻地の野蛮な宇宙で祝われるのは当然だという見くだした態度が不快だった。その不快感ゆえにマヒートは続けた。「しかし、わたしはこれまであなたの作品を拝聴する栄誉を得たことはありません、閣下。きっと惑星外へは配布されていないのでしょう」

ナイン・メイズの表情の変化は――相手が野蛮人では、侮辱に応戦するわけにもいかない――きわめて満足のいくものだった。

「では、きみも晩餐会に出席するんだね、ドズマーレ大使」新たな声が言った。

「もちろんです」マヒートは反射的にこたえてから振り向いた。

サーティ・ラークスパーは見まちがえようのない存在だった。何本ものストランドを編んだブレイドヘアには小さな白い真珠ときらびやかなダイヤモンドがつらなる紐がいっしょに織り込まれていた。こめかみを取り巻く別のストランドは、テイクスカラアン帝国の王冠の底の部分を模している。テイクスカラアン風の大きな口、テイクスカラアン風の狭い額、テイクスカラアン風の深いかぎ鼻――まさに貴族の典型だ。襟にピン留めされているのは摘んだばかりの紫色の花、飛燕草《ラークスパー》。

わかりきったことだったのに、とマヒートは思った。気づいてしかるべきだった（そこで気づいたのだが、この男を見ているあいだはイスカンダーのこだまをまったく感じなかった。マヒートのイマゴがここに住んでいた、記録が残っている五年間、二人は知人ではなかったのだ。サーティ・ラークスパーはマヒートにとって謎だった。彼女には頼るべき感情的な幽霊さえいなかった。死んだイスカンダーは彼を知っていたはずだが、もう死んでしまった——そしてマヒートは「妨害工作で！」損傷を受けていたし時遅れだった）。いずれは自分の意見を持てるようになるかもしれない。それは恐ろしくもあったが、ひとつの可能性としては、少しだけ爽快だった。

マヒートは深々とお辞儀をした。「閣下」そう言ってから、スリー・シーグラスにサーティ・ラークスパーの添え名を調べてもらった。もちろん彼にも独自の添え名があった。〝世界を盛花で埋め尽くす者〟マヒートは本人がそれを選んだのだろうかと考えた。

体を起こして、マヒートは続けた。「皇位継承権を有するあなたのような方とお会いできて光栄です」

サーティ・ラークスパーが言った。「わかっている、こんな装いをしているわたしを見たらだれでもそう思うしかない。信じてくれ、大使、ナイン・メイズの風刺詩は共同後継者よりずっとおもしろい——今夜きみはほかの後継者たちとも会うのだろうな」

「それでもあなたが最初です」マヒートは言った。実を言えば、彼女の前任者とルスエルについてサーティ・ラークスパーがどのような意見を持っているかということ以外にはなんの興味もなかったが、この男にお世辞を返さずにいるのはむずかしかった。

「それは光栄だ、大使。わたしも自分をきちんと見せなければいけないようだ。こちらがきみの案内役だね？」

「アセクレタのスリー・シーグラスです」マヒートは言った。

「きみがサロンにいなくて寂しいよ、スリー・シーグラス」サーティ・ラークスパーは言った。「しかし、だれでもときには仕事をしなければならないからな」

「わたしが非番のときに招待してください」スリー・シーグラスは言ったが、穏やかであまりにも無表情だったので、マヒートには彼女がお世辞を言われたのか侮辱されたのか喜んでいるのかさっぱりわからなかった。「わたしの朗詠なしでは耐えられないようなら」

「もちろん」サーティ・ラークスパーはマヒートに腕をのばした。「きみはちゃんとフロアの中央で聞くことができないだろう、大使。わたしといっしょにもっと音響が良い場所へ来たくはないかね？」

マヒートは断る理由を思いつかなかったが、応じる理由ならいくつかあった。ナインティーン・アッズのお気に入りの四人と見られる状況からさらに距離を置ける。サーティ・ラークスパーにイスカンダーについて質問するチャンスが得られる。詩についての人びとの解説ではなく詩そのものを実際に聞ける。マヒートはサーティ・ラークスパーが差し出した前腕に手のひらをのせて――彼のジャケットの青と銀の生地は金属糸のせいでごわごわしていた――集まっていた人びとから離れた。スリー・シーグラスがあとをついてくる。

「とても親切な方ですね」マヒートは言った。

「よそから来た人に自国の文化の最高のものを見せびらかしてはいけないのかね？」サーティ・ラークスパーは言った。「きみが宮廷でまともに夜を過ごすのは初めてだろう」

「はい」

「前任の大使はたいした人気だった！　みんな彼がいなくて寂しがっている。だが、きみは彼よりも詩が好きなのかもしれないな」

「わたしの前任者は風刺詩が好きではなかったのですか？」マヒートはさらりと言った。

一行は中央の演壇にもう少し近づいたところで立ち止まっていた。サーティ・ラークスパーが、ナインティーン・アッズがインフォグラフを消すときのような手振りをして、深いベル型のグラスに入った飲み物をのせたトレイを持っている接客係を呼び寄せた。マヒートは香りを嗅ごうとして自分のグラスに顔を寄せた——スミレ、アルコール、それと生姜かなにか、いかにも土の中で育った根の芳香。

「アガーヴン大使の好みは叙事詩だったと思う」そう言って、サーティ・ラークスパーはグラスを掲げた。「彼の記憶に、それときみのキャリアに、ドズマーレ大使」

マヒートはこの広大な部屋の真ん中で毒を盛られて死ぬ自分を想像した——そして酒を口にしたが、スミレのリキュールの味は大嫌いだとわかったのが唯一の毒だった。そのまま飲み込んでちゃんと無表情をたもつ。「彼の記憶に」

サーティ・ラークスパーは手の中でグラスをまわした――スミレが渦を巻いた。「ルスエル・ステーションが新しい大使を送ってくれたのは良かった。しかも心から風刺詩に興味を持っている人だとはね。ただ、これは知っておいてくれ、ドズマーレ大使――取引は破棄だ。わたしにはどうすることもできない。努力したことは信じてほしい」

取引は破棄？

なんの取引だ？　マヒートは唇をぎゅっと結び――これなら失望を目に見えるかたちであらわせる――時間を稼いで――まだ口の中はスミレの味だらけ――なんの取引なの、イスカンダー！　相手はだれ！――そしてうなずいた。「はっきり言ってくださったことに感謝します」

「きみならわかってくれると思っていた」

「ほかにどうできます？」

サーティ・ラークスパーは髪の生え際にくっつきそうなほど眉をあげた。「いや、ありとあらゆる残念な反応を想像していたのでね」

「わたしがヒステリーを起こさなくてほんとうに良かったですね」マヒートは自動操縦で動作しているかのようだった。なんの取引なのか、そして、それが終わったことをわたしに伝えるのがなぜサーティ・ラークスパーなのか、と悩みながら、適切な高品位のテイクスカラアン語でしゃべり続ける——苦悩にかぶせたきらびやかなベニア板のように。

「きみの夜をだいなしにしていなければいいんだが。ほんとうにすばらしい風刺詩が聞けるはずだ——ナイン・メイズは特別だからね」

「わたしの気もまぎれるかもしれません」

「すばらしい。では、最初の帝国朗詠コンテストを楽しんでくれ」サーティ・ラークスパーはまたスミレのグラスを持ちあげて、また飲み、マヒートもそれをまねた。口からその味が消えることはなさそうだった。

　扇天井の肋材の中をきらきらと流れる光が、いったん暗くなってからふたたび明るくなった。輝く光点がちらちらと高速で移動している。廷臣たちの騒々しいおしゃべりが徐々に小さくなった。マヒートは肩越しにスリー・シーグラスへ目をやり、彼女が安心させるようにうなずくのをたしかめて——では、これは予定どおりなのか——またサーティ・ラークスパーへ目を戻した。彼はとおりかかった接客係のトレイに自分の飲み物を置いて小声で言った。「わたしは部屋のいるべき場所へ移らなければ。大使、知り合えてほんとうに良かった！」

「もちろん」マヒートは言った。「どうぞ——」

　サーティ・ラークスパーは去った。スリー・シーグラスが近づいてきた。マヒートが

「おかわりを取ってきてくれる？」と言うのとほぼ同じタイミングで、スリー・シーグラスが言った。「なんの取引ですか？」

「実を言うと知らない」

スリー・シーグラスは、哀れみではないと思いたい表情でマヒートを見ていた。「それでは、もう少し強い飲み物を」

「スミレもなしでいい？」

「そのまえに、これを見逃してはいけません」スリー・シーグラスがやさしく肘をとって、マヒートの体を帝国の演壇があるほうへ向けると――

――傾斜したフロアの少し高くなった円盤としか思っていなかった帝国の演壇が、せりあがって展開しようとしていた。マヒートはプラザ・セントラル・ナインで彼女を閉じ込めたシティのことを――そしてサーティ・ラークスパーの添え名である〝世界を盛花で埋め尽くす者〟のことを思い起こした。王座が無音の油圧エンジンで上昇して、金色の槍の茂みが太陽の光輝のように広がり、扇天井の肋材の中を流れる光を具現化する。王座の右側でサーティ・ラークスパーが屈折する明かりの中に堂々と立っていた。左側ではエイト・ループと思われる女性が、上体をかがめて銀の杖で体を支えていたが、明かりが少ないわけではなかった――彼女が皇位継承者としてつけている部分王冠は銀髪を背景にしていてさえ明るく輝いていた。

太陽の槍の王座の中央に、花の中の種のように、あるいは燃えさかる星の核のようにあらわれたのが、マヒートが初めて目にする皇帝シックス・ダイレクションの姿だった。

マヒートは思った。〝皇帝はその地位以外は印象が弱いな〟――目つきは鋭いが、背が低く、頬はこけ、長く垂れた髪は銀というよりもくすんだ鋼のようだ――それから〝地位だけでも充分すぎるくらいだ、わたしは自分の詩的な想像に引っ張られすぎている〟

シックス・ダイレクションは高齢で、小柄で、きゃしゃに見えた――骨もすかすかで、痩せていて、まるで病気からやっと快復したばかりのようだ。それでもシックス・ダイレクションはこの式典のすべてを指揮していた、あるいは指揮されていた――皇帝と帝国は同じものではなかったのか？　帝国と世界という言葉の近さと同じ、あるいはそれに匹敵するくらい――そして彼はすべてのテイクスカラアン市民の注目を集めていた。皇帝が手をあげて祝福を授けたときに部屋全体を圧した吐息は、物理的な重みがあるようだった。

煙と鏡と屈折した光、そしてひと目でわかる歴史の重み――自分があやつられていることはわかったが、そうなってしまう自分を止めることはできなかった。シックス・ダイレクションのそばにいる子供が、例の九十パーセントのクローンなのだろう。大きな黒い目をもつ、小柄でまじめそうな少年だ。

それが最終的に後継者がどうなるのかを宣言しているのでないとしたら、いったいなんなのかわからなかった。真の三者評議会になるのではない。子供の皇帝と共に戦う二人の摂政という組み合わせになるのだ。あのかわいそうな子供に、共同摂政をつとめるサーティ・ラークスパーとエイト・ループ。ふいにマヒートは疑問をおぼえた。舞踏場にいるどの人びとがワン・ライトニングの支持者なのか――紫色の飛燕草《ラークスパー》をあからさまに身につけている人びとがほんとうはあまり賢明ではない選択を隠しているのかどうか――ついでに、科学省のテン・パールがどこにいて、いつ彼女に近づいてくるのか。

「皇帝に謁見する準備はできましたか?」スリー・シーグラスがいたずらっぽい口調でたずねた。「それとも、しばらくここでながめていますか?」

マヒートはどうしようもなくおかしくなり、言葉にならない音を立てた。「初めて王座がせりあがるのを見たとき、あなたはなにを感じた?」

「この場にいられるほど自分が優秀でないことに怯えていましたね。あなたはちがうのですか?」

「わたしは怯えているとは思わない」マヒートは文章を組み立てながら自分の気持ちを探った。「たぶん……怒っている」

「怒っている」

「あんまりすごいから。感じないわけにはいかなくて——」

「当然でしょう。そのようになるのが狙いなのですから。太陽よりも明るく照らすのは皇帝陛下なのです」

「知ってる。でも、自分が知ってるということを知っていて、それが問題なの」マヒートは肩をすくめた。「陛下に会えるのはとても光栄だと思う。なにを感じていようと」

「では行きましょう」スリー・シーグラスはマヒートの肘をつかむ手に力を込めた。「いずれにせよ、それはあなたが大使になるための義務です！　ここで正式に認められて、大使としての権限を付与される必要があるのです」

　演壇の下には謁見者の列ができていたが、マヒートが予想していたよりも短く、シックス・ダイレクション陛下はそれぞれの請願者に一分くらいしか時間をかけなかった。順番が来ると、スリー・シーグラスがふたたびマヒートの名を告げ——今回はより静かに、しかし同じようにはっきりと——彼女はたくさんの花びらに囲まれた太陽の槍の王座の中央へと階段をのぼった。

　これがテイクスカラアン市民であれば、床へ向かって頭をさげ、両膝の上にかがみ込んで完全な崇拝の姿勢《プロスキネシス》をとっただろう。マヒートは膝はついたが平伏はしなかった——両手をまえにのばして頭だけをさげた。ステーションナーは、相手が操縦士だろうと統治評議会だろうと、そのイマゴラインがどれほど長かろうと、ひれ伏したりはしないのだが、彼女とイスカンダーはシティへの移動に費やした二カ月のあいだにこの解決策を思いついていた。マヒートは古いテイクスカラアンの式典マニュアルをスキャンしたインフォフィッシュでこの姿勢のイラストを見たことがあった。エイリアンの外交官、エブレクト・ファースト・ポジションドが、テイクスカラアンとエブレクト族との正式な最初の接触の際に、宇宙船インスクリプションズ・グラス・キーの船首でテイクスカラアンの皇帝ツー・サンスポットに対して、この姿勢であいさつをしたのだ（少なくとも、テイクスカラアン人の芸術家は四足歩行用の四肢をもつエイリアンのポーズをそのように描いていた）。

　それはいまから四百年まえ、既知宇宙のはずれで、皇帝ツー・サンスポットが簒奪者イレブン・クラウドから逃げようとして、インスクリプションズ・グラス・キーで思いもかけず新しいジャンプゲートを通過したあとに起きたことだった（ツー・サンスポットは最終的にイレブン・クラウドとその軍団を撃退し、皇帝の座にとどまった――この史実を題材にした小説がいくつかあり、マヒートはそれらをすべて読んでいた）。エブレクト族はそれ以来ずっと良い隣人だった。もの静かで、彼らの宇宙とテイクスカラアンのそれとをつなぐあるゲートのむこう側にとどまっていた。マヒートとイスカンダーは、このようなお辞儀をすれば帝国に敬意を表して距離をとっているしるしになるだろうと計算していた。

イスカンダーもシックス・ダイレクションに謁見したときには同じ姿勢を選んだと言っていた。

だが、こうして両手をのばし、請願者でありながら背筋をまっすぐ立てた姿勢をとっていたら、同じまちがいを繰り返しているのではないかという気がしてきた。ひとつの象徴的な引喩のためにルスエルのすべてが非人間的なものだと認めているような——

皇帝が両手でマヒートの手首をつかみ、そっと彼女を立ちあがらせた。

マヒートはまだ王座より二段下にいたので、立ちあがると高さが同じくらいになった。彼女の手首の骨に巻き付いた皇帝の指は衝撃的で、まったく予想外のものだった。それは熱かった。体が熱を帯びているらしく、マヒートもさわられなければ気づかなかっただろう。皇帝は柑橘類と木を燃やした煙の芳香をまとっていた。彼はまっすぐにマヒートを見て、彼女の奥にあるものをまっすぐ見つめた——マヒートは勝手に笑みが浮かぶのを感じながら、自分のものではない心安さがあふれそうになるのを抑えつけた。一瞬、また記憶のフラッシュが始まって、欠陥イマゴマシンがマヒートを時間の外へほうり出し、イスカンダーへ戻したのかと——いや、ちがう、これはすべて内分泌系の反応だ。

感覚の記憶はイマゴラインでもっとも強く引き継がれるもののひとつだ。香り。ときには音——音楽は記憶を呼び起こすことがある——だが、香りと味というのは、もっとも物語性の低い、もっともカプセル化された種類の記憶で、イマゴライン経由での人から人への移行がもっとも容易だった。ひょっとしたらイスカンダーは、マヒートが考えていたほど消えていないのかもしれない——他者の神経化学的反映がもたらすめまいのするような違和感の中で、そんな希望がわきあがってきた。

「陛下」マヒートは言った。「ルスエル・ステーションよりごあいさついたします」

「テイクスカラアンはきみを歓迎する、マヒート・ドズマーレ」皇帝は言った。それが本心であるかのように、マヒートに会えて喜んでいるかのように——

　イスカンダーはここでなにをやっていたの？

「きみに外交官としての権限を付与する」シックス・ダイレクションは続けた。「我々は大使が選ばれたことに感謝し、大使が双方の利益のために活躍してくれることを願う」

　皇帝はまだマヒートの手首をつかんでいた。肌に押し付けられた彼の手のひらに太い傷跡があり、マヒートは最初の記憶のフラッシュで、イスカンダーが自分の手のひらを切り裂いて誓いを立てていたことを鮮明に思い出し、皇帝はその生涯にどれだけの血の誓いを立てるのだろうと考えた。皇帝の手の熱っぽい圧力は強烈で、マヒートは自分のものではないオキシトシンがもたらす多幸感に満たされたまま、とにかくイスカンダーを問い詰めたいと願っていた——全テイクスカラアンの皇帝にとってあなたはどんな存在だったのかと。彼女はなんとかうなずき、シックス・ダイレクションに正しい形式で礼を述べると、お辞儀をして、つまずくことなく演壇の階段を降りた。

「すわらないと」マヒートはスリー・シーグラスに言った。

「まだだめです」スリー・シーグラスの声には同情があった。「テン・パールがまっすぐこちらへ近づいてきます。気絶しそうですか？」

「謁見のあとで気絶する人はよくいるの？」

「むしろニュースフィードで流れる昼ドラでよく見かけますが、すごく珍妙なのは繰り返し再生されることに――」

「わたしは気絶しないよ、スリー・シーグラス」

スリー・シーグラスはマヒートの手を取って握り締めた。「すばらしい！　あなたはほんとうによくやっていますよ」

マヒートにはそこまでの確信はなかったが、この政治劇場が終わるまではそういうふりを続けてみせるつもりだった。スリー・シーグラスの手をぎゅっと握り返し、すぐにそれを離した。演壇から少し歩くと、きらびやかな群衆の中のひらけたスペースに出た。部屋中の注目が自分のまわりへ移ってくるのを感じた――謁見が終わり、演壇の王座に深く腰かけたまま自身の小さなクローンになにごとかささやきかけている皇帝から、照明の下でひらけたスペースに出てきた野蛮人の大使へ。これではなにか重要なことが起きようとしているから見逃さないほうがいいと宣言しているようなものだ。

テン・パールは、イクスプラナトルにしては――科学大臣はもちろん科学者であり、ただの任命された官僚ではない――芝居がかったところがあり、マヒートが公の場で会いたいという彼の申し出を受けてその策略に乗ったということを理解していた。ここはパレス・アースではこれ以上ない公の場だ。彼もそれはわかっているはずだ。これからの五分間は、皇帝の両手で手首を包み込まれているマヒートのホログラフと共に、午前中のありとあらゆるニュースフィードで流れることになるだろう。深紅の燕尾服をたなびかせてマヒートのもとへ歩いて来たのは、科学者らしい猫背の骨張った男だった。記憶のフラッシュで見たときよりも歳をとり、さらに猫背になっているが、相変わらずすべての指に指輪をはめている――細い真珠層の帯が入っているだけで石はついていない。それは本人の名前に合わせるためで、これ見よがしではあるが自虐的だった。マヒートは感心した。イスカンダーと同じように、残念なジョークに感心したのだ。その感情がマヒート自身のものなのかどうかは、正直なところわからなかった。

「大使」テン・パールが言った。「就任おめでとうございます」

マヒートは指先を合わせてお辞儀をした。「ありがとうございます」それは宮廷で守るべき正式な形式をきちんと遵守してはいなかった。だが、マヒートはこの会見では純朴な外国人を演じるつもりだったので、たとえイマゴが引き起こした神経化学物質の影響が残っていようと、それをやり続けるつもりだった。皇帝との謁見であふれだしたオキシトシン、十五年まえのイスカンダーとこの男との会話のこだま。地下鉄。精神をもつシティ、市民の居場所を常に監視し、それに応じて間髪を容れずに実行されるアルゴリズム。

「あなたの前任者の身に起きた不幸なできごとについては、たいへん申し訳なく思っています」テン・パールは続けた。「わたしは個人的に責任があると思っています。彼の生物学的感受性をきちんとたしかめておくべきでした」

　彼の生物学的感受性！　なんという言い方だろう。マヒートはヒステリックに笑い出しそうになるのを必死にこらえた――そんなことになったらニュースフィードむけの演技がだいなしだ。「大臣にできることはなにもなかったと思います」どうにか真顔でこたえる。「もちろん、ルスエル・ステーションは科学省に敵意をいだいたりはしていません」野蛮人でも〝敵意〟という言葉は知っている。型どおりの外交的言いまわし。戦争を始めるまえにいだく感情だ。

「よくおわかりですね」テン・パールは言った。「ルスエル政府のお手柄です。あなたを大使にしたのはまちがいなく堅実な選択でした」

「わたしもそう願っています」マヒートは言った。卑屈で、純朴な、バカ正直な田舎者。政治的な脅威ではない。皇帝がどのように迎えようがなんの問題もない。もちろん、長くはもたないだろう——彼女がこの特別なゲームをしている相手はテン・パールだけだ——が、これはニュースフィードむけのゲームであり、しばらくは隠れみのになるかもしれない。数日か。一週間か。明らかに危険きわまりないだれかが、イスカンダーを殺したように、マヒートを殺そうと試みるまでのあいだ。

いままではそんなふうには考えていなかった。自分が時間稼ぎをしているとは。残っていた神経化学的な高揚感がたちまち基準レベルまで叩き落とされた。

「アガーヴン大使はあまり多くのメモを残していませんでした」マヒートは〝死者のあやまちについてはどうしようもない〟と言うように肩をすくめて続けた。「しかし彼が科学省で取り組んでいたプロジェクトについてはもちろん引き継ぎたいと思っています」ひと呼吸おいて、より大きな筋肉の動きとより深くくぼんだ両目という、なじみがあるがなじみのないイスカンダーの表情のパターンを自分の顔で再現する。「まちがいや争いを起こすことのない自動化システム——そのようなアルゴリズムはたしかに存続しています」

テン・パールは彼女をまじまじと見つめた——内々に会ってもらうために餌をまいているのがあまりにも見え透いていたか？　イスカンダーがずっとまえに言っていた言葉を利

用したりして――だがそれが正しいと感じられたのだ――するとテン・パールがうなずきながら言った。「アガーヴン大使がわたしと二人で実現したいと望んでいたことを部分的に蘇生させることはできるかもしれません――彼はシティの自動化システムと、あなたがたのステーションへの適用の可能性におおいに関心をもっていました。きっとあなたもそうなのでしょう。あなたの案内役に時間と場所を手配させてください。今週中のどこかでお会いできると思います」

　蘇生とはずいぶんひどい言葉の選択だ。「承知しました」マヒートはあらためてお辞儀をした。「これからおたがいにとって多くの成果があがることを期待しています」

「そうでしょうとも」テン・パールは言った。彼は一歩踏み出し、テイクスカラアン人の個人空間の基準をわずかに越えて、マヒートがもっとも快適に感じる親密ゾーンへ入り込んできた――ルスエルで友人たちが立つ場所であり、そっけなくする余地はない。「気をつけてください、大使」

「なにをでしょう?」マヒートは無能という幻想を壊さないようにたずねた。

「あなたはすでに千の目を引きつけています、アガーヴンと同じように」テン・パールの笑顔は、主に頬の形や目のひらきかたが、完全にテイクスカラアン人のそれだったが、マヒートはそれが見せかけであることを知っていた。「まわりをごらんなさい。そしてあなたとあなたの前任者が賞賛する自動化システムの目のことを考えてください」

「ああ。そうですね。わたしたちがいるのは皇帝の王座のまえですから」

「大使」マヒートのかたわらにあらわれたスリー・シーグラスが言った。「朗詠コンテストをご覧になりたいとおっしゃっていましたよね。もうすぐ始まります。テン・パール大臣も宮廷の詩人たちの最新作を聞きたいのではありませんか?」

スリー・シーグラスの話し方はとても明瞭でゆっくりしていて、マヒートがテイクスカラアン語をふつうの速さでも理解できることを知らないかのようだった。指示がなくてもちゃんと察してそばへ来てくれたことがうれしくて、マヒートは彼女を抱きあげてくるくるまわしてやりたくなった。イスカンダーがあのままいっしょにいた場合でも、ずっとこんなふうに感じていたのだろうか?　イマゴは後継者にどのように感じさせるべきなのか――相談する必要もなく、二人でひとつの目標を達成する。完璧なシンクロニシティ。

「大使の気を散らしたくないので。どうぞ」テン・パールはナイン・メイズやほかの廷臣たちが集まり始めた演壇の左側のほうへ手を振った。マヒートはもう一度彼に感謝の気持ちを伝え――やりすぎだとわかっていたにもかかわらず、もっとも正式な発音でわざとつかえてみせた。だが、テン・パールがマヒートが嘘をついているのかどうか、そしてどのように嘘をついているのかを見きわめようとしているのを見ると、大きな満足感をおぼえた。

テン・パールに声が聞こえないところまで離れてから、マヒートは身をかがめてささやいた。「うまくいったと思ったんだけど」

「あなたはすわって休む必要があると言いましたが、科学大臣を相手に未開人のふりをする必要があるとは言いませんでしたよね？」スリー・シーグラスはささやいたが、その目はきらきらと輝いていた。

「楽しかった？」そう言ったとたん、マヒートは自分で思っていたほどイマゴが神経にあたえる影響が消えていないことに気づいた――相変わらず多幸感が続いていた。テン・パールと話していたときはそんなふうに感じなかったのに、こうしてスリー・シーグラスに腕にしがみつかれていると――

「ええ、楽しかったですよ！　これからずっとこんな調子でいくのですか？　テン・パールはバカじゃないんですよ、マヒート、わたしが会合の手配をすませるまでにはあなたのことを理解しているでしょう」

「テン・パールのためにやったわけじゃない」マヒートは言った。「視聴者のため。宮廷とニュースフィードのため」

スリー・シーグラスは首を横に振った。「こんなにおもしろい仕事はほかにないでしょうね。約束どおり飲み物を取ってきました。行きましょう。もうじき始まります」

二篇目の朗詠は、各行の頭文字で詩人が失った仮想の最愛の人の名前を綴ると同時に、みずからを犠牲にして真空の裂け目から船員仲間を救うという痛ましい物語を語るアクロスティックな頌歌《オード》だったが、その途中のどこかで急に、マヒートは自分がテイクスカラアンの宮廷に立ち、テイクスカラアンの詩のコンテストを聞いていることに気づいた。アルコール入りの飲み物を手に、ウィットに富んだテイクスカラアン人の友人をともなって。

十五歳のときにほしかったあらゆるもの。それがここにある。

幸せな気持ちになるはずだと思ったのに、実際は急に現実味がなくなった。つながりが切れ——人格が失われた。自分が急に他人になったかのように。

朗詠はどれも良かった。特にすぐれていたのもいくつかあった——巧みな中間韻にかぶさる力強いリズム、歌とも語りともつかないテイクスカラアン独特のスタイルでまくしたてられるとても流暢な詠唱。精妙なイメージが次々と押し寄せてきたが、マヒートはなにも感じなかった。絵文字のかたちで書き留められたすべての詩のコピーを手に入れ、どこか静かな落ち着いた場所で一人で読めるようにしたいという思いのほかはなにもなかったからだ。自分で詩を読むことさえできれば——自分の声で読みあげて、リズムや抑揚を試し、舌の上でどんなふうに動くかをたしかめられれば——きっとそれらの力を感じることができる。以前はずっとそうだったのだ。

マヒートはグラスの酒を飲んだ。スリー・シーグラスが運んできたのは知らない穀物を使った蒸留酒だった。それは群がる光の中で淡い金色に輝き、喉を焼いて流れ落ちていった。

ナイン・メイズの朗詠は、スリー・シーグラスがそうなると言っていたとおり風刺詩だった。始まって間もなく——位置について、咳払いをして、三行のスタンザを暗唱しただけで——

　すべてのスカイポートの港にあふれる
　輸入花を腕いっぱいにかかえて運ぶ市民たち。
　これらは絶え間なく続く——星図、荷下ろし。

——彼はいっとき口をつぐみ、行送りを、中間休止《カエスーラ》をしめす。マヒートは部屋全体が彼が息を止めたことに反応するのを感じた。好きになれない男ではあるが、たしかに宮廷で知識階級に絶賛されるだけのことはある。そのカリスマ性は詩を口にした瞬間に増幅された。まさにそのために生まれてきた男なのだ。ここがルスエルなら詩人のイマゴラインの候補になっていただろう――もしもルスエルにそんなものがあればだが。

「生まれていない花びらのくぼみは空虚をいだく」ナイン・メイズは言った。

　そしてふたたび腰をおろした。

　緊張が解けることはなかった。不安な気配は瘴気のようにただよったままだった。その気まずい沈黙の中、次の朗詠者が進み出て、床の上で靴がこすれる音が響いた。彼女は自分の詩の最初の行でつかえてしまい、あらためて始めなければならなかった。

　マヒートはスリー・シーグラスに顔を向けて、問いかけた。

「政治」スリー・シーグラスはつぶやいた。「あれは……批評です。いろいろな意味で。わたしはサーティ・ラークスパーはナイン・メイズの首根っこをしっかり押さえていると思っていたのですが、驚かされました」

「なによりエイト・アンチドートに批判的だったと思うんだけど」マヒートは言った。

「あの子供。生まれていない花びら……」

「はい」スリー・シーグラスは眉間にしわを寄せて言った。「しかし、サーティ・ラークスパーは帝国内の商品のシティへの輸入を増大させた一番の功労者です。だから彼には金があります――一族の出身地であるウエスタン・アーク星系から持ち込んでいるんです。そして花をかかえている市民は汚職を暗示しています……すべての輸入品がどうやってか毒されている……まるでサーティ・ラークスパーの富が、テイクスカラアンの外から物品を輸入する行為と同じくらいの悪事であるかのように」

　文学分析による政治学。そのための適性検査があるのか、あるいはテイクスカラアン市民が強烈な体験をとおして学ぶものなのか。子供のころのスリー・シーグラスが学校の友達といっしょに昼食をとりながら『ザ・ビルディング』の中の政治的メッセージを読み解く姿が目に浮かぶ。それを想像するのはむずかしくなかった。

「じゃあ、エイト・ループをのぞく全員に批判的だと」マヒートは言った。

「彼女がさらし台をまぬがれているのは露骨な省略のおかげでしかありません」スリー・シーグラスは言った。「これはどの後継者が最善かという示唆よりも重大だと思います。それ以外にナイン・メイズがあんな危険な主題を選ぶ理由があるでしょうか？」

　マヒートはテイクスカラアン社会の基本的前提について考えた。世界と帝国とシティのあいだの断裂。もしもそのような断裂があるなら、輸入は不穏だし、外国は危険だ——たとえそれが帝国の遠い地域からの輸入だとしても。マヒートのような野蛮人にはわかるはずもないことだが、ほかの惑星の花の危険な腐敗にまつわるひとつの詩が、実はテイクスカラアン市民の不安をあおることを狙っている可能性があるのだ。

　だが、ある星系がもはや外国ではないとしたら——世界が充分に大きくて、帝国が充分に大きくて、その世界の野蛮な部分をすべて包含して吸収するならば――それはもはや野蛮ではない。それはもはや脅威ではない。もしもナイン・メイズが輸入の脅威を指摘していたのだとすれば、彼はテイクスカラアンが脅威を正常化するための行動をとることを求めていた――少なくとも示唆していた――ことになる。それを文明化するために。そしてテイクスカラアンは常に文明化してきた――常になにかをテイクスカラアン化してきた――力によって。力とは、たとえば戦争だ。ナイン・メイズは実際にはサーティ・ラークスパーに語りかけていたわけではない。ナイン・メイズは戦争の準備をしているあらゆる政治的な派閥を支持していた。あらゆる部隊の活動を。ワン・ライトニングについては、その軍団と彼の名を叫ぶパルチザンと共に。さらにはシックス・ダイレクションのことも――彼は自身が星を征服する皇帝だった初期の治世にそうしていたように、艦隊を即応状態に置いていた。

「今夜はワン・ライトニングの支持者たちはどこにいるの、スリー・シーグラス？」マヒートはたずねた。「あの詩は彼らに向けられていた。より強く、より中央集権的で、より輸入に依存しないテイクスカラアンを求める人たちに」

「ワン・ライトニングはポピュリストでここは宮廷です。しゃれになりません。しかしきっと――ああ」スリー・シーグラスは言った。「ああ。なるほど。わたしたちは戦争を求めていたのですね」

「もうじき始まる戦争を」マヒートはその発見に不安をおぼえながら言った。「併合。征服戦争。その目的は外国を減らすこと」

スリー・シーグラスはマヒートの手から酒のグラスをつかみ取り、ぐっとひと口あおってから、また返した。「わたしが生まれるまえから併合戦争はおこなわれていません」

「知ってる」マヒートは言った、「ステーションにも歴史書はあるから。わたしたちはテイクスカラアンを休眠中のとなりの捕食者として楽しんでいて――」

「わたしたちが心のない動物のように聞こえますね」

「心がないわけじゃない」マヒートは言った。それは彼女にできるせいいっぱいの釈明だった。「それはちがう」

「でも動物ではあると」

「あなたたちは食い荒らす。そういう話をしているんじゃないの？　併合戦争なんだよ」

「それはちょっと――食い荒らすというのは外国人嫌悪や大量虐殺の場合です。わたしたちが新たな領土を帝国の中へ迎え入れていなければそうでしょうが」

世界の中へ。動詞の発音を変えると、スリー・シーグラスは〝わたしたちが新たな領土を実現していなければ〟と言っていたのかもしれないが、マヒートには彼女がなにを言わんとしているかわかっていた。テイクスカラアンの一部であることは惑星やステーションにさまざまな繁栄をもたらしてきた。経済面でも、文化面でも——テイクスカラアンの名前をつけて、その市民になろう。詩で話をして。

「議論はやめよう、スリー・シーグラス」マヒートは言った。「わたしはしたくない」

スリー・シーグラスは唇をぎゅっと押し合わせた。「議論は必要です。わたしはあなたの考えを理解したい。それがわたしの仕事です。しかし議論はあとにしましょう。ほら、皇帝がコンテストの勝者を発表するようです」

朗詠は終わっていた。マヒートは最後のいくつかを完全に聞き逃していた。ナイン・メイズのように会場をかき乱した者はいなかった。皇帝が立ちあがり、その両脇に彼のエズアズアカットたちがひかえていた——全員で話し合って勝者を選んだのか？ そんなに早く結論が出るとは思えなかった。グループの顔ぶれはサーティ・ラークスパーと、マヒートが会ったことのない二人のテイクスカラアン市民と、相変わらず真っ白に輝くナインティーン・アッズ。きらびやかな照明の中で見ると、その姿には安心感のようなものがあった。シックス・ダイレクションが手を振って、マヒートの印象にまったく残っていない一人の詩人をしめした。彼女はその栄誉に驚いているように見えたが、それはほかの観客にしても同じで、なにが起こったのかよくわからないかのように、期待される拍手喝采をしたものかどうかためらっていた。

「あれはだれ？」マヒートはスリー・シーグラスにささやきかけた。

「フォーティーン・スパイア」スリー・シーグラスがこたえた。「基本的にたいへん能力が低い人で、それはずっと変わっていません。コンテストで勝ったことはないですね」

ナイン・メイズは無表情だった。マヒートには彼がこれほどあからさまに冷遇されたことを喜んでいるのか怒っているのかわからなかった。彼が決意をもって夜をだいなしにするつもりだったのかどうかも。フォーティーン・スパイアが皇帝のまえでひれ伏し、賞品として吹きガラスの花を受け取った。そしてふたたび立ちあがった。集まった廷臣たちはなんとか彼女の名前を叫び、マヒートもそれに加わった――加わらないほうが異様だ。

「そのグラスはもうあきますか？」騒ぎがおさまったところで、スリー・シーグラスが問いかけてきた。

「ええ。どうして？」

「わたしは今夜はフォーティーン・スパイアの類音《アソナンス》の使い方について語らなければなりませんし、あなたはそれを聞かなければなりません。二人とももう少し酔っぱらっておくべきかと」

「ああ」マヒートは言った。「そう言われるとたしかに」

第８章

シックス・アウトリーチング・パームズ（テイクスカラアン最高司令部）から艦隊艦長スリー・スマックへ、２４９・３・１１・シックス・ダイレクション、コード１９（最高機密）。第二十六軍団の第八から第十三機動部隊についてオーダイルにおける戦闘より即時撤退するための準備をせよ。第九機動部隊についてはイカントロス・エイティーン・タービンの指揮下で現地にとどまること。第八から第十三までの機動部隊と共にただちに次の座標へ進行し、残りの第三帝国艦隊と合流して、近々にジャンプゲートでパーズラワントラック・セクターへジャンプするための準備を進めよ。迅速に。メッセージ終了。座標は以下のとおり。

――オーダイル１の軌道上で艦隊艦長スリー・スマックが受信したメッセージ。テイクスカラアンの皇帝シックス・ダイレクションの第十一インディクティオの三年目、二四九日ルスエル・ステーションは、わたしたちのもっとも深い伝統である宇宙空間の移動にみなさんが興味を持ってくださったことに感謝します。わたしたち操縦士ギルドはこの情報説明会に操縦士志望者を迎えることを誇りに思っています。このパンフレットでは適性検査が近づく時期に操縦士ギルドへの申請のために適切な準備を進める手順をまとめてあります。志望者は以下の要件を念頭に置いてください。古典物理学、量子物理学、基礎化学、工学について数学的素養があること。目と手の協調で優秀2にランクされ優秀4に達する潜在力を有する健康状態にあること。空間認識および固有受容感覚の適性で高得点をとること。集団的団結力および個人的自発性の適性で高得点をとること……

——ルスエル操縦士ギルドへの申請を検討している青少年（十歳〜十三歳）に配布されたパンフレット

スリー・シーグラスが運び続ける淡い色の蒸留酒の三杯目を飲んでいたとき（スリー・シーグラス自身は彼女がアハチョティーヤと呼ぶ乳白色のなにかを飲んでいて、マヒートはそれは〝傷んではじけた果物〟という意味だと——少なくともそのなじみのない単語の語源にまつわる理解から——確信していたが、どういうかたちであれそんなものを摂取したがる理由はさっぱりわからなかったし、複数回の摂取となるとなおさらだった）、マヒートはいつしかテイクスカラアン市民の輪の端に立ち、彼らが詩のコンテストではなく、即興詩だけでおこなわれる知恵比べとしか言いようのないものに興じているのをながめていた。それはある種のゲームとして始まっていた。スリー・シーグラスのだんだん賢さが薄れていく友人たちの一人が、フォーティーン・スパイアの賞を取った退屈な詩の最後の行を取りあげ、「遊ばない？」と言うなり、その最後の行を自分の最初の行として、リズムを標準的な十五音節の政治詩から長短短格《ダクティル》をたっぷり詰め込んだものへ変えた四行詩を作成した。そのあと彼女がスリー・シーグラスの別の友人に向かって挑戦するように顎を突き出すと、その男性は彼女の詩の最後の行を受けて、準備の時間をとることもなく、独力でまったく問題のない四行詩をひねり出した。マヒートは彼の元ネタのいくつかに気づいた——彼女も読んだことのある詩人、サーティーン・ペンナイフのスタイルをまねて、同じ母音のパターンを中間休止《カエスーラ》の両側で繰り返していたのだ。

　サーティーン・ペンナイフの模倣が〝今日のお題〟のようになり、そのあと、スリー・シーグラスの順番が来て、それからまた別の女性が、さらにマヒートには性別がわからないテイクスカラアン市民が引き継いで、ふたたび最初の挑戦者に戻った——すると、彼女がまたもやゲームを変えて、別の要素を追加した。今度は、それぞれの四行詩はまえの詩の最後の行から始めなければならず、母音が繰り返される中間休止《カエスーラ》がある長短短格詩《ダクティル》で、さらにシティのインフラの修理を主題にしなければならなかった。

スリー・シーグラスはシティのインフラの修理を描写するのがうっとうしいほど上手だった。彼女はアハチョティーヤのグラスを何杯も重ねていたのに頭がさえていて、笑いながら、こんな詩を綴った――〝リフレクティングプールのまわりのグラウト防水／千のテイクスカラアン人の足でなめらかに真っ白に磨きあげられる／それでも磨り減ってざらざらになり永続はしない／そしてふたたび議題にのぼり、新たなイメージで改修される／あちらかこちらの部署の／騒がしい要求によって〟そしてマヒートはふたつのことを知った。ひとつは、もしもマヒートがこのゲームに参加したいと思ったら、輪の中に一歩進み出るだけで、ほかのテイクスカラアン市民を相手にするように、だれかが彼女に挑戦してくるということ。もうひとつは、マヒートは完全に失敗するということだ。彼女にこんなことができるはずがない。人生の半分を費やしてテイクスカラアンの文学を学んできたが、なんとかゲームについていって、いくつかの元ネタに気づくのがやっとだ。もしもマヒートが自分でやってみようとしたら――まあ、彼らは笑ったりはしないだろう。きっと大目に見てくれる。哀れむべき無知な野蛮人が必死に文明人のふりをしているのに免じて――

スリー・シーグラスはマヒートにひとかけらの注意も払っていなかった。

マヒートはそっとあとずさり、若き賢者たちの輪から離れて、きらめく星明かりのような扇天井の下で広大な舞踏場に埋没し、泣きたくなりそうな気持ちを抑えつけた。こんなことで泣いても意味がない。泣きたければイスカンダーのために泣くべきだ。嘆くべきは自分が山のような政治的もめごとに巻き込まれていることであり、部署間の対立にまつわる何世紀もまえの詩を参照しながらプールのグラウトを描写できなかったことではない。

〝あちらかこちらの部署の、騒がしい要求によって〟ステーションにいたころ、マヒートはコレクションの中にあったその詩を読んで理解したと思っていた。そうではなかった。

ホールはまだ酔っぱらった廷臣たちでいっぱいだった。むしろまえよりも増えているように見えるのは、皇帝の朗詠コンテストが終わって、パーティーにやってきた第二陣が加わっているからだ――シックス・ダイレクションの姿はどこにも見当たらず、マヒートにはそれがうれしかった。なぜなら、皇帝の姿を見るとどうしてもそばへ行きたくなってしまうからだ。なぜなら、皇帝は巨大な権力の下でいまにもつぶれそうに見えて、おそらく大半はイスカンダーだと思われるマヒートの一部が、彼にもう休んでほしいと、このきらびやかなテイクスカラアン市民の群れを楽しませるために時間をむだにしないでほしいと願っているからだ。マヒートは飲み物のおかわりを取って（もう一杯増えたところでもはやなんのちがいもなかったし、どうすればスミレやミルクが腐ったような花の味がするやつを避けられるかはもうわかっていた）、フロアを横切り始めた。

　ほとんどの人はマヒートを避けるか、さもなければ彼女の立場にふさわしい形式的なあいさつをしてきたが、それはまったく問題なかった。それどころか楽しかった。イスカンダーの助けなしでも礼儀作法は心得ていたし、人当たりよくすることもできた――どれもマヒートの才能の一部で、彼女は特にその方面の才能に恵まれていて、その適性もあったが、ルスエルのイマゴ融和性検査では優美な即興詩の作成力を求められることはなかった。そんなのは野蛮人の子供の夢のような願望にすぎなかった。

　マヒートはへこんでいた。それに少し酔っていた。

　そのどちらも事実だったせいで、バイアスカットの薄いグレーゴールドのシルクのロングドレスを着た、とてもとても背の高い人物が、マヒートの腕に手を置いて彼女をくるりとまわしたときには完全に不意を突かれてしまった。体が止まったあとも部屋は一瞬だけ回転を続けていた。たぶんそれは心配しなければいけないことだった。

　呼びかけてきた女性はティクスカラアン人ではなかった。顔立ちもだが、ドレスが明らかにちがっていた。左右の手首につけた銀細工の重いブレスレットと、左腕の高い位置に巻いたもうひとつの幅広のバンド以外、両腕はむきだしで、マヒートにはなじみのないタイプの化粧をしていた——まぶた全体が赤と淡い金色のクリームで覆われていて、まるでどこか遠い惑星の夕暮れどきの雲の絵のようだ。

マヒートが両手を合わせてお辞儀をすると、相手も同じことをした——とてもぎこちなく。とても不慣れな様子で。

「あなたはルスエルの大使ね！」女性は明るく言った。

「はい？」

「あたしはゴーラエス、ダヴァの大使なの。いっしょに一杯やりましょう！」

「一杯ですか」マヒートは時間を稼ごうとして言った。ダヴァがどこにあるのか思い出せなかった。ティクスカラアン宇宙でもっとも新しく併合された惑星のひとつなのはまちがいないが、シルクを輸出しているところなのか有名な数学学校があるところなのかがわからない。イマゴがあるのはこういうときのためだ。知っておくべきなのに、知っておくべきだということを知らなかったあれこれを思い出すのを手助けしてもらうのだ。

「そう」ゴーラエスは言った。「お酒は飲むの？　あなたのステーションにお酒はある？」

かんべんしてよ、とマヒートは思った。「ええ、お酒はあります。たくさん。どんな種類が好きなんですか？」

「バーでひととおり試してみたの。土地の文化、わかるでしょ。わかるよね！」ゴーラエスはまたマヒートの腕に手をかけていた。マヒートは相手の女性にぼんやりした嫌悪感のような哀れみをおぼえた。彼女は政府から派遣されてここに来たのであり、その政府は新たにテイクスカラアンの保護領となったのであり、彼女は一人ぼっちだった（マヒートが一人ぼっちであるように——本来は一人ぼっちではないはずなのだが）。テイクスカラアンで一人ぼっちというのは澄んだ空気の中で溺れるようなものだ。

バーですべての飲み物を試してみて、それを土地の文化の体験と呼びたくなってもおかしくはない。

「ここに来て長いのですか？」マヒートはたずねた。彼女がシティに着いた最初の数分のあいだに、スリー・シーグラスが地上車の中で使ったのと同じフレーズだ。〝この世界に来て長いのですか？〟

ゴーラエスは肩をすくめた。「ほんの数カ月。これであたしはいちばんの新人じゃなくなる——あなたがいちばん。あなたもあたしたちのサロンへ来るべきよ——遠い星系の大使たちが隔週で集まって——」

「なにをするんです？」

「政治」ゴーラエスは言った。彼女がほほ笑むと、愛想の良さが消えて、少し途方に暮れたような顔になった。小さな歯がとてもたくさんならんでいて、そのほとんどがとがっていた。それはステーショナーの笑顔ではなかったが、テイクスカラアン人の笑顔でもなかった。マヒートは、めまいがするような一瞬、銀河の幅と広がりを感じた——ジャンプゲートはどれほど遠くへ人を連れていくのだろう。むこう側にいる人びとは人間かもしれないし、人間のように見えるが実はそうではないのかもしれず——

テイクスカラアン市民ならそんなふうに考えるのだろう。マヒートもそういうのがとても上手になっているようだ。

「招待状を送ってください」マヒートは言った。「ダヴァの政治はルスエルの政治にとっても興味深いはずですから」

ゴーラエスの表情がわずかにこわばった。歯の鋭さがいっそう増した。ダヴァで歯を削ってとがらせるのが流行っているのか、それとも自由落下ミュータントのような孤立した個体群にありがちな特徴なのか。「あなたが想像する以上よ、大使。うちのテイクスカラアンの属領総督は、こういうイベントに招待してくれる以外、ほとんどあたしたちをわずらわせることはないの。あなたのステーションも注目するかもしれない」

それが脅しなのか——〝サロンに来て、大使の小グループに加わりなさい、そうすればテイクスカラアンに同じように食われたとしても、まるごとのみ込まれるだけでかみ砕かれることはない〟——それとも心からの同情による申し出なのか、マヒートにはよくわからなかった。いずれにせよ、彼女は侮辱された。この女性はダヴァの出身なのに——シルクで有名なのか数学で有名なのかまだ思い出せない——ここで自分がマヒートに助言をできると考えていた。マヒートはひと晩でもう充分に助言を受けていたのに。

マヒートはほほ笑むときに顔がゆがむほど大きく歯をあらわにした。「そうかもしれません。新しい飲み物が見つかるといいですね、ゴーラエス大使。おやすみなさい」

片脚できびすを返すとまた部屋がぐるぐるとまわったが、マヒートはまだ一直線に歩いているつもりだった。彼女やステーションに危害を加えかねない人物と出くわすまえに、ここを離れなければ。マヒートは一人になる必要があった。

パレス・アースの王座の間にはたくさんのドアがあった。マヒートは適当にひとつを選んでそっととおり抜け、皇帝の本拠地の機構の内部へ姿を消した。

パレス・アースの大部分は大理石と金で、星の象眼と薄暗い照明により、常に夜明け近くの状態になっていた。ステーションが最寄りの惑星の周囲をめぐっていて、太陽フレアと小さな星明かりが混じり合っているときに、こんなふうな光景になる。人の数はマヒートが思っていた半分にも満たず、警備員や警察官はほとんどいなかった。ここの装飾とよく合いそうなのに、閉じた金色のフェイスプレートをつけたサンリットも一人も見かけなかった。ただ、淡いグレーの腕章をつけた表情のない数人の男女は、ほっそりした筋肉質の体にショックスティックを携行し、非常に危険に見えた——とにかく抵抗したら危険なことになりそうだ。テイクスカラアンでは、宮殿の中でも飛び道具は使われていなかった。荒っぽい宇宙船乗りの文化の一部が、最後にはもっとも文明的な場所にまで広がっていたのだ。マヒートはショックスティックを持った人びとが守っているドアは避けたが、それ以外のところではなんの制約も受けずに歩きまわった。入ってはいけない場所が唯一の道標だった。

　その庭園を見つけたときにはだいぶ酔いがさめていて、めまいがしたり少し気持ち悪くなったりすることもなかったが——ただほろ酔いで、妙にゆらゆらしていた——完全に酔っぱらってもいなければ完全にしらふでもない状態でほんとうに良かったと思ったのは、自分が入り込んだ、この宮殿の真ん中に仕切られたちっぽけな奥部がどういう種類の庭園であるかに気づいたときのことだった。それは庭園というよりも部屋だった——密閉された瓶のような、夜空に向かってひらく漏斗のような形をしていた。シティのじめじめした風はそこを滑り降りてくるうちに穏やかになっていた。空気にたっぷり含まれる湿気がマヒートの肺を満たし、庭園の壁の四分の三を這いのぼった植物に潤いをあたえていた。深い緑と薄い完全な新緑、つるに咲く無数の、一千もの赤い花——それらの花の蜜を吸う、マヒートの親指ほどの大きさしかない、くちばしの長い小さな鳥たちが、昆虫のように浮かんだり急降下したりしていた。翼の音が鼻歌のように響いていた。庭園全体がそれに合わせて歌っていた。

　マヒートは二歩庭園に踏み込み——床を覆う苔で足音がしない——いぶかしげに片手をあげた。小さな鳥の一羽がその上に降りてきて、指先の上でバランスをとり、また飛び立っていった。重さすら感じなかった。まるで幽霊のようだ。着地しなかったのかもしれない。

　こんな場所はステーションには存在しない。ほとんどの惑星にも存在しない。奇妙な薄暗い聖域の中をさらに歩きながら、マヒートは上を見あげて、鳥たちがなぜ漏斗を飛びあがってテイクスカラアンの空へ逃げていかないのか理解しようとした。外でも鳥たちには充分に暖かいだろうが、これほど甘い香りはしない——こんなにたくさんの赤い花がいっせいに咲くことはない。花があるだけで鳥たちは喜んでとらわれの身になるのかもしれない。

　花と、目の細かい網だ。頭をちょうどいい角度にかしげると、それが見えた。漏斗の口のあたりで銀色に張りめぐらされていて、ほとんど目には見えない。

「きみはなぜここにいるの？」だれかが言った――かん高く、かぼそい、命令することに慣れた声。マヒートは上を見るのをやめた。

九十パーセントのクローン。エイト・アンチドート、十歳のころのシックス・ダイレクションの生き写しだ。長い黒髪は結ばれることなく肩の下まで垂れていたが、それ以外の部分については、マヒートの手首をとった皇帝のとなりに立っていたときと同じように、まったく非の打ちどころがなかった。背は高くなかった。皇帝から受け継いでいない十パーセントの遺伝物質に背を高くする遺伝子マーカーがぎっしり詰まっていないかぎり、背が高くなることはないだろう。本人は閉じ込められた美しい鳥たちが舞う奇妙な部屋ですっかりくつろいでいて、マヒートのことを軌道をめぐるときに避けなければならない不都合なスペースデブリのようにながめていた。

「きみはルスエル・ステーションからの新しい大使だね。なぜここにいるの、パーティーではなく？」

十歳の子供にしては痛ましいほど率直だ。マヒートが思い浮かべたのは、六歳のときに軌道力学を学んだツー・カートグラフ――ファイブ・アゲートの小さなマップ――のことだった。子供たちは知るべきことを学ぶ。マヒートはそうだった。ルスエルにいた十歳のころには、船体の修理方法も、到来する船の軌道の計算方法も知っていたし、最寄りの脱出ポッドの位置や緊急時の使い方も知っていた。それだけでなく、テイクスカラアンの絵文字で自分の名前を書くことも、いくつかの詩を暗唱することもできたし、自分の部屋だったちっぽけな安全ポッドで横たわり、ナイン・オーキッドのような詩人になったり、遠く離れた惑星で冒険したりすることを夢見てもいた。この子はどんなことを夢見ているのだろう。

「閣下」マヒートは少年に言った。「宮殿をもっと見てみたかったのです。お邪魔をしたのならお許しください」

「ルスエルからの大使は好奇心旺盛だな」エイト・アンチドートは風刺詩の冒頭の行のように言った。

「そうですね。ここは――閣下はここへよく来るのですか？　小鳥たちがみんなとてもきれいですね」

「フィッツァフィットリム」

「そう呼ばれているのですか？」

「ここではそう呼ばれている。元々いたところではちがう名前がある。でも、こいつらは宮殿のハチドリだ。ルスエルには鳥はいないな」

「そうですね」マヒートはゆっくりと言った。この子はイスカンダーを知っていた。イスカンダーが彼にルスエル・ステーションの様子を教えたのだ。「鳥はいません。そもそも動物があまり多くないのです」

「そういう場所を見てみたいな」エイト・アンチドートは言った。

マヒートは重要な情報を見逃していた（まさかこの子と遭遇するとは思わなかった、それも二人きりで、非公式に）。「見られますよ。あなたはとても大きな力をもつ若者ですから、成人したときに、あなたにまだその気があるなら、ルスエル・ステーションは謹んであなたをお迎えします」

エイト・アンチドートは声をあげて笑ったが、とても十歳の声には聞こえなかった。異様な、苦々しい、悟ったような声で、マヒートの胸に……なにか、自分でもよくわからない感情がこみあげてきた。母性本能の痕跡だろうか。抱きしめてあげたかった。鳥のことを知っていて、友人も世話役もいないまま宮殿に一人で残されているこの幼い子を（世話役はどこかにいたはずだ。おそらくシティそのものが、完璧なアルゴリズムが、二人を監視していたのだろう）。

「そのときはお願いするかも」少年は言った。「できるといいな」

「できますよ」マヒートはもう一度言った。

エイト・アンチドートは肩をすくめた。「知ってる？　花の中に指をひたすと、フィッツァフイットリムは手から蜜を飲んでくれる。長い舌があるからね。さわらなくてもできるんだよ」

「それは知りませんでした」

「もう帰ったほうがいいよ。ここはきみがいるべき場所じゃない」

マヒートはうなずいた。「わたしもそう思います。おやすみなさい閣下」

ここで背を向けるのは、たとえ相手が十歳でも危険な気がした（むしろ彼が十歳で、人から背を向けられることに慣れているからこそ、そういう命令もできるようになったのかもしれない）。マヒートはそんなことをずっと考えながら廊下を引き返し、庭園とその住人たちから遠ざかっていった。

いかない、いかない、
さわらなくてもできるんだよ。

だれか思いやりのある人が、この迷路の中で何時間も立ちっぱなしになる廷臣や職員のことを考えて、舞踏場とその太陽の槍の王座の近くにある廊下に低いベンチをならべていた。ほとんどは使われていたが、隅のほうにひとつだけ空いているのがあったので、マヒートは冷たい大理石の上に身を置いた。腰はまだ痛かった。もう少しも酔っていなかったし、なにより——疲れ果てていて、目を閉じるたびに庭園で鳥といっしょにいるエイト・

アンチドートの姿が思い出された。

〝あの子はあなたがいなくて寂しがっているのかな、イスカンダー？〟マヒートの心の中の静寂はからっぽの隙間のままで、うっかりするとそこへ墜落しそうだった。背後の壁にもたれかかり、呼吸をととのえる。舞踏場にいる人びとの声が三十フィートほど離れたところから聞こえていた。おぼろげに響く笑い声。〝わたしたちのステーションについてあの子になにを話したの？〟

ひとりの男がいつの間にかベンチでとなりに腰をおろしていた——肩を軽く叩かれるまで目を閉じていたので、マヒートは驚いて立ちあがった。男はテイクスカラアン市民で（当然だ、ほかにだれがいるというのだ）これといった特徴がなかった。制服でどこの省の所属かわかるわけでもない、ただの中年になりかけの男で、ダークグリーンの小さな星形が一面に刺繡された生地が幾重にも重なるスーツを身につけ、絶対におぼえていられないと断言できる顔をしていた。

「——なんでしょう？」マヒートはたずねた。

「あんたは」男は大満足の顔で言った。「あの不快な飾りピンをつけてないな」

眉間にしわが寄るのを感じたので、マヒートはテイクスカラアン人らしい表情のない顔をととのえた。「ラークスパーのピンですか？　ええ。つけていません」

「それに免じてクソな酒をおごってやるよ」男は言った。マヒートは波のように押し寄せるアルコールのにおいを嗅ぎ取った。「ここではあんたのような人は少ない」

「そうなんですか」マヒートは油断なく言った。立ちあがりたかったが、その見知らぬ酔っ払いに手首をつかまれていて動けなかった。

「ぜんぜん足りないな。あんたは――艦隊にいたんじゃないのか。艦隊にいたことがありそうなタイプの女に見えるが――」

「軍務についたことはありません。もっと別の――」

「そうすべきだ。おれが帝国に最高の奉仕をした十年だった。軍ではあんたみたいな背の高い女は好まれるし、シティ育ちでなくたってかまわない。だれも気にしないさ、あんたが自分のヤオトレックに従い、戦友のために死ぬかぎりは――」

「どこの部隊に所属していたのですか？」マヒートはなんとか声を出した。

「永遠なる栄光の第十八軍団、指揮官は星の輝きに祝福されしワン・ライトニングだ」

男の言葉を聞いて、マヒートはこれは募集演説だと気づいた。その対象となるのは、通りでワン・ライトニングの名を叫んでいた人びと、ただ喝采だけで、永遠に燃える星ぼしの関心と好意はすでに新しい人物に向けられていると唱和する声の響きだけで、いまの皇帝を退位させようとしている人びとだ。

「ワン・ライトニングはどんな戦いで勝利をおさめたのですか？」マヒートはたずねた。この酔っ払いを利用すれば、彼らの精神構造の一部を理解し、あの喝采の背後にある理屈を見いだせるかもしれない。

「クソみたいな質問だな」男はマヒートがすぐにワン・ライトニングを称賛しなかったことでひどく機嫌をそこねたらしく、いきなり立ちあがった。男の手はまだマヒートの腕をしっかりとつかんでいた。「あんたは――くそっ、よくもそんな――」

〝理屈なんかない〟マヒートはぼんやり考えた。〝アルコールでかき立てられた感情と忠誠心だけだ〟男に揺さぶられると、頭蓋の中で歯がぶつかって音を立てた。ここで〝わたしはあなたの仲間じゃない！〟と叫んだら、男は引きさがってくれるのだろうか、それともよけいに興奮してしまうのだろうか。「そんなつもりでは――」

「あのピンはつけていないが、あんたもやっぱり――」

「わたしのピンのことかな？」だれかの声が言った。上品に、穏やかに。酔った男がマヒートの腕を放して――石のベンチへの着地は痛かったが、マヒートはとにかく解放されてうれしかった――振り返ると、そこにサーティ・ラークスパーがいた。青い服と部分王冠を身につけたきらびやかな姿のままだ。

「閣下」男はあわてて両手を合わせてお辞儀をした。その顔は、スーツとまったく似合わない、吐き気をもよおすような緑色になっていた。

「名前を聞き取れなかった」サーティ・ラークスパーが言った。「たいへん申し訳ない」

「イレブン・コニファーです」男は頭をさげたまま、もごもごとこたえた。

「イレブン・コニファー」サーティ・ラークスパーは繰り返した。「会えてほんとうにうれしいよ。この若い女性になにか用事でもあるのかな？　彼女は、残念ながら、野蛮人なのでね——もしもきみを侮辱したのならわたしから謝罪しよう——」

　マヒートがぽかんと見つめていると、サーティ・ラークスパーがイレブン・コニファーのさげた頭越しにウインクをしてきた。マヒートは口を閉じた。サーティ・ラークスパーは危険だ——狡猾で、頭が良くて、人をあやつる。この男がどうしてエズアズアカットから皇帝の共同後継者にまでのぼりつめたのかは実際に働いているところをみれば理解できるとファイブ・アゲートが言っていたが、その意味がよくわかった。サーティ・ラークスパーはホログラフのように柔軟で、光の中で自在に姿を変え、近づく角度によって異なる言葉を発するのだ。

「それでは」サーティ・ラークスパーは続けた。「またあとで話をしようか、イレブン・コニファー、そしておたがいの見解の相違を建設的に解決しよう。いまのきみは犯罪をおかすほど動揺しているようだからね」

「犯罪？」イレブン・コニファーはかすかに恐怖をあらわにしながらたずねた。

「暴行は犯罪だよ。だが野蛮人は許してくれるのではないかな？　いまのところは」

　マヒートはうなずいた。「いまのところは」とりあえず話を合わせて。成り行きを見守るしかない。

「この女性のことはほうっておいて、きみはパーティーに戻ったらどうかな、イレブン・コニファー？　政治的なことはさておき、あそこにはもっといい酒とダンスがたっぷりそろっていて、ここにはまったくないという点についてはきみも同意見だろう」

　イレブン・コニファーはうなずいた。釘付けにされた男が自由になろうとしてもがいているみたいだ。「おっしゃるとおりです、閣下。では……そうさせていただきます」

「それがいい」サーティ・ラークスパーは言った。「わたしもあとで寄らせてもらうよ。きみが楽しい時間を過ごしていることをたしかめるために」

　それはあからさまな脅しだった。イレブン・コニファーは廊下をあたふたと逃げ去り、マヒートはサーティ・ラークスパーと二人きりになった。〝ひと晩で二人の皇帝の相続人と会うなんてね、イスカンダー。あなたもこんなことをやっていたの？〟尺骨神経がまたもやうずき始め、マヒートはそれだけが彼女のイマゴの名残なのだろうかと思った。神経障害のこだま。

「あなたに感謝しなければなりません」マヒートはサーティ・ラークスパーに言った。

「ああ、なんでもない」サーティ・ラークスパーは両手を大きく広げた。「あの男はきみを揺さぶっていた。きみがだれだろうとわたしは介入していたよ。大使」

「それでも同じことです」

「それはどうも」サーティ・ラークスパーは言葉を切った。「道に迷ったのか、大使？こんな廊下に出てきて」

マヒートはルスエル式に歯をあらわにしてほほ笑んだ。サーティ・ラークスパーはそれにとまどって笑みを返さなかった。「帰り道は自分で見つけられます、閣下」彼女はしらじらしい嘘をついた。「そもそも迷ってはいませんから」

それを証明するために、マヒートはベンチから立ちあがり、とても慎重な足取りで——なるべく腰の痛みで足を引きずったりせずに——パーティーのにぎやかな騒音の中へと引き返し始めた。エズアズアカットを背後に残して。

ダンスが続いていた。マヒートはすぐに決心した。自分でダンスはしないということ、ダンスをしないのも文明と縁遠いふりの一部だということ、そして、もう遅いので帰る方法を見つけられたら（でも帰るとしたらどこに行くのだろう——ナインティーン・アッズのところか？　自分の居室か？）ささっと帰ろうと。

　ダンスはペアで踊っていたが、連動するグループ内ではパートナーの交換もおこなわれていた。それはフロアの上にパターンを形成し、長い鎖のように、フラクタルのように移り変わった。〝星図みたいだ〟と思ったとたん、それがきっかけとなって〝これらは絶え間なく続く〟というナイン・メイズの風刺詩が意識の表面にのぼってきた。

「そこにいたんですか」ファイブ・アゲートの声がした。マヒートが振り向くと、ナインティーン・アッズが重用する助手がすぐうしろに立ち、片方の手をスリー・シーグラスの背中の上のほうに当てて支えていた。「あなたの案内役を見つけました。お二人を家まで送り届けるよう頼まれました」

　スリー・シーグラスはもう威勢良く酔っぱらってはいなかった。こめかみからすっかり血の気が失せて、疲れ果てていた。退院してまだ三十時間しかたっていないのだ、とマヒートは思い出し、スリー・シーグラスの腕を取りたいという不適切な衝動を抑えつけた。ファイブ・アゲートなら充分に二人まとめて世話をできるだろう。

「なにを見たんですか？」いっしょに部屋を横切っているとき、スリー・シーグラスが問いかけてきた。どこへ行ったのかではなく、なにを見たのか。マヒートが一人で逃げ出したことを責めるような質問ではなかった。これっぽっちも。

「小鳥たち」マヒートはこたえた。「庭いっぱいの小鳥たち」そして三人は部屋を出て、地上車に乗り込み、パレス・ノースへ戻っていった。

第９章

フィフティーン・エンジン、アセクレタ、三等貴族（退職）の人事記録の検索結果。……１４・１・１１（シックス・ダイレクション治世）に省の役職を退き、早期年金を受給。この退職勧告は、オーダイルおよびその周辺のウエスタン・アーク星系における地元の過激派とアセクレタとの非公式のつながりについて審問を開始する代わりになされた。アセクレタは退職の過程において、オーダイルでの交際は主に社交的なもので政治的な側面はほとんどなく、先導的で反帝国的な機運については情報省の諜報員として期待されるとおり報告していると一貫して主張し続けた。「セクション編集済み、セキュリティ１９」……にもかかわらず、退職か審問かという申し出があったときには、それ以上なにもコメントせずに退職を選んだ。アセクレタの退職後のクラウドフック活動の月次報告には扇動的な傾向を示唆する部分はない。勧告――現在の強度での監視を継続する。

――//access//INFORMATION、データベースクエリ、アセクレタ・スリー・シーグラスが安全な宮殿内から個人用クラウドフックにより２４６・３・１１に実行

ステーショナーと非人間との接触については、主に近隣の政治組織の支援により仲介されてきた。顕著な例としては、テイクスカラアン帝国とエブレクト族とのあいだで締結されている条約がある。ステーショナー宇宙はエブレクト宇宙とジャンプゲート・ポイントを共有していないため、エブレクト族とテイクスカラアンとの和平合意はステーショナーとエブレクト船との関係を正常化するのに充分な役割を果たした――ただし、非人間との条約締結におけるステーショナーの主権問題については、過去六十年間にわたって後継の〈鉱夫〉代表評議員や〈遺産〉評議員によって検討が続けられてきた。とはいえ、ステーショナー宇宙に非人間が進入して直接接触するようなことがないかぎり、政策を見直す必要はほぼないだろう……

――「ステーショナーによるジャンプゲート・ラインを越えた条約締結」ゲラク・レランツが会員資格審査の一環として〈遺産〉委員会に提出した論文。アクセスは〈操縦士〉代表評議員デカケル・オンチュ、２４８・３・１１（テ

イクスカラアン暦）

朝のニュースフィードで戦争がやってきた。

それが始まったとき、マヒートは夜明けの光が射し込むナインティーン・アッズのフロントオフィスでスリー・シーグラスの向かいにすわり、自身とその案内役とエズアズアカットがなにか風変わりな家族であるかのようにスプーンで粥を食べていて、三人の上にずらりと浮かぶナインティーン・アッズのインフォスクリーンは、テイクスカラアンの軍艦の資料映像をえんえんと流し続けていた。艦内へ乗り込む兵士たち、壮大な砲門、灰色の側面に鮮やかに描かれた太陽の金と血の赤の記章。ニュースフィードのコメンテーターたちは生き生きしていたが、発言は漠然としていた。戦争が起きた。それは征服戦争で、広大な黒い宇宙空間をさらにテイクスカラアンのものとするために征服軍が送り出された――広大な黒い宇宙空間と、そこにいだかれている明るい宝石のような惑星は、いまにも帝国の戦旗のもとに吸収されようとしている。これは即位戦争だ。だれもがひどく興奮して、二十年ぶりに帝国が戦時体制に置かれることでもっとも利益を得るであろう貿易勢力について語っていた。努力したにもかかわらず、マヒートは前夜は二日酔いになるほど飲めていなかったが、できればそうしておきたかった――こんなふうに胸がむかつく口実になったのに。鉄鋼だ、とマヒートは思った。鉄鋼と造船と補給線、それにアムナードバット評議員とタラッツ評議員はルスエルが帝国に売るモリブデンの価格について再交渉できる可能性がある——これはほんとうに有益な戦争になるかもしれない……

　マヒートにはわかっていた。そうやって自分に言い聞かせることで、彼女はなんとかこの不安定な、重力が変動するような吐き気からのがれようとしていたのだ。これがルスエルにとって有益な戦争になることはない——テイクスカラアンとの関係においては。

　ニュースフィードが地元のタブロイド紙の最新情報から、明るく壮麗なる差し迫った軍事行動に切り替わったとき——それはテイクスカラアンの放送局が得意としているひとつのジャンルのようだった——ナインティーン・アッズの助手の一人が、マヒートがその香りから挽きたてのコーヒーだと気づいたものを入れたグラスを持ってそばにあらわれ、茶碗を運び去った。

　お茶よりも刺激の強いコーヒー。だれもが戦時体制にあるようだ。

「これはあまり得るところの多い戦争ではないですね」スリー・シーグラスが辛辣に言った。ニュースフィードはふたたび冒頭に戻り、艦の開口部や、金色と灰色の制服で行進する兵士たちや、ニュースフィードのホストの儀礼的なコメントが流れていた。

　ナインティーン・アッズがスリー・シーグラスにコーヒーの小さなカップを手渡した。

それが答であるかのように。「落ち着いて」彼女は言った。「いまのうちにひと休みしておきなさい、アセクレタ、じきにそれどころではなくなりますから」

「それであなたは」スリー・シーグラスは、コメンテーターたちの息もつかせぬ話しぶりを気味が悪いほど正確にまねてみせた。「だれがわたしたちの司令官になると思いますか、閣下？　あなたはエズアズアカットであるという大きな栄誉を授かっていて、常に帝国の中心でさまざまな決定がくだされる場所の近くにいるのですから！」

ナインティーン・アッズは平静そのものだった。「マヒート、あなたの案内役は女優であり、しかも尋問官なのですね。なんと珍しい幸運でしょう」

マヒートはどう返事をすればいいのかわからなかった。スリー・シーグラスの頬がわずかに色づいているので、褒め言葉だったのかもしれない。「彼女はわたしよりずっとひねくれています」マヒートは言った。「わたしがおたずねしたいのは、あなたはだれが司令官に指名されると思っているのか、それはほんとうにワン・ライトニングであってほかのヤオトレックではないのか、それだけです」

「そうなるでしょう」ナインティーン・アッズは言った。「わたくしの住まいに都合よく閉じ込められて、公の賭博という腐敗からぶじにのがれられていなかったら、賭け金を二倍にしてもいいくらいです」

どういうわけか、彼らのあいだではナインティーン・アッズがマヒートを囚人にしていることがジョークの種になっていて、マヒートもそれを愉快に感じていた。この展開を良いこととみなしていいのかどうかはわからなかったが、それはそれとして、朝食を食べているときに死を間近に感じなくて済むのは、とてもありがたく、楽しいことだった。ファイブ・アゲートが晩餐会の終わりにマヒートとスリー・シーグラスを迎えに来て、別の行き先などないかのようにナインティーン・アッズのオフィスビルへ連れ戻した。抵抗する余地は一切なく、あらゆる決定がすでにくだされていた。ファイブ・アゲートといっしょに帰ったのは耐えがたい譲歩であり、マヒートもそれはわかっていたが、人前で拒否したらもっとひどいことになっていたはずだ――それに、どこへ行けば安全だというのか？　味方だった人びとを意図的に切り捨てたマヒートを、いったいだれが信用してくれるだろう？

それだけではない。ナインティーン・アッズは公にマヒートと、そしてルスエルと結びついていた――マヒートがナインティーン・アッズと結びついているのと同じように。

マヒートはスプーンの裏をなめた。「ステーションから支払われている給料だけで、公の賭博に頼らなくても充分です」

「テン・パールを相手に自分が無知であるようなふりをしていましたね」ナインティーン

・アッズの口ぶりはおもしろがっていた。「どこが無知なのやら。あなたはイスカンダーよりひどいです」

「どのあたりが？」

「イスカンダーは、初めて会ったとき——おそらくあなたより一歳か二歳年上でした。わたくしが最後の軍務から戻ってシックス・ダイレクションにエズアズアカットにしていただいたときには、すでに宮廷の顔役になっていました。イスカンダーはテイクスカラアンが好きでした。でもあなたは、ドズマーレ大使、あなたはもしも大使でなかったら市民権を申請していたでしょう」

マヒートはたじろがなかった。そしてたじろがなかった自分に満足しながら「科学大臣はそのような申請は承認しないでしょう」と言って、またスプーンでお粥を口に運んだ。スリー・シーグラスとナインティーン・アッズがそろって笑ってくれたのも満足だった。二人の笑い声を聞くと、身もだえしたくなるような喜びと、市民権の可能性が話題になるくらい自分が野蛮人ではないことに感謝したいという気持ちと、感謝したいと願ってしまう自分への憎しみが、いっぺんにわきあがってきた。

ニュースフィードがパレス・スカイ内部のニュースサービスの星形の絵文字に切り替わり、マヒートはほっとした。三人でいっしょに公式発表を見ているときに、ナインティーン・アッズがマヒートに忠誠心を問うのはむずかしいだろう。星形が薄れて消えるとシックス・ダイレクションの姿があらわれ、その両側にはヤオトレックらしきテイクスカラアン市民の一団がならんでいた。いま惑星上にいて公報活動に加わることができる将軍たちが顔をそろえている。きらきらと輝く鋭利な葦の茂みのようだ。その中心にいるシックス・ダイレクションは年老いて見えた。

　皇帝がクラウドフックから読みあげた声明はごく短いもので、小さくて正確な修辞的爆発だった。「花が太陽をむくように、人が酸素を取り込むように、テイクスカラアンはふたたび星ぼしに向かって手を伸ばす」マヒートはナインティーン・アッズの顔を、その細くなった両目を、口の端のこわばりを見つめた。感嘆と、恐怖と同じ領域にあるなにか、ただし見くだしてはいない。このスピーチの内容はすでに吟味していて、相談さえ受けていたのかもしれない。（いつから知っていたのだろう？　昨日の晩餐会のときから？　それともずっとまえ、彼女がマヒートとスリー・シーグラスに対して、戦争がどこで起こるかについては二人と同じようになにも知らないというふりをしていたときから？）

「我々はパーズラワントラック・セクターを目指して進軍する」シックス・ダイレクションが言うと、その顔に突然テイクスカラアン宇宙の星図がかぶさった。シティが、黄金の惑星が、両目のあいだに浮かんでいる。そのあと星図が変化して、艦隊の進路と、艦が集結して阻止不能な槍の穂先となる各ポイントがしめされた。

マヒートはそれらの星ぼしを知っていた。セクターの名前も知っていた――ただし、テイクスカラアン風に子音の変化していない、ステーショナー語のほうで。バーズラヴァンド、〝高原〟、すべてのステーショナーが遠い昔にちりぢりに入植したセクターだ。マヒートはいつもニュースフィードで流れる星図のむきをさかさまにして、反対側から見ていた。子供のころから見慣れていた正しい描画線。イスカンダーも大使室のベッドの上に同じむきで星図を吊るしていた。帝国を見つめているルスエル。

もちろん、テイクスカラアンがほしがっているのはルスエルではないが、最終的に手に入るならそれなりに満足するだろう。ルスエル・ステーションと、ほかのすべての小さなステーションは、押し寄せる船の流れを邪魔しているだけだった。そのむこうはエイリアンの領域で、エブレクト族やそれ以上に異質な種族、あるいは人類がまだ発見していない種族が棲息している。帝国の顎がふたたびひらき、血まみれの歯がむきだしになる――テイクスカラアンという果てしない自己正当化の欲望、そして宇宙に対するテイクスカラアン人の考え方。帝国と世界。ひとつであり同じもの。まだそうなっていないのなら、そうしなければならない。それが星ぼしの正当なる正しい意志なのだから。

ルスエルそのものにはおまけの賞品以上の価値があるはずだ、とマヒートはできるだけ客観的に考えていた。もっとも古くから人が住み続けている人工世界のひとつで、凄腕の操縦士たちと、星のかけらからモリブデンと鉄を採掘する精密に調整された資源抽出システムを備えている――しかも、宙域のほとんどを支配する重力井戸の中で絶好の位置にあり、そこには付近にふたつしかないジャンプゲートも含まれている。

「我々はこのあふれ出る奔流をワン・ライトニングの素早く伸びる手に託し、彼をヤオトレック＝ネマ、すなわちこの企てに加わる全軍団の指揮官に任命した」皇帝の締めくくりの言葉は、だれにも驚きをもたらすことはなかった。

「さて」スリー・シーグラスは言った。「これは……まちがいないですね」

「うん」マヒートは言った。「そうだね」自分でも驚くほど落ち着いていた。

「あれは」ナインティーン・アッズが言った。「わたくしが最初に選んだ標的ではありません。しかし、皇帝は常にわたくしの意見に耳を貸すわけではないのです」彼女はため息をついて、肩をいからせ――どうしてあんなに人間らしく、ほかのだれとも変わらないようにしていられるのだろう！――テーブルを押しやって体を離した。「しかし、このニュースによりあなたの大使としての価値は高まる一方だと思います、マヒート。わたくしがあなたを狼の群れにほうり込むなどと想像してはいけませんよ」

では、やはり人質のままか。ナインティーン・アッズにとって、マヒートは味方として、あるいは管理されるべきものとして、いまでも有用なのだろう。「閣下の変わらぬおもてなしに感謝します」

「もちろんそうでしょう」ナインティーン・アッズはその気になれば、スイッチでやさしさの投光照明をつけるように、申し訳なさそうな声を出すこともできた——それからまた消して、きびきびした切れ者に戻る。「今日はどんな人にも楽しめないほど多くの会議があるでしょう。戦争を運営するにはいくつもの委員会が必要です。よければオフィスを使ってください。なにか必要なものがあればセブン・スケールがいますし、朝食の食器の片付けもしてくれます」

　ナインティーン・アッズはさっさと部屋から出ていき、マヒートはあとに残った恐ろしい静寂の中で、まるで舌を奪われてしまったかのように、むっつりと押し黙っていた。

「これまでに経験した中でもっとも興味深い仕事ですね」スリー・シーグラスが、連帯の意思表示のように言った——それはたしかに連帯の意思表示だった。彼女はマヒートの手の甲をぽんと叩いた。わたしはやりますよ、と。

「じゃあ、あなたは配置換えを頼むつもりはないんだ」マヒートは言った。

「するわけがないでしょう。最悪の場合でも、あなたは同胞のテイクスカラアンへの同化を世話する大使になります。わたしたちはとても長いキャリアを共に築くことになるのですよ、マヒート」

マヒートには、テイクスカラアンにおける自分のキャリアがどんなふうに沈んでいくのかが見えていた。自分がダヴァのゴーラエス大使のように、新たに征服されたほかの民との共通点を見つけようとしている姿が。打ちひしがれているように見えたのか、スリー・シーグラスが声をかけてきた。「いいですか。わたしたちは昨日よりもたくさんのことを知っています。それは無意味なことではありません」

マヒートはそのとおりだと思った。「これがサーティ・ラークスパーがわたしに警告しようとしていたことなのかな。取引は破棄だ」

「あなたの前任者がどうにかしてルスエル・ステーションが併合の道へ進まないよう手配していたことですね」

マヒートはうなずいた。「イスカンダーが手にしていた合意は、彼と……陛下とのあいだの合意だったんじゃないかと思う。だから彼が死んだいま、その取引は破棄された」

「もしもわたしが疑い深い人なら……」スリー・シーグラスが言いかけた。

「あなたは疑い深い人だし、情報省で働いている」

スリー・シーグラスはいかにも無邪気な顔をして見せたが、これっぽっちも説得力がなかった。「もしもわたしが疑い深い人なら」彼女はあらためて言った。「艦隊をパーズラワントラックへ派遣したいだれかにとって、イスカンダーが死んだのはとても好都合だったのではないかと疑うでしょう」

「もしもわたしが疑い深い人なら、あなたに同意する。スリー・シーグラス、陛下と内密に謁見することはできる？」

スリー・シーグラスは唇を押し合わせて考え込んだ。「通常の状況なら、それは可能ですが、三カ月の待機期間がありますし、一人で会えると保証することもできないとこたえるでしょう。しかし、このような状況であれば、もう少しましなことができるのではないかと思います。あなたには陛下に直接の会見を求める、立派な、正式な理由がありますから」

「そうだね。じゃあ手配して。こんなすばらしく設備の整ったオフィスがあるんだから、活用させてもらわないと」

「すべて記録されていますよ」スリー・シーグラスは少し申し訳なさそうに言った。「ナインティーン・アッズはまちがいなくすべての身ぶりと絵文字を記録しているはずです」

「わかってる。でも、それ以外の選択肢はあまり多くないんじゃない？」

「承知のうえということであれば――」

「手配して」マヒートがきっぱりと言うと、スリー・シーグラスはうなずき、立ちあがって、インフォグラフのスクリーンのひとつを起動しに行った。マヒートはたちまち気分が良くなった。それがまちがった感覚だということはわかっていたが――最初の一歩を自分で踏み出したとしても、真っ逆さまに墜落している自分を制御できているという感覚は幻想にすぎない――なんであれ気持ちが楽になるのは歓迎だった。

ほかになにもしていないとき、マヒートはいつも船の進路を想像していた。

わたしになにができるだろう？

それは論理の問題、あるいは古典物理学で出てくるようなものだった。ある制約があたえられた場合、どのような行動が可能か？　前提――彼女はパレス・ノースの中心部に閉じ込められていて、自分のファイルとメッセージへの電子的なアクセスしかできず、自分のオフィスで確実に大きさと切迫度を増しつつある物理的な郵便物の山へのアクセスはまったくできない。前提――彼女がこのナインティーン・アッズの居室にいるあいだに電子システムを使っておこなう行動はすべて監視されているので、無防備に連絡をとる能力はさらに制約を受けることになる。前提――ルスエル・ステーションは、テイクスカラアンの軍勢がなにげなく放たれた太陽フレアのように押し寄せてくることをまだ知らず、テイクスカラアンの本格的な侵攻に意味のある抵抗ができるだけの軍事力を有していない。前提――彼女の前任者は殺害されていて、それはおそらくこの遠征をこちら方面に進めることを可能にするためだった。前提――彼女のイマゴの意識をもつ記憶としての存在が機能不全に陥っていて、彼女には自分のものではない神経化学的な感情の亡霊と、別の人生を生きているかのような鮮明な記憶のフラッシュだけが残されている。前提――彼女のイマゴの機能不全は妨害工作だった可能性があり、しかも――考えてみて、マヒート、ほんとうによく考えてみて――その妨害工作は彼女が〝世界の宝石〟に到着するずっとまえに実行されたのかもしれない――それどころか、彼女が理解していないなんらかの理由により、彼女自身の民によって実行されたのかもしれない。

さらなる前提――なにか行動を起こさなかったら、マヒートは正気を失ってばらばらになってしまいそうだった。バラ色の石英窓のそばで、スリー・シーグラスはインフォグラフがつらなる小さな殻に包まれ、まるで自身のイマゴに話しかけているかのように、クラウドフックに向かってほんのかすかな声でつぶやいていた。マヒートは立ちあがった。

無数の変化する可能性に麻痺してしまうくらいなら行動を起こすほうがいい。人間は歩き、呼吸をし、エアロックのドアから踏み出してステーションの外殻の薄くなった部分に継ぎを当てていても、自分の手足がどんなふうに動いているのか、重力はどこにかかっているのか、肺と横隔膜の内部のふいごは充分にふくらんでいるのか、それとも足りないのか、などと考えてはいない。マヒートに必要なのは――考えないこと。あるいは、考えても、そのあいだ行動し続けることだ。晩餐会でサーティ・ラークスパーに話しかけたように。あのときは麻痺している暇などなかった。少なくとも、ルスエルに連絡をとってマヒートが置かれた状況についていくらかでも伝えておかなければ。

助言を期待することもできたが、助言がなんの役に立つのかさえよくわからなかった。イマゴマシンの存在を受け入れたとき、マヒートはすでに自分の唯一の現実的な指示にそむいていた。これ以上指示があったところで守れるかどうかわからない。それでも、マヒートは少しでも孤独を癒やしたかった。なんでもいいからルスエルからの声を聞きたかった。とはいえ、死んだイスカンダーに妨害工作に気をつけろと言っていた、〈操縦士〉代表のオンチュのいかめしい奇妙な警告はちがう。あのメッセージはどのみちマヒートのためのものではなかった。兵器についての警告は兵器に聞かせるものではない。

外交官のためにイマゴラインがあるのはこのためなのだ。だれも一人ぼっちにならなくてすむ。

〝イスカンダー、お願い。もしもそこにいるなら――〟

電気でしびれるような感覚が両腕を這い降りていく。肘から小指までの尺骨神経に沿って。だがイマゴは遺体安置所での最初の一時間のあとはずっと黙り込んだままだった。

連鎖的な神経の異常に付き合っている暇もない。それはあとで考えればいい。あとでなんとか修復すればいい。マヒートはスリー・シーグラスとは反対側でオフィスに立つと、自分のインフォグラフをぐるりと立ちあげて、ルスエル評議会への二通のメッセージを作成し始めた。メッセージの作成は同時におこなった。見た目はまるで同じメッセージだ——マヒートに代わって謁見の手配をするのに忙しいスリー・シーグラスに、なにをやっているか見せつけてやれたらいいのだが。スリー・シーグラスなら第一のメッセージの中に第二のメッセージが符牒として組み込まれていることを理解して、賞賛してくれるだろう。

　それは良い符牒ではなかった。解読するのにテイクスカラアン人のアセクレタが必要になる詩的な符牒でさえなかった。それは本で置き換える符牒だった。まだ十代のころ、退屈しのぎにテイクスカラアン人になりきって遊んでいたときに考案したものだ。陰謀と込み入った謀略が得意な、なんでも暗号化する人物という設定で、マヒートはテイクスカラアンの絵文字辞書を鍵として使っていた。『帝国標準絵文字ブック』という、もっとも一般的な辞書で、野蛮人や子供たちに読み方を教えるために帝国全域に——さらにはテイクスカラアンの公式の境界を越えて——配布されていた。なにしろ、役に立つ言葉がすべて収録されていたのだ。〝隠れる〟や〝裏切る〟、それに〝文明〟をあらわすとてもたくさんの連結語。彼女が符牒を作るためにこの本を選んだのは、単にどこにでもある可能性が高かったからだ。テイクスカラアン市民でさえ表意書記体系のすべての絵文字をおぼえているわけではない。ナインティーン・アッズの書庫にも一冊あり、マヒートはほんの数分でそれを取ってくることができた。

マヒートが秘密の連絡手段として評議会にこの古い符牒を提案したとき、イスカンダーは彼女の頭の中で笑っていた。それが認められたときにはもっと笑っていた。この符牒を使う場合、マヒートは三十七文字のアルファベットからなるステーショナー語で書かなければならず、受信側の解読者はステーショナー語のそれぞれ単語の最初の文字から『帝国標準絵文字ブック』のページ番号を知る。二番目の文字が行番号で、その表の最初の絵文字を見ると意味がわかる。ものすごく安全な暗号というわけではないが、メッセージを通過させるだけなら充分だ。ちょっとした保護。防御用の盾。

マヒートがステーショナー語で書いたメッセージは、まず最初にナインティーン・アッズに読まれ、次に帝国検閲局に読まれ、ひょっとしたらそれをルスエルへ運ぶ船の船長にも読まれるだろう。そこにはニュースフィードに掲載されている以上の情報は含まれていなかった。代わりにそれらの情報が正確に再現され、そこに——マヒートの考えでは——比較的もっともな苦悩と懸念が追加されていた。

その余分な苦悩と懸念が、秘密のメッセージを暗号化するのに充分な単語を提供してくれた。そこにはテイクスカラアン語の名詞と動詞が文法を無視してならんでいた——〝優先事項。前大使は漏洩――行動制限（自身、徒歩、往復）――記憶は悪化――主権が危機――評議会の指示を要請〟

二重のメッセージをおさめたインフォフィッシュ・スティックに封をしていたときでさえ、マヒートは意味があるうちに指示が届くことはないのではないかと考えていた。それでもマヒートは要請した。そして警告をあたえた。少しでも進路を調べてみれば艦隊がルスエル宇宙に向かっているのは明白だが、艦隊の進路についての放送がルスエル宇宙に向けて発信されない可能性はあった――なぜ帝国が獲物に警告する？

マヒートはそのスティックをオフィスのドアの左側のテーブルにある発送郵便物と書かれた銀色のバスケットに入れた。緊急を意味する赤い蠟の印と、惑星外通信用の赤と黒の付箋を別にすれば、ほかの郵便物の中になんの違和感もなくおさまっていた。じきにオフィス内を巡回しているセブン・スケールがあらわれ、迷路のような検閲局のオフィスを通過したあと、外に出てシティへ運んでいくだろう。

「スリー・シーグラス」マヒートは振り返って呼びかけながら、大使の居室にも似たようなバスケットがあったことを思い出した。いまごろはきれいなスティックにおさめられた怒りのメッセージであふれているにちがいない。「自分が本来やっているはずの仕事にアクセスするうまい方法はないかな？　たまったインフォフィッシュのメッセージとか」

「はあ」スリー・シーグラスは考え込んだ。「ないこともないです。とても些細な法律を破ることについてどう思いますか？」

「どんな些細な法律？」マヒートはたずねた。

「テイクスカラアン市民が九歳のときに初めて破るような法律です。他人のクラウドフックを使うという」

「なるほど」マヒートは淡々と言った。「使用する人が市民じゃないと、よけいに話が複雑になるんだろうね」

スリー・シーグラスは頭の横に手を伸ばし、目の上にかぶさっているクラウドフックを持ちあげた。「そのとおりですが、つかまったらまずいというだけです。こちらへどうぞ」

マヒートは近づいた。「わたしたちは記録されている」と言ったものの、スリー・シーグラスもそれはよくわかっているはずだった。

「かがんでください、あなたがた野蛮人はとんでもなく背が高い」

マヒートが上体をかがめると――ふいに皇帝のまえでひざまずいたことが鮮明に思い出された――スリー・シーグラスが彼女の目の上にクラウドフックを据え付けた。視界の半分はデータで、問い合わせや要請のリストが果てしなく続いていた。インターフェイスは驚くほど直感的だった。クラウドフックはマヒートの小さな眼球の運動に合わせて急速に再調整され、ファイル構造は彼女自身のオフィスの電子版そのもので、それがスリー・シーグラスのアクセス経由で見えているだけだ。ごくささやかな偽装とはいえ、偽装にはちがいない。マヒートがスリー・シーグラスのクラウドフックを使って自分のファイルにアクセスしたとしても、ナインティーン・アッズにはそれを見ることはできない。わかるのはマヒートが案内役のクラウドフックを着けているということだけだ。

「大使のオフィスへの下位レベルの要請――ビザの照会とか、そういったこと――は、すべてあなたの指示でわたしが処理できることです」スリー・シーグラスは言った。「わたしがあなたのために三人の儀典官や待ち行列システムと格闘していなければの話ですが」マヒートのこめかみに当たるスリー・シーグラスの指は温かかった。「あなたがいつ皇帝と話ができるかという問題をわたしが解決しているあいだに、あなたがご自分の仕事をしたいというのなら、そこにリストがあります」

「ありがとう」マヒートは上体を起こした。「あなたは必要ない？」身ぶりでクラウドフックをしめす。視界の半分が失われていた。大脳半球に損傷を受けて片方の目がやるべき仕事のリストに置き換わったかのように。

「一時間かそこらのあいだは。役に立ててください、大使」

マヒートはその口調にやさしさを感じた。甘やかされているようでもあった。

もしもマヒートが、スリー・シーグラスには自身の大望と野蛮人に対する親愛の情以外にはなんの意図もないのだというふりをするのをやめなければならないとしたら、とてもつらい思いをすることになるだろう。

ルスエル・ステーションの大使室への問い合わせリストは、半分がビザの更新依頼で、あとの半分が〝ステーショナーはどんな日常生活を送っていますか、特に休日のお祝いとか地元で盛りあがる日について！〟といった、ややぶしつけな興味本位の問い合わせだった。これが時間をつぶすための完全な気晴らしでなかったら、マヒートはどの質問にもいらついていただろう。実際には、タブロイド紙の記者や苦悩する貿易商に返事をしているとすごく気持ちが落ち着いた。一時間近くたったころ、あることに関する問い合わせがまったく届いていないことに気づいた――司法省の地下の遺体安置所にあるイスカンダーの遺体をどうするつもりなのかという質問がひとつも来ていなかったのだ。イクスプラナトル・フォー・レバーがマヒートに遺体をどうしてほしいかたずねてから週の半分が過ぎたというのに、だれもフォローしていないのだ――次官さえも。

ほんとうは問い合わせがあるのに、マヒートがそれを受け取るのをだれかが妨害しているのだろうか？　それは彼女がインフォフィッシュ・スティックで送られたメッセージにアクセスできないのと同じくらい単純なことかもしれないが、イクスプラナトル・フォー・レバーほど高い地位にある人物なら、ルスエル大使がほぼ公然とエズアズアカット・ナインティーン・アッズのオフィスで暮らしていることに気づいて、郵便物の送り先を変更しているはずだ。もしも要請が送られていたのだとしたら、それは意図的に紛失させられたと判断するしかない。

　あるいはフォー・レバーは、まずマヒートのほうから問い合わせがあると思って放置したのかもしれない。マヒートから問い合わせが来るまでイスカンダーの遺体をあずかっていてかまわないと考えたのかもしれない。マヒートは、初めて会ったときのナインティーン・アッズが、従者も連れず、そこにいる理由もなく、ただ遺体安置所に入ってきたことを思い出した。そして彼女がイスカンダーの頭蓋骨の根元にあるイマゴマシンへまっすぐ手をのばし、マヒートが遺体を適切に燃やすまえにそれを取り出そうとするところを想像した。だれかがナインティーン・アッズの立ち入りを許可していたのだ。それはフォー・レバーだったのかもしれない。エズアズアカットが監視抜きでの死者への訪問と引き換えに司法省の科学者に提供できるものなど、いくらでも想像できた。さらに悪いことに、好意や影響力や金と引き替えにマヒートの前任者の遺体とその違法に輸入された神経学テクハロジーを一時間か二時間独占できる人びとが、ほかに大勢いることも想像できた。

これは問題だ。単に遺体の引き渡しを要求するだけでは解決できない問題でもある。マヒートは、前任者の腐敗していない死体をナインティーン・アッズのオフィスビルに持ち込むことを想像した——カウチにのせてもいいし、壁に立てかけてコート掛けのようにしてもいいかもしれない。

そうすればきっとナインティーン・アッズも喜ぶだろう。

もっとましな解決策があるはずだ。

「スリー・シーグラス？」マヒートは呼びかけた。「トゥエルブ・アゼイリアとはいつからの知り合い？」

スリー・シーグラスがインフォグラフの渦から身を乗り出した。「トゥエルブ・アゼイリアがオフィスに手紙をよこしたのですか？」怪訝そうにたずねる。「インフォフィッシュ・スティックであなたに匿名のメッセージを送るのに夢中なのかと思っていました」

「トゥエルブ・アゼイリアは手紙をよこしていない。でもわたしは彼に手紙を書くかもしれない。あなたは彼を信用している？」

「それはいつから知り合いなのかという話とはまったく別の質問ですね」

「片方がもう片方につながる」

「あなたはわたしを信用していますか？」

スリー・シーグラスはとても穏やかな様子で個人的な質問をすることができた。テイクスカラアン人の特徴なのかもしれない。ナインティーン・アッズを連想させるが、それで信用が増すわけでもなかった。

それでもマヒートは言った。「シティにいるだれとも同じくらい信用している」それは心からの言葉だった。

「まだ週の半分しかいっしょに仕事をしていないのに」スリー・シーグラスは目尻をあげてほほ笑んだ。「考えてみると、あなたは選択肢に恵まれているわけではありませんね！わたしはトウェルブ・アゼイリアが好きなんです、マヒート。無知な見習いとしていっしょに情報省に入ったときからの友人です。でも、彼は陰謀好きで、芝居がかっていて、自分は不死身だと思い込んでいます」

「それは気づいてた」マヒートは辛辣に言った。

「ですからトウェルブ・アゼイリアを信頼するかどうかは、彼になにをしてほしいかによるのです。あなたは彼になにをしてほしいのですか？」

「たぶん彼が楽しみそうなこと。陰謀的で、芝居がかっていて、しかも……極秘」マヒートはまずインフォグラフのスクリーンを、次いで自分の耳を身ぶりでしめした。

「まあ、気に入るでしょうね。それがなんであれ。しかし、それがなんなのかを教えてもらわないと、彼が実際にやるかどうかはわかりませんよ」

「わたしが使っているこのメッセージとタスクのリスト——あなたのクラウドフックにあるんだよね？　そしてクラウドフックを使えるのは本人だけ」

「あるいはそれを装着している人」スリー・シーグラスはうれしそうに言った。「わかったような気がします。そちらの準備ができたら戻してください」

　ルスエルの大使へのメッセージを作成してそれを自分自身に送るのはたいした手間ではなかった。マヒートはクラウドフックから投影された自分にしか見えないスクリーンに指で絵文字を描いていった。〝トウェルブ・アゼイリアに遺体安置所へ戻ってもらって、みなで話し合った機械を回収しないと〟そのあと、クラウドフックを頭からはずし、復活した視界にむかってまばたきしながら、それをスリー・シーグラスに返した。

　メッセージを読んだあと、スリー・シーグラスがたずねた。「自分のためにほしいんですか？」

「いいえ」マヒートはこたえた。「わたしも持っているし、あれはもう役に立たない——記録されているのは脳の崩壊だけだから」

「なにかほかのものを記録している可能性は？」

　マヒートは考えた。「正しく組み込まれていれば、あるいは？　わからない。わたしはほんとうにイクスプラナトルではないから、スリー・シーグラス」

「ふむ。まあ、トウェルブ・アゼイリアはやるでしょうし、それについては口外すらしないはずですが、しかし――」スリー・シーグラスは肩をすくめた。

「しかし？」

「あなたはトウェルブ・アゼイリアに借りができます。彼は分解して構造図を作成するでしょう。本人はただの好奇心だと言うはずですが、それは嘘ではありません。わたしたちが過去に巻き込まれたトラブルの半分は彼の好奇心のせいでしたから」

「じゃあ」マヒートはなんだかおかしくなってたずねた。「残りの半分はどうして巻き込まれたの？」

「すごく込み入った問題ですごく興味深い人たちと友達になったからです」

「だったらなにも変わってないね」マヒートは声をあげて笑いそうになりながら言った。またもや、スリー・シーグラスを自分の友達だと錯覚してしまうという絶対的な危険を感じた。ステーショナーが彼女の友達になれるはずがないのに。

「あなたはわたしにとって初めての野蛮人だと言いましたよね。だから少しは変わっています」

そういうこと。隔たりは越えようがない。もしもマヒートが大使ではなかったら、もしも二人の出会いが朗詠コンテストだったら。マヒートがイスカンダーのイマゴラインを引き受けたりせずに、旅行ビザと奨学金を手に入れた別の人生でなら――そういう人生でなら議論ができたかもしれない。自分が感じたことをスリー・シーグラスにもっと正直に話せたかもしれない。

「トゥェルブ・アゼイリアの好奇心というリスクは受け入れられると思う」マヒートは言った。「考えてみればあなたたちの友情をすでにリスクにさらしたわけだし」

構造図がトゥェルブ・アゼイリアの手に渡るのは、ほんもののイマゴマシンがだれかの手に渡るよりはましだ。あとで彼に図面を引き渡すよう求めることもできる。いつか、マヒートがナインティーン・アッズの居室に閉じ込められていないときに。なんらかの手立てにより（イスカンダーはどうやったの？――そのせいで彼は殺されたの？）ルスエル・ステーションがテイクスカラアンに吸収されるのを阻止する必要がなくなったときに。いつか、マヒートがスリー・シーグラスがどれほどうれしそうに見えたかを考えていないときに。

夕方遅く、寝室として使っている空きオフィスに戻ってきたとき、マヒートは郵便物が届いているのに気づいた。

　ドアの外の浅いバスケットに三本のインフォフィッシュ・スティックが入っていた。匿名の灰色の一本は、マヒートの要請に対するトウェルブ・アゼイリアからの返答だろう。いままで見たことのない銅色の一本は、スリー・シーグラスのスーツの色である白のワックスで封印されていた。古いルスエル大使が――マヒートは不快そうに首を振った――もはや機能しなくなったあとで、できるだけ早く新任の大使が到着するよう手配したのがだれなのか、情報省がようやくマヒートに伝えようと決めたようだ。最後の一本はやはり灰色のスティックで、惑星外通信用の黒と赤の付箋が貼ってあった。マヒートは心拍数があがるのを感じながら、デカケル・オンチュが死んだイスカンダーにまた別のメッセージを送ってきたのだろうかと考えた。マヒートがルスエル大使の電子データベースにログインしようとしたことよりも複雑な、マヒートが把握していないなんらかのできごとが引き金となった第二のメッセージを。バスケットに手をのばしてスティックをひろおうとしたとき、その下にだれかが残していった見たこともない植物の小枝があることに気づいた。インフォフィッシュ・スティックにくるりと巻き付いていた茎が、いまはバスケットの底で光沢のある灰緑色の葉とカップの深い白い花のリングの中に横たわっていた。

　マヒートはそれをすくいあげた。枝は切りたてらしく、情報省のインフォフィッシュに付着していた白っぽい樹液が指にくっついた。ナインティーン・アッズの居室でも、色も形も種類もさまざまな花で埋め尽くされたシティのほかの場所でも、こんな花は見たことがなかった――それなのに、切られてからせいぜい十五分か二十分しかたっていない。

　マヒートは花を顔のそばに持ちあげて、香りがあるかどうかたしかめようとした。

「いけません」ナインティーン・アッズが、マヒートがいままで聞いたことのない鞭を打つような切迫感のある声で言った。マヒートは花をバスケットに落とした。樹液でべとべとになった指先が刺すように熱い。振り返ると、ナインティーン・アッズが廊下の突き当たりでアーチの下に立っているのが見えたが、いつからそこにいたのかは見当もつかなかった。そもそもそこにいたのかどうかさえも。

「息を吸い込みましたか？」ナインティーン・アッズがマヒートのそばへ近づきながらたずねた。その顔は見たことがないほど表情豊かで、口もとはゆがんでこわばっていた。まるでマスクが溶けていくのを見ているようだ。指のうずきが痛みに変わっていく。

「いえ、それはないと思います」マヒートはこたえた。

　ナインティーン・アッズが、兵士か聞き分けのない子供に語りかけるように「手を見せなさい」と言った。そしてマヒートの手首を取り、かなり色の濃い指を、蛇を頭のうしろでつかむように骨のまわりに巻き付けた。その感触は暖かいはずだったが、マヒートには氷のように感じられた。のばした指は花をつまんでいた部分が赤くなっていて、見ているあいだにも水疱ができ始めた。

「まあ、失うことはないでしょう」ナインティーン・アッズが言った。

「え？」

「いっしょに来なさい。自分の体のほかの部分にふれるまえに樹液を取り除くのです。さもないと神経にダメージをあたえます」手首をつかんだまま、ナインティーン・アッズはマヒートを引きずるようにして廊下を歩き出した。

「あの花はなんだったんですか？」

「とてもきれいな死です」角を曲がり、マヒートにはいつも閉ざされていたがナインティーン・アッズの身ぶりでひらいたドアを抜けると、いきなりエズアズアカットの寝室としか思えない部屋があらわれた。乱れた白いシーツと、ベッドの使っていない側に積みあげられたインフォフィッシュや冊子本《コーデックス》の山がちらりと見えたところで、ナインティーン・アッズが彼女を続きのバスルームの中へ引っ張り込んだ。

「シンクの上に手を置いて、でも水は出さないで」ナインティーン・アッズが言った。

「水は毒素を広げるだけです」

マヒートは言われたとおりにした。指の水疱がふくらんでガラスのように透きとおり、皮膚が裂け始めていた。手は燃えているみたいで、シティの電撃がスリー・シーグラスの体に広がったように、刺すような痛みが手首まで広がっていた。まだショックがひどすぎて、ぼんやりした恐怖以外はなにも感じなかった。だれがあの花を置いていった？　どうやってナインティーン・アッズのオフィスビルという壁に囲まれた庭園に入り込んだ？　だれかがそれを――樹液はまだにじみ出ていたのだから、二十分もかからないところから――持ってこなければならなかったはず。見ているうちに人差し指の水疱のひとつが破れ、マヒートは歯の隙間から小さく頼りないうめきを漏らした。

ナインティーン・アッズが開けてある瓶を手にふたたび背後にあらわれた。そして中身をいきなりマヒートの指に注いだ。

「鉱油です」ナインティーン・アッズは手ぬぐいを取りあげながら言った。「おそらくとても痛むと思います。動かないで」布で水ぶくれをこすり、シンクの中にオイルを落としていく。いっしょに皮膚が剝がれているのだ。マヒートは手を引っ込めないよう耐えた。ナインティーン・アッズはオイルを注いでこすり落とす作業をさらに二回繰り返した。それが終わるころには、マヒートは太ももの裏までがたがたと震えていた。ナインティーン・アッズがマヒートの上腕をがっちりつかみ、閉じた便器の蓋の上にすわらせた。

「転んで頭蓋骨が割れてしまったら」ナインティーン・アッズは言った。「あなたの手を治療した意味がなくなりますから」

花を置いていったのがだれであれ、ナインティーン・アッズであるはずはなかった——マヒートを殺そうとしたあとで、なぜバスルームに引きずっていって命を救わなければならない？　彼女が「いけません」と言ったとき、その声はとても鋭かった。

（とても鋭く、とても近かった。見ていたの？　いつから見ていたの？　わたしが花の香りを吸い込むまで待っていて——そこで急に気を変えて——）

それが重要なこと？

ナインティーン・アッズはマヒートのとなりで膝をつき、戦場の衛生兵のように気をくばりながら、指にそれぞれ別のガーゼ包帯を巻き付けていった。この人はかつて皇帝のそばで盟友として戦ったのだろうか——さまざまな叙事詩から分析すると、テイクスカラアンは近代的な多惑星帝国なので、エズアズアカットが戦うとしたら宇宙船のブリッジから戦うことになるだろう。

「接触毒を含む花があるんですか？」マヒートはたずねた。薄れていく痛みの残滓とアドレナリンのショックで、声が喉につかえた。

「惑星原産の品種です」ナインティーン・アッズは言った。「一般名はザウイトル、神経毒を吸い込んで死ぬときに見る幻覚にちなんだ名前です」

「それはすてきですね」マヒートはうつろに言った。両手で頭をかかえたかったが、それはあまりにも痛すぎるだろう。

「まだ宇宙飛行がなかったころ、テイクスカラアン人の射手は盛花に矢じりをひたして毒矢にしていました」ナインティーン・アッズは続けた。「そしていま、科学省はその油を抽出して麻痺の治療に利用しています。殺すものは薬にもなるのです、そういうことが好きな人の手にかかれば。あなたはうれしく思うべきですね――だれかがあなたの芸術的な死を望んでいるのですから、大使」

　科学省がルスエルの大使を皆殺しにしようとしているなら、ある種の循環性として納得がいくだろう。マヒートはそんなことは信じていなかった――それは同じ主題がスタンザの最後にまた出現するという、朗詠における円環構造のようなものだ。それはいかにもテイクスカラアン的であり、たとえナインティーン・アッズにそう思わせる意図がなかったとしても、マヒートはまさにそうした行き過ぎた思考により自分で思いついていたはずだった。こだまと反復。あらゆることがほかのなにかを意味する。

　このとき初めて、マヒートの頭の中に、テイクスカラアンの論理がどのように機能するかという重いテーマの代わりに、ナインティーン・アッズを――あるいはテイクスカラアン市民のだれかを――当てはめられないのだろうかという疑問が浮かんだ。それは冷たい水の中に投げ込まれたような感覚で、指の痛みが薄れ始めるにつれて衝撃的なまでに視界が晴れてきた。たとえあの花が科学省から来たものだとしても、それは完全なアクセス権を持つだれかによってナインティーン・アッズのオフィスに持ち込まれたはずだ。ナインティーン・アッズ自身か、その助手のだれか。最善の場合でも、その人びとが花の持ち込みを認めたことになる。最悪の場合、彼らのうちの一人かそれ以上が、いまこの瞬間にもマヒートの死を積極的に求めている。芸術的に。

芸術性、そして花。ナインティーン・アッズは盛花と言っていた。サーティ・ラークスパーの詩的な添え名にもある言葉だ。晩餐会でサーティ・ラークスパーは気遣いを見せていた——酔っぱらった廷臣につかまっていたマヒートを助けてくれさえした——が、あの男の動機は信用できない。二人の会話は辛辣で、言い訳がましく、常に移ろっていた。そしていま、戦争が始まった。ほぼまちがいなくサーティ・ラークスパーが望んでいない戦争、あるいはワン・ライトニングの手にゆだねることを望んでいない戦争——忠誠心の結石は移動した——彼にとってマヒートを生かしておくのは危険すぎるのかもしれない（イスカンダーがそうだったように？）。

今度は円環構造ではなく、引喩、言葉遊び。マヒートは読みすぎていた。テイクスカラアンの文献はいくらでも深読みができる。帝国文学の講師の一人が講座の最初にそんなことを言っていた。警告するためだったのだろうが、十四歳のマヒートはそれを鎮痛剤のようにとらえたものだった。

　マヒートはナインティーン・アッズの顔を見あげた。おそらく最後の瞬間に、マヒートを死なせないと決めたナインティーン・アッズを。こちらを見つめるその顔は、無表情でなにも読み取れなかった。手がずきずきとうずくように痛んで、自由落下を、宇宙空間をあてもなく転げ落ちることを想像し、それから操舵を、姿勢制御を、小型スラスタを思った。大きく息を吸う。少なくとも息をしても痛みはなかった。

「閣下」マヒートは言った。「あなたがイマゴマシンのことを知っていたとなると——そのことは、事実上あなたがわたしに話したも同然でした——初めてお会いしたときにあなたはなにをしようとしていたのですか？　司法省の遺体安置所で。わたしの前任者の遺体になにをするつもりだったのですか？」

　ナインティーン・アッズは口の片側をわずかにゆがめた。「わたくしはあなたを過小評価し続けていますね。というより、あなたがこのようになるとは想像できませんでした。いまあなたは、あやうく毒を盛られそうになって、バスルームにいるというのに、その機会をとらえてわたくしから動機を聞き出そうとしている」

「まあ、二人きりですから」マヒートはそれで答になるかのように言った。ある意味ではそのとおりだ。こんなチャンスは二度とあるかどうか（これほど混乱したナインティーン・アッズをつかまえられる機会がまたあるかどうかもわからない。彼女はいつマヒートの命を救おうと決めたのだろう？　いまでも後悔しているのか？）。

「そうですね。いいでしょう、ドズマーレ大使。あなたにも少しは状況がわかってきたのかもしれませんね。もちろんマシンがほしかったのです。しかしそれはもう見当がついていたのでしょう」

　マヒートはうなずいた。「それが理にかなっていました。わたしが到着して、葬儀の計画を立てる――もしもあなたがマシンをほしがっていたのなら、それ以上待つわけにはいかなかった」

「ええ」ナインティーン・アッズは膝を折り曲げて正座した。平然と、辛抱強く。

　マヒートは次の質問をした。「なんのためにほしかったんですか？」

「遺体安置所であなたと会ったときですか？　あのときは交渉の切り札がほしかったのです。宮廷にはあのマシンを意のままにしたい利害関係者が大勢います――あのマシンを引き渡すかどうかであなたを意のままにしたい人たちが」

「あのときは」

「いまのわたくしにはほぼ必要ありませんよね？」ナインティーン・アッズはバスルーム

を身ぶりでしめした――そこですわり込んでいる二人を。マヒートは顔をしかめてうなずいた。ルスエル大使そのものを手に入れるのは、ルスエル大使の注目と影響力を買う手段を手に入れるよりずっといい。ナインティーン・アッズはいまや生きているイマゴマシンを手にしている。マヒートの頭蓋の中にあるやつだ。手に入れるにはマヒートを切りひらく必要があるし、ひどい機能不全を起こしてはいるが。

「おそらく」マヒートは言った。「いまの状況では、わたしはあなたが思っているほど役に立たないと思います」

ナインティーン・アッズは首を横に振った。手をのばしてマヒートの膝を親しげにぽんと叩く。やさしい、あまりにもやさしいしぐさ。「もしも役に立たなかったら、あなたはここにはいませんよ。それに、うちのバスルームで野蛮人からわたくしの決断に異議をとなえられるなんてめったにあることではないでしょう？　少なくとも、あなたは日々の暮らしを活気づけてくれます。それはあなたの前任者とまったく同じです。なんともおもしろい類似ですね、特に、あなたがわざわざあいまいな点を明確にする情報を教えてくれたあとでは」

マヒートはイスカンダーならどうするだろうと考えた。思い出すのは、彼女のものではなく、いまやだれのものでもないイマゴのこだま。彼が自分の体の中にいたときにどれほど楽だったかを。彼が流れるようなおおらかなしぐさでマヒートを動かしたことを。いまイスカンダーがいたらナインティーン・アッズが膝に置いている手に自分の手を重ねただろう。あるいは手をのばして――

(彼が手を彼女の頬に、そのひんやりしてなめらかな肌にぴたりと当てると、彼女は笑って顔を内側へ向けて、彼の手のひらに唇を当てる)

記憶のフラッシュは遠のいた。マヒートはそのこだまを繰り返すことができた。彼女はナインティーン・アッズから聞かされた前任大使との友情についてある推測をしていて、いまも手をのばして彼女の頬にふれてかまわないのではないかと――

円環構造。決めつけすぎだ。

その代わりに、マヒートはナインティーン・アッズの目をほんの少しだけ長く見つめ、それからたずねた。「イスカンダーはどんなことを約束したんですか？　あなたがわたしたちにこれほど興味を持ち続けるほどの？」

「わたくしにではありません」ナインティーン・アッズは言った。「陛下にです」

ナインティーン・アッズは膝を崩し、両足を自分の下に戻して立ちあがった。マヒートにいま明かされた事実を消化するための時間をあたえるかのように。シックス・ダイレクションの手が彼女の手首にふれたときの病的な熱さを、なにか急速に進行する病気におかされているかのような皇帝の恐ろしい脆弱さを思い出させるかのように。

ナインティーン・アッズが前腕を差し出してきたので、マヒートは彼女にふれざるを得なくなった。そうして立ちあがるための手助けを受け入れているあいだも、マヒートは考え続けていた──〝イスカンダー、このろくでなし、あなたはテイクスカラアンの皇帝に彼は決して死なないと信じ込ませたんだ〟

第10章

あらゆる星図は見張られている
彼女の眠らない目によって
あるいは導かれている
彼女の槍でたこができた手によって
こうして彼女は倒れる
真の船長として。
皇帝のように彼女は倒れ、彼女の血は橋を描く
次々と、彼女が立っていた場所に。

——フォーティーン・スカルペルの『戦没した旗艦トウェルブ・エクスパンディング・ロータスへの賛歌』より、ファイブ・ニードル艦長代行の死にまつわる詩の冒頭部分

……わたしたちはこのセクターでは常に列強のはざまに位置してきた——わたしたちの先達がこんなふうに、最初はテイクスカラアンへ、次はスヴァヴァやペトリコール5やグエンの各星系へと、境界付近でどこがもっとも優位にあるかに応じて姿勢を変えなければならないような立場にわたしたちを置くことを意図していたとは思えない——だが、近隣のジャンプゲートを利用できるのはわたしたちだけであり、それゆえルスエルはすべての列強が通過しなければならない狭くて重要なルートとなっている。にもかかわらず、わたしはルスエルにとってより生来的な主権を想像せずにはいられない、ステーショナーの力がステーショナーのものとなり、ただわたしたちの生存のために奉仕するのではなく……

——TARATS//PRIVATE//PERSONAL//「新たなルスエルに向けてのメモ」エントリ更新　127・7・10-6D（テイクスカラアン暦）

マヒートがステーションにいたころにゴミ捨てで利用していたような使い捨て手袋をはめて、セブン・スケールがマヒートの見ているまえでザウイトルを処分した。彼はマヒートが自分の部屋のドアへ戻ってきたときにそこで待っていた。ふたたびインフォフィッシュ・スティックのバスケットに近づいてみると、この一時間になにも起こらなかったかのようで、ちがいと言えば彼女の手に巻かれた包帯とイスカンダーが帝国に売ったものについての強烈な認識だけだった。目に見えるちがいはほとんどない。

セブン・スケールはプラスチックの袋にザウイトルを入れて、ちょっと考えてから、バスケットそのものも入れた。

「正しい洗い方がわかりませんので」彼は申し訳なさそうに言った。

「インフォフィッシュ・スティックは？」マヒートはたずねた。「洗える？」シティから渡された情報の断片にアクセスできないのは困る。

「むずかしいですかね？　でも手袋をすれば開けて読むことはできます。わたしのほうで滅菌器と焼却炉で処分するまえに」

　通常のゴミ処理とはおおちがいなので、マヒートは妙におかしくなった。「あなたのを貸して。そうしたら外で待っていて、すぐにすむから」

　セブン・スケールは手袋をはずし、指先でそっとつまんで差し出した。「キッチンにもっとありますよ」彼は自信なさそうに言った。

　マヒートはまず汚染された手袋を、次いでインフォフィッシュ・スティックを受け取った。「これで大丈夫。すぐに片付ける。待ってて」

　セブン・スケールはじっと待っていた。それは少し恐ろしかった。ナインティーン・アッズは無条件で服従させるためにこの男をそばに置いているのか？（神出鬼没のこの男が、いま勤勉に片付けている花を持ち込んだのか？　簡単だったはずだ。セブン・スケールが花を運んでいることを気にとめる者はいないだろう。おそらくしょっちゅうやっている）マヒートはドアを閉めた。そして汚染された手袋を慎重にはめた。ラテックスが手に巻いた包帯に引っかかって思わずたじろいだが、樹液で感じた痛みよりはましだった。インフォフィッシュ・スティックは手で簡単に折れて、ワックスの封印が次々と割れていった。まだ力を入れることはできた。手のひらの筋肉や腱や神経は損傷を受けていなかった。毒素はそこまで広がらなかったのだ。ナインティーン・アッズに感謝しなければ。ナインティーン・アッズとその迅速かつ親密な慈悲に。考え直してくれたことに。

　情報省から届いたスティックはそれが公式の通信であることをしめすきれいなグラフィックを発し、マヒートの質問に対する一行だけの回答を提示した——わずか四つの絵文字、そのうちのふたつは称号と名前だ。マヒートはルスエルからの大使の急な到着を許可したのはだれかとたずねていたのだ。

〝許可を出したのは皇位継承者エイト・ループ〟

　これは——予想外だった。晩餐会のとき、三人の後継者候補の中でエイト・ループだけはマヒートを完全に無視していた。マヒートが彼女について知っているのはニュースフィードと皇帝を賛美する伝記映画で仕入れたことくらいだ。皇帝の保育所仲間で、昇格するまえは司法大臣を務めていた。ほぼ同い年だ。彼女が自分の名前の数詞部分に使った絵文字は皇帝の九十パーセントのクローンが〝エイト・アンチドート〟で使っている絵文字と同じで、それは彼女が皇帝にどれほどの忠誠心をいだいているかについてなにかを語っていたが、なぜ彼女が一刻も早くルスエル・ステーションから大使を呼びたかったのかについてはなにも語っていなかった。ただし、イスカンダーが皇帝になにを売ったかをエイト・ループが知っていたとすれば……。彼女はその実現を望んでいたのだろうか——たとえイスカンダーが死んでそのために別の大使を呼び寄せなければならなかったとしても。あるいは、テイクスカラアンになにを売り渡すかについて異なる意見を持つ大使をイスカンダーと交換することで、それを撤回したかったのだろうか——そのために帝国のひらいた顎が新たな獲物に向けられたままになるとしても？

　たとえイスカンダーがルスエルの利益にそむかなければならなかったとしても、そこまでひどくテイクスカラアン的ではない方法を見つけることはできたはずだ。イマゴは一人の人間を再現したものではない。皇帝のイマゴは完全な皇帝になるわけではない。彼は知らなかったのか？

どれもエイト・ループが関与していることの説明にはならなかった。ただし、彼女は司法大臣で、イスカンダーの遺体はスティの別の安置所ではなく司法省の安置所にあった——彼女が手配したのかもしれない……

マヒートは第二のインフォフィッシュ・スティックを割った。匿名の灰色のプラスチックにおさめられた二本のうちの一本だ。トウェルブ・アゼイリアは今回は詩の形式にこだわっていなかった。彼が送ってきたメッセージは署名のない簡単なものだった——街角で書いて封印したインフォフィッシュ・スティックを公共の郵便受けにほうり込んだみたいだ。

メッセージの内容はこうだった——〝依頼されていたものを持っている。出る途中で気づかれたかもしれない。このまま持ってはいられない。明日の夜明けにきみの部屋に行く。そこで会おう〟

最後のスティックには惑星外通信用の付箋が貼られていた。これもまた秘密のメッセージで、すでに死んだ男への警告かもしれない。遠方における紛争の噂、テイクスカラアン帝国の継承の危機でどんな騒ぎが起こる可能性があろうが、すでに起きていようが、そんなことにかかわりなく存在しているルスエルでの不穏な動き。マヒートはそれを開けるのが怖かったが、その恐怖をかかえたまま、一気に開けた——勢いよくスティックを割ったせいで、中に入っている見慣れたアルファベット文字が印刷されたプラスティフィルムを破りそうになった。

このメッセージは以前のメッセージよりも短く、日付はテイクスカラアン時間で四十八時間後の２３０・３・１１だった。それでもマヒートがシティに到着するずっとまえだが、アセンションズ・レッド・ハーヴェストでルスエルを出たあとではあった。タイトルは〝〈操縦士〉代表評議員デカケル・オンチュからアガーヴン大使へ〟。それを読んだら妙な気分になった。まるで盗み聞きをしているような、子供が聞いてはいけない会議に勝手に忍び込んだような。

このメッセージは前回の通信に応答がなかった場合に送られる。〈操縦士〉代表評議員はきみが元気でいることを願い、警告を繰り返す。〈鉱夫〉のタラッツと〈遺産〉のアムナードバットは帝国の要請に応じてきみの代わりを帝国に派遣した。交代要員がタラッツに忠実であれば信用できるかもしれない。そうでない場合、あるいは彼女が明らかに妨害工作の被害者あるいは実行者である場合、〈操縦士〉としては〈遺産〉こそが反対勢力であり――このようなことを告げるのはうれしくはないが――敵対行為の出所であるとみなすべきだと考える。

気をつけたまえ。たとえ妨害工作がおこなわれているとしてもその正確な性質を見きわめることはできないが、〈遺産〉はイマゴマシンへの自身のアクセス権を利用したのではないかと思われる。

この通信は破棄すること。

それは前回のより短く、さらにひどい内容だった。オンチュ評議員と話をする手段があればいいのだが――彼女のメッセージがなにもない沈黙の虚空へ届いたわけではないこと、イスカンダーは死んだがその後任が聞いていることを伝えたかった。だが、オンチュはそれをマヒートから聞きたくないだろう。もしもマヒート自身が妨害工作だとしたら。もしも彼女が知らず知らずのうちにアクネル・アムナードバットの手先になっていて、政治的に支援を受けているだけでなく……ひょっとして……自分で自分のイマゴマシンをなんらかの手段で破壊したのだとしたら……

だがマヒートにはまだ理解できなかった。なぜ〈遺産〉がそんなことをするのか。なんのためにするのか。それに、マヒートはアムナードバットが選んだイスカンダーの後任なのだから、それは実際には妨害工作ではなく、彼女は単に――アムナードバットがテイクスカラアンで遂行しようとしているなんらかの役割を果たしているだけなのかもしれない。

だが、イマゴの誤作動が妨害工作ではないとしたら、マヒートは損傷を受けたことになり、原因は自分にあることになる。ほんとうにまずいのはどちらの選択肢なのだろう？

突然、マヒートはトウェルブ・アゼイリアと会って死んだイスカンダーのイマゴマシンをどうしても取り戻さなければならなくなった。たとえほかのすべてがうまくいかず、ルスエルが併合されて、マヒートが司法省の独房に放り込まれたとしても――イマゴマシンを手に入れることができれば、少なくともその秘密を守ることができるし、前任者の名残を回収することができる。それは一種の懺悔になるかもしれない。もしもマヒートがほんとうに壊れていて、彼女が引き受けるはずだったイスカンダーが永遠に消えてしまったとしたら。

マヒートはプラスチック製のシートを燃やし、スティックをすべて消して――それは簡単に消去できるようになっている――から、ふたたび部屋のドアを開けた。セブン・スケールはまだゴミ袋を手に廊下に立っていて、マヒートが読んでいた十分間、まったく動かなかったかのようだった。なんとも不穏だった。テイクスカラアン市民は無表情なのがふつうだとはいえ、セブン・スケールほど無表情で従順ではなかった。なにも知らなかったら、マヒートは彼のことをオートマトンだと思ったかもしれない。人工知能だってもう少し目に見える意思を持っているものだ。

「これを」マヒートは空になったスティックを差し出した。「もう読んだから」

セブン・スケールがゴミ袋を差し出した。「手袋も入れてください。手のことはほんとうにお気の毒でした」

「大丈夫。エズアズアカットが治療してくれた」もしもセブン・スケールがザウイトルを置いたのであれば、彼の女主人がそれでマヒートが殺されるのを防いだことになる――だが、彼の表情に変化はなかった。ナインティーン・アッズが応急処置をしたのは当然のことだというように、ただ静かにうなずいた。事実そうだったのかもしれない。

「ほかに用事はありますか？」セブン・スケールがたずねた。

〝わたしの前任者の死体から略奪した違法マシンを受け取るために、夜明けまでにこのすごく快適ですごく命の危険がある刑務所みたいなオフィスビルから脱出しなければならないの。あなた手伝ってくれる？〟

「いいえ、ありがとう」マヒートは言った。

セブン・スケールはうなずいた。「おやすみなさい、大使」そう言って、彼は廊下を去っていった。マヒートはそのうしろ姿を見送った。セブン・スケールが角を曲がると、彼女はオフィスに戻った。ドアが背後で静かに閉じた。窓際のカウチと折りたたまれた毛布を無言で見つめ、横になって目を閉じてテイクスカラアンのすべてを消し去ることを考えた。窓から外に出て庭園を抜けて脱走することも考えた。それは二階の高さを墜落するということだ。おそらく足首を骨折するだろう。包帯を巻いた手とレストランが崩れ落ちてきたときにできた腰のあざに加えて。

　マヒートが夜明けまでにパレス・イーストに戻ることができる実行可能な計画をなんとかひねり出そうとしていたとき、だれかがドアをノックした。もう真夜中を過ぎていた——シティのふたつの月がのぼって、窓の外の空には小さな遠い円盤が見えていた。ほかの人たちはとっくに眠りについているはずなのに。

「だれ？」マヒートは呼びかけた。

「スリー・シーグラスです。ドアを開けてください、マヒート、良い知らせがあるんです！」

　マヒートは、良い知らせで、しかもこの時間に伝えなければならない知らせというものをまったく思いつかなかった。ドアを開けようと立ちあがったときに頭に浮かんだのは、スリー・シーグラスがマヒートを逮捕しようとしているサンリットに囲まれて立っている姿だった。さもなければ彼女を殺そうとしているテン・パールがいっしょかもしれない。あらゆる種類の裏切りが考えられた。

　だが、ドアのむこう側にいたのはスリー・シーグラスだけだった。目がおちくぼみ、げっそりしているが、ずっとコーヒーかなにかもっと強いものを飲んでいたように生き生きしている。ほんとうにそうだったのかもしれない。

　スリー・シーグラスは入室の許可も得ずにマヒートの腕の下をくぐり抜け、手を振ってドアを閉めた。

「あなたは陛下と内密にお会いしたかったのですよね？」

「……そうだけど？」マヒートは怪訝そうに言った。

「もっといい服はないのですか？　でもこれは内密のことでしょうから、正式な謁見のように考えるべきではないかもしれませんね。それでも。なにか！　もっとも、たとえ持っているとしても、あまり時間がありません」

「皇帝がなぜ真夜中にわたしと話をしたがるの？」

「わたしは全知ではないので、正確にはおこたえできません」スリー・シーグラスはすました顔で言った。「しかし、わたしは十四時間かけて官僚たちや、三等、二等、一等の貴族たちのあいだを渡り歩き、最終的に〝帝国のインクスタンドの番人〟とじかに話をしたほどの人物ですから。彼によれば、陛下はルスエル大使との会見に非常に興味をもっていて、それが急ぐことも慎重さを要することも理解しているとのことですから、わたしたちもいますぐ出かけましょう」

「これはとても異例のことだし、皇帝の絶対的な命令でもあるんだろうね」マヒートは言った。ほんの数時間まえなら、テイクスカラアン皇帝との会談が脱走のチャンスになるとは思ってもみなかっただろう。だが、もしもナインティーン・アッズのオフィスに戻るまえにこっそりシティへ抜け出して、トウェルブ・アゼイリアと会って、いなくなったことをだれにも知られないうちに戻ることができれば……これに関してはスリー・シーグラスにも説明しておかないと。さもなければうまくいかないだろう（それに彼女なしでパレス・イーストへ戻る道を見つけられるかどうかもわからなかった）。

「どちらもイエスです」スリー・シーグラスは言った。「ナインティーン・アッズはもう知っています——彼女がわたしたちを送り届けてくれると思います。だれのしわざかわからないレベルのミスディレクションになるんですよ、マヒート——わたしたちが偽装のためにエズアズアカットの側近のふりをして宮殿に入れば——」

「もちろん招待は受ける」マヒートはスリー・シーグラスの言葉をさえぎって言った。

「たとえそれが秘密でも——たぶん秘密だからこそよけいに——」

「あなたは謀略の訓練を受けたのですか？　ルスエルで」スリー・シーグラスは笑顔で言ったが、マヒートはそれが本気の言葉で、ちょっとしたいやみでもあると確信していた。

「陛下と会ったあとでなにをするか説明するまで待って」マヒートは言った。「それを聞けば、わたしが言語や儀礼といっしょに謀略を教わったことがわかるから」

皇居は朗詠コンテストがひらかれた星の輝きにあふれた舞踏場というより、ナインティーン・アッズのオフィスビルを思い出させた。白い大理石には金の鉱脈が走り、稲妻がひらめく空の下に荒廃した――あるいは幻想的な――都市の景観のような模様が広がっていた。ナインティーン・アッズはすれちがうほとんどの人びとと笑顔で歓談を交わすくらいその場になじんでいた。彼女はその大理石模様とほぼ同化していたが、ジャケットのほうは、もっと明るく、もっと冷たい白色と似合っていなかった。マヒートとスリー・シーグラスはその後方にひっそりと従っていた。ナインティーン・アッズは、もしも皇帝がマヒートと内密に会おうとしていることについてなにか意見をもっていたとしても、それを二人には伝えていなかった。彼女はブーツを裸足で履き、まったく新しいやりかたで適性を評価するようにマヒートを見つめ――その評価にはむきだしの親密さがあり、マヒートはそれが、あのバスルームで自分がナインティーン・アッズに手をのばそうとする衝動に駆られたときとその衝動をはねつけたときとのあいだのどこかで生まれたのだと思っていた――それから二人を連れてパレス・アースの深部へと踏み込んでいった。

まるで世界の中心へ降りていくようだった。行く先々で部屋が心房のあいだの弁のようにひらき、一行が通過すると背後でふたたびしっかりと閉じた。真夜中を過ぎているというのに、宮殿の最深部は猛然と脈動していた。遠くから聞こえる低い声。マヒートは皇帝は寝ているのだろうかと思った。ひょっとしたらとぎれとぎれに寝ているのかもしれない。三時間ごとに起きてまた一時間職務をこなし、広大なテイクスカラアンから届く一夜分の報告書に目をとおす。

〝帝国のインクスタンドの番人〟が三人を迎えた控えの間は、壁が大理石から古めかしい金のタペストリに変わっていた。男は背が低く、マヒートの肩までやっと届く程度のスリー・シーグラスと同じくらいの背丈だった。ほっそりした顔に、流行りの低い生え際。彼とナインティーン・アッズがそろって眉をあげた様子は、使い慣れたゲーム盤をはさんですわっているパートナー同士のようだった。

「きみはほんとうにその人をオフィスに閉じ込めているのだな」男は言った。

「光輝なる陛下の用事が済んだら必ず彼女を返してください、トゥエンティナイン・ブリッジ」ナインティーン・アッズはそう言って、身ぶりでマヒートを前方へうながした。マヒートには、これは自分の発案だし自分の案内役といっしょにここへ来たのだと礼儀正しく抗議する間もなかった。

スリー・シーグラスが完璧な韻律で言った。「トゥエンティナイン・ブリッジ、あなたとお会いするのは山の中でさわやかな泉に行き当たるような栄誉です」完全な引用でないとしたら、それはなにかの引喩にちがいなかった。

　トウェンティナイン・ブリッジは贈り物をもらったように声をあげて笑った。「きみの大使が面会しているあいだ、わたしといっしょにここで待っていたまえ、アセクレタ。わたしの次官たち全員をたった一日でどうやって突破したのか教えてくれ」

「気をつけて」ナインティーン・アッズが言った。「ずるがしこい人ですから」

「わたしになにか警告しているのか？」トウェンティナイン・ブリッジがたずねた。眉をあげると髪の生え際にくっつきそうだ。「星の光にかけて、この子はいったいきみになにをしたのかな？」

「じきにわかりますよ」ナインティーン・アッズは猫のようにすました顔で言った。それからマヒートのほうを向き、彼女が手首に巻いた包帯の上をぽんと叩いた。

「彼の求めにすべて応じる必要はないのですよ」ナインティーン・アッズはそう言うと、きびすを返してさっさと部屋から出ていった。その〝彼〟が指しているのが〝帝国のインクスタンドの番人〟なのか、それともシックス・ダイレクションその人なのか、マヒートには判断する間もなかった。

「この会見の手配に協力してくれたことに感謝します」マヒートはトウェンティナイン・

ブリッジに言い、少しでも主導権を握ろうとした。「あなたの休息を妨げていないことを願っています」

トウェンティナイン・ブリッジは体の両脇で手の指をすべて広げていた。テイクスカラアン人の無関心のしぐさだ。「初めてのことではない。ルスエルの大使にとっても、もちろんわたしにとっても。入りたまえ、ドズマーレ大使。陛下はきみのために三十分の時間を割いている」

もちろんイスカンダーは以前にここを訪れていた。永遠の命と記憶の継続を約束するために。たぶん初めてのことだが、マヒートはいつの間にか願っていた。イスカンダーのことをこんなによく知っていなければよかったのに。彼がどのような選択をしたのかこんなにはっきりと見えていなければよかったのに。だが、イマゴを受け継ぐ者は前任者との心理的融和を考慮して選ばれるものであり、始まったばかりのころの彼女とイスカンダーとの協力関係——充分な時間さえあれば！——はきわめて良好だった。彼女はよく理解していた。

だが、マヒートは一人きりで、それはイスカンダーのせいだった。死んだ男と消えたイマゴの両方のせいだ。たとえルスエルからの妨害工作があったとしても、彼のせいだ。マヒートはお辞儀をして、トウェンティナイン・ブリッジをスリー・シーグラスの接待をする（あるいは尋問される）にまかせ、自分と皇帝シックス・ダイレクションとのあいだにある最後のドアをとおり抜けた。

そして周囲の光の変化にまばたきをしているうちに――控えの間は明かりが落とされていたが、皇帝の謁見の間はフルスペクトルの太陽灯のもとで煌々と輝いていた――マヒートは朗詠コンテストの晩餐会で自分のイマゴの影響を受けた大脳辺縁系が皇帝に対して強い反応をしめしたことを思い出した。まるで試験委員か秘密の恋人にでも会うような緊張感があり、ここでもまた、イスカンダーを知らなければ、彼の神経化学的記憶の残像が自分の中でこだましていなければと願わずにいられなかった。

皇帝はふつうにカウチにすわっていた。真夜中過ぎの時間にまだ目を覚ましている老人のように。晩餐会のときよりもさらに前かがみで、顔はやつれてとがっていた。肌は灰色がかっていてなかば透きとおっている。マヒートは皇帝はどれくらい病んでいるのだろうと考えた――老年期に押し寄せる軽い病気の波のようなものなのか、あるいはもっと重い、もっと悪い、たとえば癌や臓器系の障害なのか。表情からすると後者かもしれない。太陽灯はおそらく彼の目を覚ましておくためのものだろう――フルスペクトルの光は敏感な人にはそんな作用がある――が、皇帝を太陽の光輪で包むその光景には、太陽の槍の王座を連想させる意図があるのではないかと思われた。

「ドズマーレ大使」皇帝が二本の指でマヒートを招き寄せた。

「陛下」マヒートは片膝をついて頭をさげ、伸ばした手首をふたたび皇帝の熱い手で包んでもらおうかと考えた。そうしたい気持ちはあったが、考えているうちにその衝動を捨て去るだけの理由を見つけた。そこで背筋をぴんとのばしてたずねた。「すわってよろしいでしょうか？」

「すわりなさい」シックス・ダイレクションは言った。「きみとイスカンダーはどちらも背が高すぎて、立ったままではまともに見えない」

「わたしはイスカンダーではありません」マヒートはカウチのそばに寄せてある椅子にすわった。太陽灯のいくつかが、部屋に呼吸をしている別の人間がいることに気づき、わざわざ回転して彼女を照らしてくれた。

「わたしのエズアズアカットがきみはそう言うだろうと言っていた」

「嘘ではありません、陛下」

「ああ。嘘ではないな。イスカンダーなら官僚たちの中をとおり抜けてくるのに案内は必要なかっただろう」

　あつかましくも、いまにも溺れそうな気分になったときの万能薬として、マヒートは言った。「お許しください。陛下の友人の後継者に会うのはむずかしいことでしょう。ルスエルでは、イマゴラインの引き継ぎについてはもっと支援があるのですが」

「そうなのか」皇帝は言った。質問というより、続きをうながす言葉だった。

　マヒートは情報収集の技術について無知だったわけではない。彼女は怪我をして、疲れ果てて、カルチャーショックで果てが見えないほどの麻痺状態に埋没したまま、銀河系の四分の一を支配している男と話をしていた——その男がじわじわと死にかけていようがいまいが関係はない。卵のようにぱっくりと割れて言葉を垂れ流したい気分だったのだ。そのうちのどれだけがすぐれた尋問技術のせいで、どれだけが大脳辺縁系の信頼のこだまなのかということは、意味のある質問ですらなかった。

「ルスエルには心理療法の長い伝統があります」マヒートはそこまで言って、ぐっと言葉をのみ込んだ。一度に一文ずつだ。

　皇帝が声をあげて笑った。マヒートが予想していたよりも楽々と。「きみにはそれが必要だろうな」

「それはイスカンダーに対する印象からですか？　それともわたしに対する印象から？」

「これはわたしの人間全般に対する印象であって、その中ではきみもイスカンダーも興味深い例外でしかない」

　マヒートはその一撃を受け止めて、にっこり笑い——イスカンダーの笑顔に近い、大きすぎるほどの笑み——両手の指先を広げた。トゥェンティナイン・ブリッジがやっていたのと同じテイクスカラアン風の身ぶりだ。「それなのにテイクスカラアンには比較できるような伝統がありませんね」

「ああ、ドズマーレ大使——きみはここへ来てまだ四日だ。なにかを見逃している可能性があるのではないかね」

見逃していることが山のようにあるのは自覚していた。「心理的苦痛に対処するためにテイクスカラアンでどのような方策がとられているのかぜひ聞いてみたいです、陛下」

「そうだろうな。だが、きみがこの会見を熱心に求めたのはそんなことが理由ではあるまい」

「ちがいます」

「そうか。では続けてくれ」シックス・ダイレクションは手の指を組み合わせた。指の節は老化で腫れていて、深いしわが入っていた。「わたしがほかのどこへ軍隊を送るべきか、きみの言い分を聞かせてもらおうか」

「わたしがそれを頼みに来たことになぜそんなに確信があるのですか？」

「ああ。イスカンダーに頼まれたからな。では、きみはそこまでちがうのか？　自分のステーションよりもほかの大義を気にかけているのか」

「イスカンダーに頼まれたのはそれだけですか？」

「もちろんちがう。それはわたしがイエスと返事をしたことだ」

「ではわたしが頼めばイエスと言ってくれるのですか？」

　シックス・ダイレクションは無限とも思える忍耐力をもって彼女を見つめ――会見は三十分しかないはずだし、うまく抜け出せないかもしれないし、倒れてきた壁であざになった脇腹の筋肉は長くじっとしていると痛みが出たし、手の傷口はずきずきと脈打っていた――それから肩をすくめた。その動きはジャケットの入り組んだ襟の中にほぼ隠れていた。

「きみが失敗作なのか警告なのかがわからない。返事をするまえにそれを知っておけば役に立つだろう。きみが話せるのであればだが」

　皇帝が言っているのは〝マヒートはイマゴのプロセスの失敗作なのか〟ということだろう。彼女がイスカンダーではないという事実は意図的なものなのかそれともミスなのか。もしもミスだとしたら、それはなにか目的があるミスなのか――皇帝は妨害工作のことを知っていたのか？　それはありえない。マヒートが失敗なのか警告なのかと質問するくらいなのだから、知らなかったはずだ。マヒートは突然、シックス・ダイレクションの表情がエイト・アンチドートのしわのない子供の顔にのっている様子を想像した。なにしろ同じ人間のようなものだ。あの子は九十パーセントのクローンであり、筋肉の記憶をあたえられれば、この顔に成長するだろう。考えると不快だった。子供はイマゴに抵抗できない。古い記憶の中で溺れてしまう。子供にはまだ維持できる自我がないのだ。それがシックス・ダイレクションの狙いなのかもしれない。

「もしもわたしが失敗作で」マヒートは言った。「陛下にイマゴ転送の不確実性を見せるためにここへ来たのだとしたら、自分がそうだとはけっして言わないでしょう」

〝そしてもしもわたしが警告だとしたら、自分ではそのことを知りもしないだろう〟マヒートはその考えから目をそむけた——ここでじっくり考えてはいられない。オンチュの死者への秘密のメッセージのこともあり、少し考えるだけでも激しい怒りがわいてくる。ルスエルが欠陥のあるマヒートを送り込んだのは、シックス・ダイレクションに対してなにかを証明するためだろう。いましめ、壊れたもの。だが激怒してはいられない。いまはだめだ。皇帝と二人きりなのだ。

　皇帝が言った。「それを実証してくれないか？」

「選択の余地はなさそうですね」マヒートは言った。「ですから、わたしが何者なのかという問題については、実際にはあなたの判断にかかっているのです、陛下」

「わたしはきみがなにをするか見続けるだろう」皇帝が肩をすくめると、その肩のまわりをめぐる太陽灯が動きに合わせて移動した。皇帝とランプがひとまとまりのマシンで、人間の意志だけに反応する人間よりもずっと大きなシステムであるかのように。「協議と回答に戻るまえにひとつだけ教えてくれ、ドズマーレ大使。きみはイスカンダーのイマゴを持っているのか？　それとも完全にほかのだれかの記憶なのか？」

「わたしはマヒート・ドズマーレです」マヒートは言ったが、省略しすぎで嘘をついたようになり、ルスエルに対するささやかな裏切りになってしまうので、先を続けた。「そしてイスカンダー・アガーヴン以外のイマゴを受け入れたことはありません」

皇帝はマヒートの目を、その裏側にだれがいるか評価するかのように見つめて、彼女が目をそらすことを許さなかった。マヒートは思った。〝イスカンダー、もしもわたしに話しかけようというつもりがあるのなら……〟

イスカンダーが〈やあ、シックス・ダイレクション〉と、さりげなく、ちゃめっけたっぷりにあいさつしているところを想像する。マヒートは彼が使う口調を正確に知っていた。

口にはしなかった。

皇帝がたずねた。「ウエスタン・アークの各家からの排他的貿易の要求にどう対応するかについて話し合ったとき、きみはどのような意見だった？」

マヒートにはイスカンダーがなにを考えていたのか見当もつかなかった。彼女のイスカンダーは皇帝と社交の場で顔を合わせてはいたが、政策を議論するほど重んじられていたことはなかった。「それはわたしの時代よりもまえのことです」彼女ははぐらかした。

マヒートはまだ観察されていた。評価されていた。皇帝の目は黒に近い暗褐色で――彼のクラウドフックは必要最小限のほとんど目に見えないガラスのネットだった――マヒートは両手が震えだしたりしないように膝の上で握り合わせたかった。そんなことをしたらひどく痛い思いをしただろう。

「イスカンダー」皇帝がそう言ったとき、マヒートは一瞬、自分が話しかけられたのか、それとも彼女の前任者について話しているのかわからなかった。「彼は多くの論拠をあげ、多くの情報を提供して、わたしを拡張政策から撤退させようとした。実に興味深いことだったよ、我々の言語にあれほど精通した人物が、我々を熱心に説得して何千年も続いてきた成功に反する行動をとらせようとするのを見るのは。二人でこの部屋で何時間も過ごしたものだよ、マヒート・ドズマーレ」

「わたしの前任者にとって名誉なことです」マヒートはぼそりと言った。

「そう思うか？」

「いずれわたしにとっての名誉になります」それは嘘ではなかった。

「ではそんなところまで共通しているのか。あるいは、きみは単に大使の役割を果たしているだけかもしれないな」

「どちらかということが重要ですか、陛下？」

シックス・ダイレクションのほほ笑みは、ルスエルから来た男に教えてもらったかのようなほほ笑みだった。しわの寄った頬が引きあげられ、歯があらわになる。それは学習した動作だったが、テイクスカラアン人の表情だけを見て四日過ごしてきただけでも、驚くほどなじみ深く感じられた。「きみは」皇帝は言った。「イスカンダーと同じくらいいつかみどころがないな」

マヒートはわざと肩をすくめた。彼女を取り囲んでいる太陽灯もその動きに反応しているのだろうかと思った。

皇帝が身を乗り出した。彼を取り巻く光はマヒートのすねや膝にこぼれてくると温かく感じられた。まるで彼の熱が流動性で、彼女にふれることができるかのようだった。「それはむりだ、マヒート。哲学と政策は条件によって変わる——多層的で、反応的だ。ルスエルと接しているテイクスカラアンにとっては真実でも、それ以外の境界国家と接しているテイクスカラアンにとっては真実ではないということがある——少なくともこのシティで洗練された姿になったテイクスカラアンにとっては。帝国には多くの顔があるのだ」

「なにがむりなのですか？」

「例外を認めるよう我々に頼むことだ。イスカンダーはそれを試みた。彼は努力するのが得意だった」

「でも、あなたは彼にイエスと言いましたよね」マヒートは反論した。

「言った。きみがイスカンダーが約束したものを渡すなら、きみにも同じことを言う」

マヒートはその言葉を聞く必要があった。確認をとって、憶測のループから抜け出すために。「イスカンダーはあなたになにを約束したのですか？」

「ルスエルのイマゴマシンの構造図」皇帝は電気代について話し合っているかのようにあっさりと言った。「それとテイクスカラアン人がすぐに使えるものをいくつか。それと引き換えに、わたしは自分の王朝が帝国を掌握しているかぎり、ルスエル・ステーションの独立した主権を保証する。イスカンダーの側からすれば、かなり賢い取引だと思ったよ」

たしかに賢い取引だ。彼の王朝が帝国を掌握しているかぎり。一連のイマゴ皇帝がひとつの王朝となり——シックス・ダイレクションがイマゴのプロセスを編集ではなく反復だと考えているのなら、一人の人間が果てしなく繰り返される——ルスエルはそのテクノロジーでルスエルの独立を買い取る。永久に。シックス・ダイレクションは彼を殺そうとしていた病気から逃れ、老化のしるしのない肉体でふたたび生きることになる。

〝イスカンダー〟マヒートは思考を差しのべた。〝その条件を思いついたとき、あなたはさぞかし悦に入ったことでしょうね〟

「おそらく」シックス・ダイレクションは続けた。「さらにルスエルの心理療法士を何人か加えてもらうことになるだろう。彼らのテイクスカラアン人の心の理論への貢献はきわめて魅力的なものとなるかもしれない」

皇帝はルスエルをどれくらい奪いたいのだろう？　奪って、利用し尽くして、もはやルスエルではない、テイクスカラアンのなにかへ作り替える。もしも彼が皇帝でなければ、マヒートは彼をひっぱたいていたかもしれない。

もしも彼が皇帝でなければ、マヒートは声をあげて笑い、テイクスカラアン人の心の理論とは具体的になにを意味しているのかとたずねたかもしれない。あなたの概念にはどれくらいの広さがあるのか？

だが彼は——文法的にも実存的にも——皇帝であり、十四世代におよぶルスエルのイマゴラインすべてがテイクスカラアンに貢献できるものだと考えていた。

帝国、世界。同じ言葉で、等しく恩恵を受けている。

マヒートは長いあいだなにも言わなかった。頭の中はテイクスカラアンの軍用輸送船の軌道のことでいっぱいで、それがガラガラと激しく揺さぶられていた。強烈な怒りと、突然訪れたみじめな閉塞感によって。心臓の鼓動に合わせてうずく、傷んだ手の中の苦痛に満ちた鼓動によって。

「イスカンダーは何年もかけてこのような決断にいたったのです、陛下」マヒートはなんとか声を絞り出した。「できれば陛下と過ごす栄誉をいま少しいただいたうえで決断したいのですが」

「では、またここへ戻ってきたいということか」

もちろんそうだ。マヒートはひとりきりで全テイクスカラアンの皇帝と謁見していて、なかなかむずかしい相手ではあるが、彼女の意見は真剣に聞いてもらえるし、彼女の前任者の意見も真剣に聞いてもらえたというのに、どうしてこれを望まずにいられる？　みじめな思いをしていても、マヒートの望みははっきりしていた。

マヒートは言った。「陛下に受け入れていただけるなら。わたしの前任者はあなたにとって——興味深い存在だったようです。わたしもそうなるかもしれません。それに陛下がとても明瞭に話してくれたことはたいへん助けになりました」

「明瞭さは」シックス・ダイレクションは相変わらずルスエル的な笑みをたたえていて、マヒートもいわくありげな笑みを返したくなった。「修辞的には美徳とは言えない。だがとても有用だとは思わないかね？」

「はい」ある意味では、これはマヒートがシティにやってきて以来もっとも明瞭な会話だった。彼女は呼吸をととのえ——肩をいからせ、イスカンダーのボディランゲージや皇帝のそれを反映させないよう気をつけながら——差し出された会話の餌に食いついた。「陛下の寛大なお許しを得て、ここからも修辞的な失敗を続けさせていただきます——あなたはなぜわたしたちのイマゴマシンをほしがったのですか？　ステーショナーではない人びとの多くは、イマゴラインをとても……不可解だと感じています。良く言って不可解です」

シックス・ダイレクションは目を閉じて、ふたたび開けた——長い、ゆっくりとしたまばたき。「マヒート、きみは何歳だ？」

「二十六歳です、テイクスカラアンの年でかぞえて」

「テイクスカラアンは八十年にわたる平和を見てきた。最後に世界の一部が残りの部分を破壊しようとしたときから、きみの人生の三回分が積み重なってきた」

毎週のように境界での小競り合いが報告されていた。つい数日まえにはオーダイル星系で公然と反乱が起きていた。テイクスカラアンは平和ではなかった。だがマヒートはシックス・ダイレクションがこだわっているちがいがよくわかった——そういう小競り合いは、宇宙の外側の未開地に戦争をもたらすものだ。彼が〝世界〟をあらわすのに使ったのは〝都市《シティ》〟をあらわす言葉だった。〝正しい行動〟を意味する動詞から派生した言葉だ。

「長い時間です」マヒートは認めた。

「それは継続しなければならない」皇帝シックス・ダイレクションは言った。「ここで止まるわけにはいかない。八十年にわたる平和は始まりでなければならない。我々がより人間味があり、より思いやりがあり、より正しかった、失われた時代にしてはならないのだ。わかるかね？」

マヒートにはわかった。それは単純で、まちがっていて、悲惨なことだった——世界が真の賢者によって導かれることがないままになるという恐怖だった。

「わたしの後継者たちを見ただろう」シックス・ダイレクションは続けた。「想像してみたまえ、ドズマーレ大使、我々はきわめて並はずれた内戦を彼らの手にゆだねることになるかもしれないのだ」

パレス・アースの控えの間にはスリー・シーグラスのほかはだれもいなかった。内側のアイリスドアがそこへマヒートを吐き出すと、案内役はよろよろと立ちあがった。

「寝てたの？」マヒートは十分でもいいからカウチの上でひと眠りしたいと思いながらたずねた。

スリー・シーグラスは肩をすくめた。控えの間の薄暗い金色の照明の下で、彼女の茶色の肌は灰色に見えた。「ほしかったものは手に入りましたか？」

　どう返事をすればいいのかわからなかった。マヒートは興奮して、生気にあふれ、毒の秘密をたっぷりかかえていた。イスカンダーが売ったもの。シックス・ダイレクションが自分のままでいるために、皇帝のままでいるためになんでもする理由。簡単には説明できないことばかりだ。

「行こう」マヒートは言った。「わたしたちがまちがった場所にいることをだれかに気づかれるまえに」

　スリー・シーグラスは歯と歯のあいだからもごもごと音を立てた。マヒートは彼女のすぐとなりを歩いて、控え室のドアから外へ出た。ここで弁明だけはしたくなかった。いまはだめだ。

　もしも考えるのをやめたら。

　考える以外なにもしていないのに。

　スリー・シーグラスがマヒートの背後、左肩のそばへやってきた。彼女は朗詠コンテストのときと同じように完璧な影と化していた。

「ナインティーン・アッズが伝言を残していきました」皇居を離れる直前にスリー・シーグラスが言った。「あなたに伝えるよう言われました――わたしはあなたが無分別なことをするのを止めるつもりはないと。あなたを止めるつもりはまったくないのだと」

マヒートは自分が解放されたことを知って身震いし、ナインティーン・アッズとスリー・シーグラスの両方にかすかな感謝の念をおぼえた。

幕間

イマゴマシンは小さい。せいぜい人間の親指の関節ひとつぶんの長さしかない。三万の人びとと、そのかたわらや体内に保存された一万のイマゴラインを擁するステーションでさえ、マシンの保管施設は小さな球形の無菌室がひとつあるだけだ。それはルスエルの脈動するパワーコアの近くに位置し、スペースデブリや宇宙線、減圧事故などの影響から可能なかぎり守られている。アクネル・アムナードバットが言うように、このステーションでもっとも安全な場所だ。すべてのステーショナーの港——死者は最終的にここへ戻ってきて、ひとときの安息を得たあと、ふたたび作り直されて出て行く。

アムナードバットはそのど真ん中に立っている。彼女の足の置かれた床の一部とそこからドアまでの道をのぞいて、部屋の壁には密閉された、数字のラベルが付いた区画がびっしりとならんでいる。ときには名前が入っているが、それは非常に古い、あるいはもっとも重要なイマゴラインの容器だ。彼女が肩越しに見あげれば、〈遺産〉と記された区画を見ることができるだろう。彼女自身のイマゴがかつてやってきた場所、彼女がなるイマゴがいずれ向かう場所。

以前はこの部屋を心地よく感じていた。とても平和だし、ルスエルのすべてが自分の管理下にあって、過去と未来へずっと伸びていることを完璧に思い出させてくれた。アクネル・アムナードバットは自分を記録管理者だと思っている。もしも彼女が緑の惑星に住んでいたら自分を庭師と呼ぶだろう。彼女の仕事は、植物を植物へ接ぎ、心を心へ接ぎ、きちんと保存してルスエルのあらゆるものが失われないようにすることだ。

以前はこの部屋を心地よく感じていた。

しばらくまえ——六週間、というのはステーションで使われるようになった、アムナードバットが生まれるまえから使われていたテイクスカラアン暦での期間だが、そんな些細なことでひとつの文化が滅ぼされてしまい、かつての彼女はその〝週〟が、みずからの太陽のほうを向いたり向かなかったりするルスエルの回転とはなんのつながりもないことに気づいてもいなかった——しばらくまえ、アムナードバットはここに立ち、〈遺産〉評議員としてあたえられたアクセス権により、それらの小さな容器のひとつからその内容物を自分の待ち受ける手の中へ吐き出させた。

ついさっき、彼女は自分の爪を溶剤で洗浄していた。すっかり洗浄して、特徴がなくなるまで磨きあげてあった。

あのとき彼女の手の中にあった機械はＰ‐Ｎ（Ｔ２）と記された容器から出てきた。〈遺産〉のイマゴマシン・コードの用語では、それは〝政治交渉《ポリティカル・ネゴシエーション》〟を意味する――専門分野の、タイプの指定だ――その次のＴがテイクスカラアンで、帝国との交渉のために派遣された政治交渉人のイマゴラインをしめす――そして２が、その系統の二番目であることを意味している。そのイマゴマシンはイスカンダー・アガーヴンを記録したもので、本来あるべき姿より十五年以上も時遅れのものだった。

アムナードバットはそれを慎重に手に取った。持ちあげて、やわらかな光の中で回転させると、ホストの脳幹のクレードルに差し込まれるきゃしゃな接続部分で、金属とセラミドがきらりと輝いた。彼女の思いはかつてないほど激しいものだった――〝あなたは放火魔のように、爆弾でステーションの外殻を砕くイマゴラインのように堕落している。あなたはそのどちらよりも悪だ、イスカンダー・アガーヴン、あなたはテイクスカラアンを招き入れることを望んでいる。あなたが詩で話し、膨大な文学を送り届けるせいで、毎年多くの子供たちが帝国にふさわしい適性を得てわたしたちのもとを去っていく。残されたわたしたちはその子供たちがなっていたかもしれない人材を失ってしまう。あなたは腐食性の毒であり、正義の人ならこのマシンを足で踏みつぶすだろう〟

アムナードバットはそのマシンを踏みつけて粉々にしなかった。

代わりに、研ぎ澄ました爪でそれらをこすった――ごく軽く、とても軽く、自分がそれをしているとは思えないほど軽くこすって、彼女自身のある種の反逆を、記憶に対する反逆を、〈遺産〉の理念に対する反逆を、彼女のイマゴからの吐き気を催すような恐怖の洪水（六世代にわたる〈遺産〉評議員たち、その全員が病的に怯え、病的に興奮していた）に対する反逆をおかした。それらを弱めたのだ。負荷で折れてしまうように。

そのあとマシンをもとに戻し、マヒート・ドズマーレを次のルスエル大使に推薦しに行って、それから数週間のあいだは気分も――良かった。正しいことをしたと。

だが、いまこうして自分の記憶の部屋に、心地よい安らぎの保管庫に立っていると、心臓が高鳴り、アドレナリンと鉛の味を、自身のイマゴの不快感の名残を感じる――そのイマゴなら、評議会のまえで、評議会の完全な承認を得て、公式に実行するのでないかぎり、どのイマゴラインにも彼女がやったような損害をあたえることはなかったはずだ。〝ほかにわたしがいじれるものがあるだろうか〟とアクネル・アムナードバットは考える。ほかに彼女が変えられるもの。

テイクスカラアンの艦隊が彼らのセクターへ向かっているいま、それがほんの少しでもちがいをもたらすだろうか？

もしもアセンションズ・レッド・ハーヴェストのような軍艦がルスエル・ステーションのラグランジュ点には人がいないほうが良いと判断したときは、この保護された部屋さえ粉々になり、大量のデブリとなって流れ去るだろう。彼女の記憶への介入も、毒物の除去も、なんの意味もなくなる。もはや手遅れなのだ。

訳者略歴　1961年生，神奈川大学卒，英米文学翻訳家　訳書『老人と宇宙（そら）』『星間帝国の皇女―ラスト・エンペロー―』スコルジー，『言語都市』ミエヴィル，『宇宙の戦士〔新訳版〕』ハインライン（以上早川書房刊）他多数

HM=Hayakawa Mystery
SF=Science Fiction
JA=Japanese Author
NV=Novel
NF=Nonfiction
FT=Fantasy

帝国《ていこく》という名《な》の記憶《きおく》
〔上〕

〈SF2335〉

二〇二一年八月　二十日　印刷
二〇二一年八月二十五日　発行

（定価はカバーに表示してあります）

著　者　アーカディ・マーティーン
訳　者　内《うち》田《だ》昌《まさ》之《ゆき》
発行者　早川　浩
発行所　株式会社　早川書房
郵便番号　一〇一 - 〇〇四六
東京都千代田区神田多町二ノ二
電話　〇三 - 三二五二 - 三一一一
振替　〇〇一六〇 - 三 - 四七七九九
https://www.hayakawa-online.co.jp

乱丁・落丁本は小社制作部宛お送り下さい。
送料小社負担にてお取りかえいたします。

印刷・三松堂株式会社　製本・株式会社フォーネット社
Printed and bound in Japan
ISBN978-4-15-012335-2 C0197

本書は活字が大きく読みやすい〈トールサイズ〉です。